著作权合同登记号　01-2021-1720

Aravind Adiga
Between the Assassinations

Copyright © BY 2008，2009 ARAVIND ADIGA，2009 MAP ILLUSTRATIONS BY RACHEL TUDOR BEST
Simplified Chinese edition copyright © 2022
by Shanghai 99 Readers' Culture Co.，Ltd.，
All rights reserved.

图书在版编目(CIP)数据

两次暗杀之间/(印)阿拉文德·阿迪加著;路旦俊,仲文明译.—北京:人民文学出版社,2023
(短经典精选)
ISBN 978-7-02-017969-5

Ⅰ.①两… Ⅱ.①阿… ②路… ③仲… Ⅲ.①短篇小说-小说集-印度-现代 Ⅳ.①I351.45

中国国家版本馆 CIP 数据核字(2023)第 073172 号

总 策 划　黄育海
责任编辑　卜艳冰　李　翔

出版发行　人民文学出版社
社　　址　北京市朝内大街 166 号
邮政编码　100705

印　　刷　凸版艺彩(东莞)印刷有限公司
经　　销　全国新华书店等

开　　本　890 毫米×1240 毫米　1/32
印　　张　9.5
字　　数　14 千字
版　　次　2011 年 12 月北京第 1 版
印　　次　2023 年 6 月第 1 次印刷
书　　号　978-7-02-017969-5
定　　价　69.00 元

如有印装质量问题,请与本社图书销售中心调换。电话:010-65233595

SHORT CLASSICS
短经典精选

献给拉敏·巴哈尼

目 录

001		**抵达基图尔**
003		第一日（上午）：火车站
019		**小城格局**
021		第一日（下午）：港口
036		第二日（上午）：灯塔山
043		第二日（下午）：圣阿尔丰索男子高中与大专
069		第二日（晚间）：灯塔山（山脚下）
093		第三日（上午）：市场与广场
125		**基图尔史**
127		第三日（下午）：天使之音电影院
149		**基图尔的语言**
151		第四日（上午）：安布雷拉大街
180		第四日（下午）：凉水井大转盘
195		**基图尔：基本情况**
197		第五日（上午）：瓦伦西亚（去第一个十字路口的方向）
219		第五日（晚间）：瓦伦西亚圣母大教堂
243		第六日（上午）：苏丹炮台
260		第六日（晚间）：波贾普
274		第七日：盐市村
296		**大事记**

抵达基图尔

  基图尔是印度西南沿海的一个小城,位于果阿与卡利卡特之间,西接阿拉伯海,东部与南部为卡利马河所围绕。该地区丘陵起伏,土壤呈黑色,并带有微酸性。季风每年六月光临小城,一直肆虐到九月。接下来的三个月,天气干燥而凉爽,是来此旅游的最佳时间。这里历史悠久、风景如画、宗教众多、种族聚居、语言丰富,所以我建议您至少要在这里住一个星期才会不虚此行。

第一日（上午）：火车站

无论是乘坐清晨抵达的马德拉斯邮政专线还是乘坐下午到站的西海岸特快抵达基图尔，首先映入眼帘的就是火车站的拱门。基图尔火车站灯光昏暗、脏乱不堪，地上到处都是丢弃的午餐饭盒，不时有流浪狗四处觅食；到了晚上，这里则是老鼠猖獗的世界。

车站的墙壁上画着一个胖乎乎的大肚子男人，他满面春风，全身赤裸，盘腿而坐，非常巧妙地挡住了他的生殖器。画像下用卡纳达语写着："此人一言足以改变你的一生。"他就是当地耆那教的精神领袖，在这个城市经营着一家免费医院和快餐厅。著名的基塔马德维女神庙是一座泰米尔风格的现代建筑，坐落在一座古代神社的遗址上，这里祭祀着传说中的女神。从火车站步行就能到达，因此这里是游客们到基图尔旅行的第一站。

火车站附近的店主没有一个会雇用穆斯林。而经营印度奶茶和萨莫萨饼[1]的"完美小店"的店主拉曼纳·谢蒂先生是个例外。他告

---

[1] 萨莫萨饼是一种三角形的饼，内部馅料是马铃薯混合豆子、茴香、辣椒等香料，味道香辣，被视为印度人的点心。

诉齐亚丁他留在这儿工作也可以，条件是保证不偷懒，而且手脚要干净。

这个满身灰尘的小东西立刻把他的包丢在地上，手放在胸前说："先生，我是穆斯林，我们穆斯林绝不会手脚不干净的。"

齐亚丁身材矮小、皮肤黝黑，脸蛋肥嘟嘟的，一笑就露出洁白的兔牙。他用一个硕大的不锈钢水壶为顾客煮茶。当茶水沸腾、溢出壶盖、在煤气火焰里发出咝咝声响时，他就会特别小心，眼睛死死地盯着水壶，生怕出一点差错。每隔一会儿，他就伸手从身边破烂不堪的几个不锈钢盒子里抓一把黑茶粉、一把白糖，或者捏一撮姜末，扔进茶壶里。他绷紧嘴唇，屏住呼吸，用左手把水壶倾向滤壶，滚烫的茶水就通过滤网流入纸板箱里的小玻璃杯里。这种纸板箱原本是用来放鸡蛋的，里面的隔缝正好用来放茶杯。

他把茶杯端到桌旁，一边将茶杯砰的一声放到客人面前，一边口里嚷嚷着："一杯啦，两杯啦，三杯啦。"那些常到店里来的粗鲁汉子虽然被他打断了谈话，却也被他的举动逗笑了。再过一会儿，就见他蹲在店门边忙活着：有时候把餐碟泡在装满了黑污水的大水槽里；有时候用从大学三角学教科书上撕下来的纸把油腻的三角饼包起来以便携带；有时候把过滤器里一堆堆的茶叶舀出来；有时候则用一把生锈的螺丝刀拧紧椅子后面松了的螺丝。听到别人讲英语时，他会停下手里的活儿，转过身子，用他最大的声音重复一遍："周日到周一，天天没床戏！"于是整个店铺里的人便会哄堂大笑起来。

每天深夜，拉曼纳准备关门时，当地的老酒鬼廷马都会准时到店里来买三支香烟。看到齐亚丁用屁股和大腿顶住庞大的冰箱，把它一寸一寸地推进店里，他就高兴地开怀大笑。"看看这个不知天高地厚的小子！"他拍着手评论，"他还没这个冰箱大，却是个多么勇敢的战士啊！"

他把这个不知天高地厚的小子叫过来，掏出二十五派沙[1]放在他手心里。小家伙看了看老板的眼色，拉曼纳点了点头，于是他就合上手掌，用英语高声叫着："谢谢先生！"

有天晚上，拉曼纳·谢蒂把齐亚丁带到老酒鬼面前，摸着他的头说："你觉得他有多大了？猜猜吧！"

廷马这才知道这个不知天高地厚的小子快十二岁了。他出生在本邦北部的一个农民家庭，在家里的十一个孩子中排行老六。雨季刚结束，他父亲就把他送到了一辆巴士上，叮嘱他在基图尔站下车，然后到集市上等着别人雇用。"他们一个派沙都没给就把他打发出来了，"拉曼纳说，"这小子能留下来全是靠自己的本事。"

说完，他又将一只手放在齐亚丁的脑袋上。

"不过，我可以告诉你，他的本事并不怎么大，即便是以穆斯林的标准来衡量也不过如此！"

齐亚丁跟店里其他六个洗盘子和打理茶馆的男孩交上了朋友。他们一起住在店铺后面搭建的帐篷里。每个星期天中午，拉曼纳都会关上店门，骑着他那辆蓝色和奶油色相间的巴贾牌摩托车，慢悠悠地驶向基塔马德维女神庙，几个男孩则步行跟着。拉曼纳到庙里去给女神供奉椰子的时候，六个男孩就坐在摩托车的绿色座垫上讨论庙檐上用卡纳达语写的几个红色大字：尊敬你的邻居，你的上帝。

"住在你隔壁的人就是上帝。"一个男孩得出了这样的推论。

"不对，意思是如果你真正信仰上帝，他就会在你身边。"另一

---

[1] 印度等地的货币单位，一百派沙等于一卢比。

个反驳道。

"不对，它的意思是，意思是……"齐亚丁也想解释解释。

但是他们根本没有让他说完："你根本就不识字，你个乡巴佬知道什么。"

拉曼纳喊他们进庙，齐亚丁跟在其他孩子后面冲了几步，又迟疑起来，接着跑回摩托车旁边，嘴里说着："我是穆斯林，我不能进去。"

他是用英语说的这句话。他那郑重其事的样子让其他男孩愣了愣，咧嘴笑了起来。

还有一周雨季就要来了，齐亚丁收拾好他的行李，说："我要回家了。"他要回去承担起他对家庭的责任了，跟他的父母和兄弟们一起为那些有钱人干活；他们要在地里除草、播种、收割，每天只能赚几个卢比。拉曼纳还"额外"给了他五卢比，以确保他会回来工作（但是他摔坏了两个瓶子，每个瓶子要扣除十派沙）。

四个月后，齐亚丁回来了。他得了白癜风，嘴唇上布满了粉红色斑纹，手指和耳垂上也长满了粉红色的斑点。他的婴儿肥也在这个夏天消失得无影无踪。他晒得黝黑，人也瘦多了，眼神里充满了野性。

"你怎么了？"拉曼纳拥抱了他一下，关切地问，"你不是早在一个半月以前就该回来了吗？"

"没什么。"齐亚丁边回答边用手指揉着他那褪了色的嘴唇。

拉曼纳马上叫人送了盘吃的。齐亚丁一把抓住盘子，像个小动物一样把脸埋到盘子里吃了起来。拉曼纳忍不住问道："难道你在家里没吃过东西吗？"

大家都跑来看"这个不知天高地厚的小子"。很多顾客这几个月天天都问他怎么还不回来；有的顾客本来都已经改去火车站附近新开的茶餐厅吃饭去了,因为那里干净一些,现在却又回到拉曼纳的店里来,就是为了看看齐亚丁。晚上,廷马拥抱了他几次,又塞给他二十五派沙。齐亚丁不声不响地接了过来,掖进裤子口袋里。拉曼纳对着喝得醉醺醺的廷马喊道:"别再给他小费了!他现在可是个小偷!"

据拉曼纳说,齐亚丁在偷客人的咖喱角时被他抓到了。廷马问他是不是在开玩笑。

"我自己也不愿相信,"拉曼纳咕哝着说,"但是我亲眼看到了。他从厨房拿了个饼,然后……"拉曼纳对着想象中的饼咬了一口。

齐亚丁正紧咬着牙关,背靠冰箱,吃力地用腿肚把冰箱往店里面顶。

"可是……他过去是个诚实的孩子啊……"醉汉喃喃地回忆道。

"可能他一直都在偷东西,只是我们从来没有发觉。这年头谁都不能信了。"

冰箱里的瓶子发出乒乒乓乓的碰撞声。齐亚丁停下了手里的活:"我是帕坦人!"他拍了拍自己的胸脯。"我来自帕坦,来自印度最北方,那里的山上布满了积雪!我不是印度教徒,我不会干偷鸡摸狗的事情!"说完,他就走到店里面去了。

"这到底是怎么回事啊?"醉醺醺的廷马问道。

店主解释说齐亚丁总是这样突然就帕坦瓦坦地胡言乱语,他肯定是在北方从那些毛拉[1]那里学来的。

---

[1] 毛拉是伊斯兰教内用于学者或宗教领袖的称谓,多指伊斯兰教学校的教师或精通伊斯兰教义的学者以及诵经人。

廷马双手叉腰,对着里面大吼:"齐亚丁,帕坦人是白皮肤的,就像伊姆兰·汗[1]那样;而你,黑得像个非洲人!"

第二天早上,"完美"小店经历了一场风波。这次齐亚丁被抓了个人赃俱获。拉曼纳抓着他的领子,把他拖到客人们面前,气冲冲地说:"给我说实话,你这个秃头女人养的,你到底偷了没有?要是说实话,我就再给你一次机会。"

"我说的是实话,"齐亚丁一边回答,一边勾着手指搓了搓他那由于白癜风而褪了色的嘴唇。"我一个饼都没碰过!"

拉曼纳抓住他的肩膀,把他推倒在地,踢了几脚,接着又把他拖出了茶餐厅。其他的几个男孩只是挤在一起,面无表情地看着这一切,就好像几只绵羊在观看同伴剪毛一样。接着就听到拉曼纳大吼了一声,举起一根流着血的手指头。

"他咬我,这个畜生!"

"我是帕坦人!"齐亚丁站起来,也冲着拉曼纳吼着,"是我们来这里修建的泰姬陵和德里红堡。你怎么敢这样对我,你这个秃头女人养的,你这个……"

顾客们围成一圈,盯着拉曼纳和齐亚丁,苦苦思忖着到底谁对谁错。拉曼纳转过身对大家说:"这里再也不会雇用穆斯林了,我给他工作,他居然敢跟我打架。"

几天后,齐亚丁骑着一辆脚踏送货车经过茶餐厅,车板上的篮子里装满了牛奶瓶,乒乒乓乓地响着。

"看看,"他嘲笑以前的雇主,"卖牛奶的老板信任我!"

但是那个工作也没有干多久,因为他再一次被指控偷窃。他当

---

[1] 伊姆兰·汗是巴基斯坦著名的板球运动员,退役后投身政治,成为印度"正义运动党"的领导人。

众发誓再也不为印度教徒工作了。

有不少穆斯林移民定居在火车站附近，那边新开了几家清真餐厅。齐亚丁又在那里的一家餐厅找到了工作。他在门口摆了台烤炉，卖煎蛋卷和烤面包，用乌尔都语和马拉雅拉姆语吆喝着："穆斯林同胞们，不管你们来自世界的哪个角落，也门、喀拉拉邦、阿拉伯还是孟加拉，请到正宗的穆斯林餐馆来用餐吧。"

但是好景不长，这份工作也没干多久——他再一次被雇主指控偷窃，顶嘴的时候还挨了一巴掌。再见到他是在火车站了，他穿着红色的制服当起了搬运工，一边顶着大堆的行李，一边激烈地跟顾客讨价还价。

"我是帕坦人的儿子。我的血管里流着帕坦人的血液。听着，我从来不骗人！"

他盯着旅客，眼球突出，青筋毕露。印度的各个火车站总是有一些骨瘦如柴、独来独往的人出没。他们经常在角落里抽着自制的烟卷，眼神很活泛，似乎一声召唤就随时可以去打人或杀人。而齐亚丁就成了他们中的一员。但是拉曼纳店里的老主顾们叫他的名字时，他总是对着他们咧嘴一笑。人们仿佛又看到了那个满脸笑容、操着一口蹩脚的英语、把茶杯砰的一声放到客人面前的男孩的影子。他们不知道他到底是怎么了。

后来，齐亚丁跟别的搬运工打起来了，被赶出火车站后毫无目的地四处游荡了几天，见到长得像印度教徒或穆斯林的人就破口大骂。再后来他又回到了火车站重操旧业。几列满载士兵的火车到达了基图尔，坊间传言说在前往科钦的路上将建立一个新的军事基地。士兵走后没几天，货运列车随之而来，车上满载着要卸下来的大箱子。

齐亚丁闭上了嘴巴，把箱子从火车上卸下来，再搬到车站外面等着装货的军用卡车上。

一个星期天的早上,都十点了齐亚丁还躺在站台上睡觉,一周的辛劳使他筋疲力尽。他的鼻子抽搐了一下,被空气中弥漫的肥皂味弄醒了。肥皂水和泡沫像小溪一样流到他身边。他看到一排瘦弱黝黑的人在站台边上洗澡。

肥皂泡的气味刺激得他直打喷嚏。

"喂,到别的地方去洗!别吵我睡觉!"

他们笑了起来,用满是肥皂泡沫的手指着齐亚丁:"我们可不像那些肮脏的畜生,齐亚,我们中的有些人可是印度教徒呢!"

"我是帕坦人!"他嚷嚷着,"不准那样对我说话。"

正当他准备大吵一番的时候,奇怪的事情发生了——洗澡的人都冲了出去,吵吵着:"要苦力吗,先生?要苦力吗?"

虽然这个点没有火车进站,但还是有一个陌生人出现在了站台上。他身材高大,皮肤白皙,穿着白色整洁的商务衬衫和灰色的棉质长裤,手里拿着精致的黑色皮包,全身上下都散发着金钱的味道。那些搬运工疯狂起来,来不及擦干净身上的泡沫,就一拥而上,把那个人围在了中间,就像得了恶疾的人终于见到能够治病的医生一样。但是那个人谁都没理,而是径直走向唯一一个身上没有肥皂泡的人——齐亚丁。

"到哪个宾馆?"齐亚丁挣扎着站起来问道。

陌生人耸了耸肩,好像在说"随你的便"。那些近乎赤身裸体、满身肥皂泡的搬运工仍然在旁边观望着,他看了他们一眼,眼中流露出厌恶之情。

齐亚丁对着他们吐了吐舌头,跟着那个陌生人出发了。

车站附近的街上满是廉价旅店,两个人就停在了其中一栋房子前面。房子上挂满了招牌,什么电器店、药房、水管维修,等等。

齐亚丁指了指二楼的红色招牌。

雅致宾馆
提供食宿
各色美食，优质服务
南北风味，汇聚一堂
中餐、西餐、藏餐
出租车、护照签证、复印
长途电话、国际直拨

"这家怎么样，先生？这是本城最好的旅馆了，"说着他把手贴在胸口，"我向您保证。"

雅致旅馆和火车站搬运工早就约定好了：他们每带来一个顾客就可以提成两个半卢比。

陌生人压低了声音，悄悄地问："兄弟，这里真的那么好吗？"

他加重语气，用英语强调了那个关键的形容词。

"非常好，"齐亚丁挤了挤眼睛，"非常非常好。"

陌生人勾了勾手指头，示意齐亚丁靠近一些。

他贴着齐亚丁的耳朵说："兄弟，我是个穆斯林。"

"我知道，先生，我也是。"

"不仅如此，我还是个帕坦人。"

齐亚丁似乎被施了咒语一样，目瞪口呆地看着那个陌生人。

"原谅我，先生，我……不是……我……感谢真主让你找到我搬行李，先生！这家旅馆一点也不适合您，先生。实际上这家店子糟透了！而且这并不适合……"

他带着陌生人到了车站的另一边，路上把包换了几次手。那里都是穆斯林经营的旅馆,而且是不会给搬运工回扣的。他在一家店前停了下来问道:"这里可以吗?"

伊斯兰之家
提供食宿

陌生人仔细地打量了一下旅馆的招牌,又看了看绿色的拱门,看到拱门上方画着麦加大清真寺,便伸手从灰色裤子的口袋里掏出一张五卢比的钞票。

"太多了,先生,只有一个包,给我两卢比就行了。"

齐亚丁咬了咬嘴唇。

"其实,两卢比都多了。"

陌生人笑了笑:"真是个厚道人。"

他用左手的两个手指轻轻地拍了拍右肩膀:"我的右臂受伤了,朋友。要是我自己搬运行李的话肯定会很疼的。"他把钱硬塞到齐亚丁手里说:"这是你应得的,别嫌少。"

齐亚丁收下钱,他盯着陌生人的脸说:"您真的是帕坦人吗,先生?"

得到陌生人肯定的答复后,他激动得全身发抖。

"我也是,"他发疯般地边跑边喊,"我也是!我也是!"

那天晚上,齐亚丁梦见了白雪皑皑的群山,还有一群皮肤白皙的人,他们彬彬有礼、飘然若仙。第二天早上,他又来到昨天那个客人的住处,看到他正坐在店外的长凳上,手里拿着个黄色的茶杯,小口地啜饮。

"一起喝杯茶吧,小帕坦人?"

齐亚丁困惑地摇了摇头。但是陌生人已经打了个响指让店主上茶了。店主是个肥胖的男人，唇髭刮得很干净，下巴上则留着蓬松的白色胡须，像个月牙似的。他非常不高兴地看着这个肮脏的搬运工，听到陌生人的吩咐后才嘟哝着让齐亚丁坐在了桌边。

陌生人问道："你是帕坦人，对吗，小伙子？"

齐亚丁点点头。他告诉陌生人说，有个很渊博的人告诉自己是帕坦人，这个人在一年前去了沙特阿拉伯。

"啊，"陌生人摇着头说道，"啊，我明白了，我现在明白了。"

沉默了几分钟后，齐亚丁说："我希望您不要在这里待太久，先生。这个城市一点也不好。"帕坦人皱了皱眉头。

"对于我们这样的穆斯林来说，这里一点也不好。那些印度教徒不给我们工作，也不尊重我们。我是有切身体会的，先生。"

陌生人拿出一个笔记本，在上面记着什么东西。齐亚丁在一边看着。他再次打量陌生人英俊的脸庞和昂贵的衣服，大口呼吸着陌生人的指端和脸庞上散发出来的香味，心里念道："这个人是你的老乡，齐亚，这个人是你的老乡啊！"

帕坦人喝完茶，打了个哈欠，径直转身回到客房里，带上了门，似乎忘记了齐亚丁的存在。

这位外国客人的身影刚消失在客房里，齐亚丁就看到了店主的眼神，他忙不迭地点了点头。这个脏兮兮的苦力明白，他的茶不会上了。他回到火车站，站到老地方等待旅客招呼他把行李箱搬到火车上去。不过这一整天他的灵魂都闪耀着自豪，他也没有和别人打架。

第二天，他醒来时闻到一股清香，是新洗好的衣服的味道。"帕坦人总是在黎明破晓时就起来啦，我的朋友。"

齐亚丁打着哈欠，伸了个懒腰，睁开了眼睛。他看到一双美丽的淡蓝色眼睛，那种眼神只有凝视了很久的雪地才可能有。齐亚丁慌忙站起来，连声道歉，接着握住他的手，还差一点就吻了他的脸。

"吃过早饭了吗？"帕坦人问道。

齐亚摇了摇头，他中午之前从来不吃东西。

帕坦人把他带到火车站附近的一个茶餐厅。这里正是齐亚丁曾经工作过的地方。齐亚丁大模大样地坐到桌边，嚷着："来一盘最好的！有两个帕坦人要在这里填填肚子！"店里的几个小伙计看得目瞪口呆。

陌生人俯身对他说："不要这么大声张扬，不能让他们知道我们的身份，这是我们的秘密。"

接着，他迅速把一张钞票递到齐亚丁手里。齐亚丁展开纸币，看到上面的图案是一辆拖拉机和一轮初升的旭日。五卢比！

"你要我把你的行李搬到孟买去吗？这张钱足够了。"

服务生送来两杯茶和一盘萨莫萨饼，齐亚丁靠在椅背上，打量着摆在面前的东西：切成了两块的大萨莫萨饼，上面还涂着一层番茄酱。帕坦人和齐亚每人拿起一半饼大嚼了起来。一会儿，帕坦人剔着齿间的饼屑，告诉齐亚丁这五卢比是干什么用的。

半个小时后，齐亚丁坐在了火车站候车厅外面的一个角落里。每次顾客叫他搬行李时，他都摇摇头说："我今天有别的工作了。"每一辆火车进站，他都默默数着。不过要都记下来还真不容易，于是他又往前面走了走，坐在车站前的树荫里接着数。听到火车进站的汽笛声他就用大脚趾在泥地上画个记号，每五个一栏。他发现，有的火车塞满了人，有的火车里则坐满了背着枪的士兵，还有些火车几乎空空如也。齐亚丁心里想，这么多列火车，这么多人，他们到底是到哪里去呢……慢慢地，他闭上了眼睛，打起盹儿来。隆隆隆，又是一趟火车进站了，齐亚丁猛地惊醒，连忙用脚趾在地上又画了一道。起身去吃午饭的时候,他才发现有些记号被自己坐在身下,已经模糊不清了。他只好竭力辨认了一番。

晚上,齐亚丁看到帕坦人坐在客房外面的凳子上啜饮着热茶。看到齐亚丁来了,他笑了笑,在凳子上拍了三下。

"昨天晚上他们没给我上茶。"齐亚丁抱怨着,把昨天晚上的事儿都告诉了他。听了齐亚丁的诉说,帕坦人沉下脸来。在齐亚丁看来,他真是个正直的人。不仅如此,他还很有威严。因为他虽然一句话都没说,只是瞪了店主一眼,但是不到一分钟就有个伙计忙不迭地从店里端出一个黄色的茶杯,放在了齐亚丁面前。空气中顿时弥漫着小豆蔻[1]和牛奶的香味,齐亚丁深深地嗅了一下,开口说:"有十七辆列车开进了基图尔站,还有十六辆离开了基图尔。按照您的吩咐,每趟车我都记下来了。"

"很好,"帕坦人说,"那请你告诉我,有几辆车里面有印度士兵呢?"

齐亚丁瞪大了眼睛。

"有……几……辆……车……里……面……有……印……度……士……兵……呢?"

"每一辆里面都有士兵……我不太清楚……"

"六辆车里有印度士兵,"帕坦人说,"其中四辆开往科钦,另外两辆从科钦回来。"

第二天,齐亚丁在头班火车进站前半个小时就来到了火车站。他坐在角落的一棵树下面,依然用大脚趾画着记号。趁着没有火车进站的当儿,齐亚丁走进了车站里面的快餐店。

"你别进来!"店老板嚷嚷着,"我们可不想添麻烦!"

---

[1] 小豆蔻是一种天然香辛料,为印度咖喱粉的主要原料,印度是其主要产地。

"我可不是来给你们添麻烦的,我今天可是来给你们添财的,"说着,齐亚丁掏出一张一卢比的钞票放在了桌上,"把钱收到你的钱箱子里,再给我拿一个鸡肉馅的萨莫饼。"

晚上,齐亚丁向帕坦人报告说运兵的列车一共有十一辆。

"干得好。"帕坦人说。

他伸出瘦弱的胳膊,轻轻地捏了捏齐亚丁的双颊。接着,他又掏出了五卢比,齐亚丁毫不犹豫地收下了。

"明天你要数一数多少辆车的车厢上有红十字标志。"

齐亚丁闭着眼睛,重复了一遍"车厢上有红十字标志"。然后他跳了起来,敬了个军礼,"谢谢您,长官!"

帕坦人笑了起来,他的笑容温暖而热切,还带有点异国风情。

第二天,齐亚丁又坐在了树下,用脚趾在地上草草地画了三排数字。第一排是火车的数量;第二排是里面有士兵的火车数量;第三排是车厢上有红十字标志的。

十六,十一,八。

又一辆列车开过来了,齐亚丁抬起头来,眯着眼睛观察,同时脚趾也已经就位。

他脚趾悬空,移到地上的三排数字上面,先是在空中停一下,然后在确保不会涂抹掉地上的记号时,才把脚趾放到地上。列车开走了,紧接着,另一辆满载士兵的车也随之进站。然而,齐亚丁却没有记下来后面的这辆车。他只是盯着自己在地面上画的那些记号,好像里面有什么没见过的东西似的。

四点钟,齐亚丁赶到旅馆的时候,高大的帕坦人正待在客房里。他背着手,绕着凳子踱步。看到齐亚丁进来,他快步迎了上来。

"数清楚了没有?"

齐亚丁点了点头。

他们坐下来之后，齐亚丁突然问道："你要我做这些事到底是为什么呢？"

帕坦人用瘦弱的胳膊支着身子，俯在桌子上，想伸手摸齐亚丁的头发。

"你终于还是问了，终于。"他微笑着说。

留着月牙形胡子的旅馆老板这次不用招呼，自己就端来两杯茶放在桌上，然后退到一边，搓着手，满脸堆笑。帕坦人甩了甩头，示意他出去，然后端起茶杯，啜饮起来。齐亚丁却没有动自己的那杯茶。

"你知道那些满载着士兵的列车和标着红十字的列车是开往哪儿去的吗？"

齐亚丁摇了摇头。

"开往卡利卡特。"

陌生人凑近了一点，齐亚丁在他脸上发现了原来他从没见过的东西：他的脸上疤痕累累，左耳朵还裂了一小块。

"印度军方正在基图尔和卡利卡特之间的某个地方设立军事基地，原因只有一个……"他伸出一根粗壮的手指，"对南印度的穆斯林重复他们对克什米尔的穆斯林所做的事情。"

齐亚丁低头看了看茶杯，牛奶已经结了一层皱皱的膜。

"我是穆斯林，"他说，"也是穆斯林的儿子。"

"当然，当然，"外国人粗壮的手指覆在了茶杯上，"听着，你帮我看火车，我都会给你点报酬。注意——不一定每次都是五卢比，也可能是别的东西。我们都是帕坦人，也算是我对你的照顾。这个活儿并不难。难的工作我来做。你只要……"

齐亚丁插话道："我不太舒服。明天我不能去了。"

外国人思忖了一会儿，说："你在撒谎。能告诉我为什么吗？"

017

齐亚丁用一根手指抹了抹长满白斑的嘴唇。"我是穆斯林，也是穆斯林的儿子。"

"这座城里有五万个穆斯林，"外国人显然有些恼怒，音调也提高了不少，"他们都义愤填膺，每个人都在择机而动。我找你做这件事不过是因为我可怜你。要不然我随便找个穆斯林都行，这里可有五万多同胞呢。"

齐亚丁把椅子往后一踢，站了起来。

"那你就从五万同胞里随便找一个吧。"

走出旅馆的院子，他回头看了看。帕坦人还在盯着他，用温和的语气问道："你就是这样回报我的吗，小帕坦人？"

齐亚丁没有说话，用脚趾在地上慢慢地画了一个大圆圈。他呼吸了一口新鲜的空气，然后默默地发出一声低沉沙哑、轻不可闻的嘘声。

他转身就跑，跑出旅馆，绕过火车站来到印度教徒聚居区，直奔拉曼纳·谢蒂的茶餐厅，跑进了餐厅后面伙计们住的帐篷里，坐了下来。他紧绷着粉色的嘴唇，双手紧紧地抱着膝盖。

"你怎么了？"伙计们问他，"你不能到这里来，你又不是不知道。谢蒂会把你丢出去的。"看在往日的情分上，他们把他偷偷地收留了一晚。第二天早上起床的时候，他已经不见了。一会儿有人看到他又出现在了火车站，一边和顾客打架，一边嚷着：

"手脚要放干净点！"

小城格局

　　灰泥外墙已经斑驳的天使之音电影院位于基图尔市中心，是一个色情电影院。但遗憾的是，基图尔的市民在指路的时候，都会拿天使之音电影院做参照物。这座电影院正好位于安布雷拉大街的中段，商业区的中心位置。手工烟卷业是基图尔经济的主要支柱，因此也难怪这座城市最高的建筑就是烟卷工程大楼。这栋大楼归马伯劳工程师所有，他是这座城市的首富。距此不远就是基图尔最著名的冰淇淋店——完美冰淇淋小店与鲜榨果汁店。附近还有一个去处就是白马影院，这是城里唯一一家专放英语电影的影院。基图尔的第一家中餐馆"大明宫"于一九八六年在安布雷拉大街开业。街上的甘尼许庙是仿照果阿的一座著名寺院建造的，一年一度的朝拜象头神仪式就在这里举行。从天使之音电影院沿着大街往北走，经过尼赫鲁广场和火车站，即可到达瓦伦西亚的罗马天主教郊区，那里的地标是瓦伦西亚圣母大教堂。双门是殖民地时期修建的一个拱形通道，直通波贾普，那里曾经是一片森林，现在则是快速扩张的郊区。天使之音电影院往南有条路通往灯塔山和凉水井。井旁有一个繁忙的交叉路口，那里有条路通向港口。从港口再往南，有可能会看到苏丹炮台。那是一个黑黝黝的要塞，雄踞在马路边上。要塞边上的马路跨过卡利玛河，直通盐市村，那里就是基图尔的最南端。

第一日（下午）：港口

沿着凉水井路走下来，穿过清真寺路，你会闻到带着咸味的空气，还能看到密密麻麻的海鲜摊，上面摆满了对虾、贻贝、小虾还有牡蛎，这时你离阿拉伯海不远了。

港口，或者说港口周边地区，住的大多是穆斯林。这里的地标是一个穹顶的白色建筑，叫做德里伽，或者叫做圣陵，是尤素夫·阿里的安葬之处。每年都有成千上万的穆斯林从印度南部来这里朝圣。圣陵后面有一棵年代久远的菩提树，上面挂满了绿色和金色的丝带，据说这样可以让跛脚的人康复。十几个麻风病人、残疾人、老弱不堪的人，还有偏瘫的人蹲在圣陵旁边向游客乞讨。

如果走到港口的另一端，你会看到一个工业区，那里林立着十几栋昏暗破旧的房子，都是纺织血汗工厂。港口区的犯罪率在基图尔名列榜首，这里经常可以看到利器伤人案、警察突检、当众逮捕的场景。一九八七年，在德里伽附近爆发了印度教徒与穆斯林的大规模骚乱冲突，警方将港口区封锁了六日之久。此后，当地的印度教徒就搬迁到了波贾普和盐市村。

阿巴斯旋开了酒瓶塞，那可是苏格兰尊尼获加红方威士忌，人神共知的世上第二好的威士忌。他又取出两个印着印度航空王子号标识的杯子，往每个杯子里面都倒了一点。然后，他打开老旧的冰箱，取出一盒冰块，用手抓了一把，往两个杯子里各丢了三块。他又往杯子里加了点凉水，拿勺子搅拌了一会儿。他低下脑袋，准备往其中的一个杯子里吐口水。

哦，不行，太便宜他了，阿巴斯，太便宜他了。

于是，他又把口水吞了下去。接下来他拉开了棉质长裤的拉链，裤子掉在了地上。他右手的食指和中指紧紧地捏在一起，深深地塞进了肛门里，接着，他把手指在其中的一杯威士忌里蘸了蘸，搅拌了两下。

他提上裤子，拉好拉链。他看了看面前"加了料"的威士忌，皱了一下眉头，因为他知道接下来才是问题的关键——准确地把这杯酒拿给该喝的人。

他端着托盘，走出了餐室。

邦电业局的官员正坐在阿巴斯的桌子前面，咧着嘴笑。他体态肥胖、肤色黝黑，穿着一身蓝色的狩猎装，上衣口袋里还插着一支不锈钢的圆珠笔。阿巴斯小心地将托盘放在了这位绅士面前的桌子上。

"您请。"阿巴斯说道，语气显得有点热情过度。官员拿起杯子，啜饮了一小口，舔了舔嘴唇。他缓缓地将酒一饮而尽，放下杯子，说："真是人间美味啊。"

阿巴斯面带嘲讽地笑了。

官员把手放在肚子上，说："五百，五百卢比。"

阿巴斯身材不高，胡子花白。在基图尔，很多中年人都染了胡子，阿巴斯却不想这样做，他觉得花白胡子是足智多谋的象征。他也需要这种象征，因为朋友们总是认为他头脑简单、过于理想化，时不时地会发些傻气。

他祖上曾是海得拉巴国王的御厨，因此，他颇有些名门风范，为人彬彬有礼，知道进退。不过，既然时代已经到了二十世纪，他的处世之道也加了两样：冷嘲和自嘲。

他双手合十，对官员深深鞠了一躬。"大人，您知道我们的工厂刚刚重新开业，花销着实不少。如果您能……"

"五百。五百卢比。"

官员转着手里的酒杯，一只眼睛盯着杯子上的印度航空标志，好像有那么一点点的羞愧。他用手在嘴边比画了一下："这年头，大家都要吃饭啊，阿巴斯。物价涨得太快了。自从甘地夫人去世后，这个国家就不成个样子了。"

阿巴斯闭上眼睛，伸手拉开一个抽屉，从里面拿出一沓钞票，数了数，放在官员面前。大腹便便的官员又数了一遍，每数一张就把手指放进嘴里蘸蘸口水。数清楚后，他从裤子口袋里拿出一个蓝色的橡皮筋，在钞票上扎了两圈。

不过阿巴斯知道噩梦还没有结束。"大人，我们工厂有传统，绝不会让客人空手而归的。"他按了一下铃，乌玛经理马上拿着一件衬衫走了进来。他一直都在门口候着。

官员从纸盒里拿出白衬衫打量着款式：衣服上绣了一条金色的巨龙，龙尾盘旋在衬衫的背部。

"挺好看的。"

"这些衬衫是我们出口到美国，给那些职业舞蹈演员穿的。叫什么交谊舞。他们就穿着我们做的衬衫，在红色的迪厅灯光下旋转起舞。"说着，阿巴斯把手举过头顶，一边转，一边卖弄风骚似的摇臀送胯。官员的眼神也变得色眯眯的。

他拍着手掌说："再跳一个，阿巴斯。"

然后他把衬衫拿到鼻子下面，深深地嗅了几下。

"这个图案,"他用粗壮的手指抚摸着金龙的轮廓,"很漂亮。"

"这条龙就是我们关门的原因,"阿巴斯说,"绣这种龙太费工夫了。女工的眼睛都熬坏了。有一天我注意到了这个问题,我想,我不会问真主我的女工们怎么熬坏了眼睛,于是我就让她们回家,关闭了工厂。"

官员讥讽地笑了起来:又是一个喝着威士忌却开口必称真主安拉的穆斯林。他把衬衫放回盒子里,夹在胳膊下面。

"那你的工厂为什么又重新营业呢?"

阿巴斯捏起手指,往嘴巴里塞了塞:"这年头,大家都要吃饭啊,大人。"

他们两个一起走下楼梯,乌玛在后面跟着,保持着三级台阶的距离。下到一楼的时候,官员看到右边有个黑屋子,于是他往里面走了一步,看到一群女人坐在昏暗的灯光下,膝上摆着白色的衬衫,正在绣着半成品的金龙。他还想再看看,阿巴斯却说:"您为什么不进去看看呢,大人?我在外面等着。"

阿巴斯转过身去,盯着墙壁,乌玛则带着官员在厂房里转了转,把他介绍给几个工人,然后领着他走了出来。临离开时,官员主动和阿巴斯握了手。

关门的时候,阿巴斯心想,我不该碰他的。

下午六点钟,刺绣坊的女工下班已经半小时了,阿巴斯关上了工厂的大门,开着他的大使牌汽车从港口来到基图尔。一路上他满脑子只想着一件事。

腐败。这个国家的腐败没完没了。从他打算重开工厂以来的四个月里,他一直都不得不四处打点各路神仙:

管电的;管水的;基图尔所得税管理局的大半官员;电话局的六名官员;基图尔市政当局一位管地税的官员;卡纳塔克邦环保局

的督察员；卡纳塔克邦卫生局的督察员；全印小工厂工人工会的代表团；国大党基图尔委员会；人民党基图尔委员会；印度共产党基图尔委员会；还有基图尔穆斯林联盟。

白色的大使牌汽车停在了一座白色的大楼前面。这里是卡纳拉俱乐部，里面有个小空调房，摆着绿色的台球桌。阿巴斯每周有四个晚上都要来这里和朋友一起打斯诺克，喝喝酒。他本来打得不错，不过第二杯威士忌下肚之后，他打得就不怎么准了，朋友也乐得和他打持久战。

"你有什么心事吧，阿巴斯？"港口区另一家衬衫厂的老板苏尼尔·谢蒂问道，"你今天晚上打得可不怎么样啊。"

"又来了一个电力部门的。这个家伙真是混蛋，皮肤黑黑的，一看就是个低等种姓的家伙。"

苏尼尔·谢蒂咕哝了一声，以示同情。阿巴斯又没打进去。

球打到一半的时候，一只老鼠飞快地从地板上蹿了过去，沿着墙一路狂奔，钻进了洞里。大家都停了下来，站在一边。

阿巴斯一拳打在桌子边上，愤愤地说：

"我们的会员费都搞到哪里去了？地板都弄不干净！你们说这个俱乐部的管理有多腐败！"

说完，他就静静地坐在一边，把下巴放在球杆上，看着别人打球。他背后的墙上印着一排标语："必须永远遵守游戏规则"。

"你很紧张呢，阿巴斯。"说话的是拉曼纳·帕德维尔。他在安布雷拉大街开了家丝绸店，经销天然丝绸与人造丝。他也是城里最优秀的斯诺克球手。

为了消除他们的这一看法，阿巴斯为每人点了一杯威士忌。大家都不打球了，用餐巾包着酒杯小口地啜饮着。和往常一样，他们的话题首先还是从手中的威士忌开始。

"你们知道吧?有个小伙子挨家挨户地收尊尼获加红方威士忌的酒盒子,二十卢比一个,"阿巴斯说,"他又会把这些盒子卖给谁?"

大家都笑了起来。

"作为一个穆斯林,你可真是头脑简单,"二手汽车商帕德维尔大笑着说,"当然是卖给造假酒的了。所以说,就算你的尊尼获加红方是从商店里买的,而且瓶子和盒子都是真的,酒也是假的。"

阿巴斯用手指在空中画着圈,慢吞吞地说:"这么说,我把盒子卖给……卖给收盒子的人,他又卖给造假酒的人,卖假酒的人再卖给我?那我不是自己骗了自己吗?"

帕德维尔惊讶地看了苏尼尔·谢蒂一眼说:"作为一个穆斯林,这家伙可真是……"

自从听说阿巴斯因为雇员熬坏眼睛而关闭了工厂之后,这些企业家都对他有这种看法。在这里打斯诺克的人大多开办或者投资了工厂,也招收了女工,却没有哪一个会因为这些女工有失明的危险而关闭工厂,他们做梦也不会想到做这种事。

苏尼尔·谢蒂说:"有一天我在《印度时报》上看到尊尼获加的老总说,印度随便一个小城市消费的红方威士忌都比整个苏格兰生产出来的还要多。说到这三种事情,"他扳着手指数着,"黑市交易、假冒伪劣、贪污腐败,我们都是世界冠军。如果奥运会增设这几个项目,印度保证每届都包揽所有奖牌。"

后半夜,阿巴斯跟跟跄跄地从俱乐部里走出来,坐在门口的门卫赶忙站起来,给他敬了个礼,又把他扶到车上。阿巴斯丢了个硬币给他。

趁着醉意,他一路疾驶,开出市区,来到港口。海风轻轻吹着,阿巴斯呼吸着略带咸味的空气,终于放慢了车速。

房子就在前面，阿巴斯却把车停在了路边，他决定还是再喝一点。他的车座下面总是备有一小瓶威士忌，藏在那里比较安全，老婆找不到。他低下头去，在车座下面拍打着，还一头碰在了仪表板上。他找出了瓶子，并摸出来一个杯子。

喝完之后，他意识到自己现在还不能回家。不然，一进门老婆就能闻到他身上的酒味，那就不太妙了。她永远也想不通为什么他要喝那么多酒。

他径直开到了港口，把车停在一个垃圾堆旁边，然后下车走向一家茶馆。前面有一片狭窄的海滩，空气中飘荡着烤鱼的香味。

茶馆外面挂着个小黑板，上面用白粉笔写着："此处兑换巴基斯坦货币"。

茶馆的墙上挂着一张麦加大清真寺的照片，还有一幅海报，上面有一个男孩和一个女孩正在向泰姬陵鞠躬行礼。门外的走廊上摆着四张凳子。走廊的一头拴着一只带有棕褐色斑纹的白山羊，在那里咀嚼着干草。

有一张凳子上坐了几个人。阿巴斯走过去，轻轻拍了拍其中一个人的肩膀，他回过头来。

"阿巴斯。"

"迈默德，我的兄弟。给我腾点地方。"

迈默德是个胖子，下巴上整齐地留了一圈胡须，却没有唇髭。他往旁边挪了挪，于是阿巴斯就挤着坐了下来。阿巴斯原来听说过迈默德是偷车的，还听说迈默德的四个儿子把他偷来的车开到泰米尔纳德邦边界的一个小村子里，那里是专门收购、转卖赃车的。

迈默德旁边坐的几个人阿巴斯也都认得，一个是卡里姆，有传言说他从孟买购进大麻贩卖到斯里兰卡；一个是赛义夫，他曾经在喀拉拉邦首府特里凡得琅砍过一个人；还有一个满头白发的矮个子,阿巴斯只知道大家都叫他"教授",他是这附近最神秘的人物。

这些人平常走私贩毒、杀人抢劫,无恶不作,不过当他们坐在一起喝茶的时候,阿巴斯倒没有什么可怕的。这就是港口的文化。光天化日之下可能会有人被追砍,但是晚上绝对不会,喝茶的时候绝对不会。不管怎样,自从骚乱发生后,港口区穆斯林的团结意识大大加强了。

教授刚刚讲完一个故事,说的是十二世纪有一个叫萨德·本的阿拉伯水手在海上迷失了方向,正在万念俱灰之际,看到了基图尔。于是他举起双手向真主安拉祈祷,说如果能够安全上岸,他将永不饮酒,永不赌博。

"那他有没有信守誓言呢?"

教授眨了眨眼:"你猜。"

教授在晚上闲聊的时段非常受欢迎,因为他知道很多关于港口的闲闻趣谈、古今轶事,比如说提普苏丹如何将炮弹装入一尊法国大炮里面,吓跑了英国军队。他用一根手指指着阿巴斯说:"你今天魂不守舍的,想什么呢?"

"腐败,"阿巴斯说,"腐败。就像一个恶魔在我脑子里面,而且拿着刀叉在吞吃我的脑髓。"

大家都凑过来听。阿巴斯是个有钱人,他和腐败打交道的机会要比他们多得多。阿巴斯说了今天早上的事。

毒贩卡里姆笑着说,"这不算什么,阿巴斯,"他向着海的方向努了努嘴,"我有艘船,装得满满的,一半是水泥,一半是别的货物。这艘船就停在三百米外的海面上,已经停了一个月了。为什么呢?就是因为港口的检查员在勒索我。我已经给过他钱了,他还想从我手里多压榨点,而且是狮子大开口。我的船就只好停在那里了。装得满满的，一半是水泥，一半是别的货物。"

"我原本以为年轻的拉吉夫执政之后情况会好些，"阿巴斯说，"但是他让我们失望了。原来他比那些政客也强不到哪里去。"

"我们需要一个能站出来反对他们的人，"教授说，"一个正直、勇敢的人。一个比尼赫鲁和甘地更能为国出力的人。"

大家都齐声对他的话表示赞同。

"不错，"阿巴斯点了点头，捋着胡子说，"不过第二天早上这个人就会漂浮在卡利玛河里。就像这样。"

他模仿着尸体的样子。

他的话也得到了大家的一致赞同。然而话刚出口，阿巴斯心里就在想："会这样吗？我们就没有办法还击吗？"

他看到教授裤袋里揣着一把尖刀，刀刃闪着寒光。威士忌的酒劲已经慢慢消散，他却进入了一种奇妙的状态，满脑子都是些奇怪的想法。

汽车大盗又给大伙儿点了一壶茶，阿巴斯却打了个哈欠，双手交叉在胸前，摇了摇脑袋。

第二天，他十点四十起来去上班，脑袋还感到刺痛。

乌玛给他打开了门。阿巴斯点了点头，从他手里接过一封信。他低着头，走下楼梯，到办公室去，却又停住了脚步。他看到通往工厂大门的门口有一个刺绣女工，站在那里定定地看着他。

"我给你工资不是让你浪费时间的！"阿巴斯厉声说道。

她转过身，飞也似的跑了回去。阿巴斯加快步子，走上了楼梯。

他戴上眼镜，读了信件，读了读报纸，打了几个哈欠，又喝了杯茶，然后打开一个印有卡纳塔克邦银行标志的账簿。他要看看哪些客户结了账，哪些还没结。他还想着昨天的斯诺克。

门"吱呀"一声开了,乌玛伸进头来。

"怎么了?"

"他们来了。"

"谁来了?"

"政府的人。"

两个穿着涤纶衬衫、铁灰色喇叭裤的人一把推开乌玛,走了进来。

其中一个人自报家门:"所得税管理局。"他高大结实,有个大啤酒肚,唇上留的胡子好像乡村集会上耍把式的一样。

阿巴斯站了起来。"乌玛!还愣在这儿干什么!喊个女工去海边的茶馆要茶!要她跑快点!再买一些孟买产的那种圆饼干。"

高大的税收员大咧咧地坐在了桌边。和他一起来的那人是个瘦子,倒背着双手,看上去有点心神不安,不知道该坐还是不该坐。胖子向他示意,他才坐了下来。

阿巴斯满脸堆笑。留着胡子的税收员开口了:

"我俩随便走走,正好走到你厂子门口了。我们刚才看了看你的工人,检查了一下她们绣的衬衫。"

阿巴斯赔着笑,等着下文。

果然开始直奔主题了。

"我们觉得你挣的钱比你报给我们的要多。"

阿巴斯的心开始剧烈地跳动起来,他告诉自己要冷静,总是有办法的。

"多得多得多。"

"大人,大人,"阿巴斯说,双手在空中轻轻地向下压着,摆出一副要息事宁人的姿态,"我们工厂有传统,绝不会让客人空手而归的。"乌玛早就知道自己该怎么做了,手里拿着两件衬衫正在门口等着。听到这里,他满脸谄笑地将衬衫送到两位税务员面前。胖子二话不说收下了贿赂。瘦子看了胖子的脸色,得到默许后才一把抓过衬衫。

阿巴斯问:"两位大人,还有什么我可以效劳的吗?"

留着胡子的家伙笑了笑,他的同伴也跟着笑了笑。然后留着胡子的家伙伸出了三根手指。

"每人这个数。"

每个人三百太少了,如果是所得税局真正的老手,少于五百别想能摆平。阿巴斯觉得这两人可能是第一次干这种事。到最后每人一百再加一件衬衫就差不多能摆平他们了。

"两位大人先提提神吧。您二位喜欢喝尊尼获加红方威士忌吗?"

那个心神不安的家伙几乎兴奋得跳起来了,胖子瞪了他一眼。

"红方,还可以吧。"

阿巴斯心里明白了,这两个家伙可能连劣质酒都没怎么敲到过。

他走进餐室,拿出了瓶子,又取出三个印着印度航空王子号标识的杯子,往每个杯子里面都倒了一点。他打开冰箱,往每个杯子里丢了两块冰。接着,他又往杯子里加了点冰水。他往其中的两个杯子里吐了口水,把它们放在托盘的最边上。

一个念头像流星一样从他脑海划过。不,这个想法越来越清晰了。不,他不能给这两个家伙喝。就算这瓶酒是假的,再弄脏一千倍,他们两个也不配沾沾嘴唇。

他喝下一杯威士忌,又喝了第二杯,第三杯。

十分钟后,他迈着重重的步子回到了房间。一进门,他就转身把门反锁了,接着用力往门上一靠。

胖税收员猛一转身,"你把门锁上干什么?"

"大人。这是个港口城市,千百年来,这里有着它古老的传统和风俗。你可以随心所欲地进来,但是要走就得主人同意才行。"

阿巴斯吹着口哨,走到办公桌前,拿起电话,然后把电话像武器一样按到胖子的脸上。

"要不要我现在给税务局打个电话?要不要我问问是谁派你们来的?要不要?"

两个人看上去非常不安,瘦子已经出汗了。阿巴斯心想,我猜得果然不错。他们确实是第一次干这种事。

"看看你们手里的东西。你们收了我的衬衫,这就是贿赂。你们手里拿的就是证据。"

"听我说……"

"不!你听我说!"阿巴斯吼道,"要么你们写个供认状,要么别想活着离开这间屋子!知道你们的下场吗?这是港口城市。我有五湖四海的朋友。我动动手指,你们两个人就会变成卡利玛河里的两具浮尸。你们信不信?"

胖子低头看着地板,他的同伙已经汗流浃背了。

阿巴斯打开门锁,推开了门。"滚出去!"接着,他笑容满面地鞠了一躬,"两位大人。"

两个人一声不吭,急匆匆地跑了。阿巴斯听到两个人噼里啪啦地跑下楼梯,接着又听到乌玛一声惊呼。他正端着一托盘茶和英国饼干上楼梯,被他们两个吓了一跳。

阿巴斯趴在冰冷的桌面上,想着自己刚刚都干了些什么。不用多久,他的厂子就会被断电,那两个税收员一定会带着人回来,手里应该还有一张逮捕证。

他在房子里踱来踱去,心里想:我这是怎么了?乌玛一言不发地盯着他看。

出乎意料的是,一个小时之后,税务局还没有打电话过来。电扇还在转,电灯也还亮着。

阿巴斯心里又燃起了希望。这两个家伙是菜鸟。也许他们回局里接着上班去了。就算他们回去抱怨了几句,但是自从上次骚乱之后,当局处理港口这边的事已经非常谨慎了,也许他们觉得这个时候没必要得罪一个穆斯林商人。他望着窗外的港口:这里充斥着暴力、垃圾、腐朽没落,扒手毛贼和身怀钢刀的暴徒出没其间——也许,要躲避基图尔的贪污腐败,这是最安全的地方了。

"乌玛!"他扯着嗓子喊,"今天我要早点到俱乐部去!给苏尼尔·谢蒂打个电话,要他也去!就说我有重要的事情告诉他!我今天教训了税务局的人!"

他跑下楼梯,却在最后一级停住了。他右手边的门廊正对着工厂的大门。工厂重新开业的六周来,他从没走进过这个门廊。乌玛在帮他打理厂房里的一切。但是现在,右边门户大开,里面黑魆魆的,像有一种不可抗拒的力量在召唤着他。

他觉得别无选择,一定要走进去。他突然觉得今天早上发生的事情整个就是一个圈套,引诱着他来到这里,去做他重新开业以来一直不愿去做的事情。

昏暗的灯光下,女工们都坐在地板上做活。墙上印着红色的字母,标出每个人的工作台。惨白的荧光灯在她们头顶上闪烁着。女工们几乎把眼睛贴在衬衫上,一针一针地绣着金线。看到阿巴斯进来,她们停下手中的活。阿巴斯不想让她们看着自己,因为在她们用手指创造出销往美国舞厅的金龙衬衫的同时,她们的视力也在渐渐地受损。

受损?不,这个词还不准确。这也不是他把她们转到这间侧房的原因。

在这间房子里的人都快瞎了。

他坐在了房子中间的一把椅子上。

配眼镜的人很清楚,做这种衬衫对刺绣技术要求很精细,女工们的视网膜会因此受到损伤。他在自己的手指上向阿巴斯示范了一下这种伤痕会有多深。不管你再怎么改进照明条件,也无法避免视网膜的损伤。

人眼根本无法承受这么长时间的复杂精细的刺绣工作。有两个女人已经瞎了,所以他关闭了工厂。但是当他重新开业的时候,原来的工人又都回来了。她们知道前面等待她们的命运是什么,但是她们找不到别的工作。

阿巴斯闭上了眼睛。他现在最盼望的就是乌玛能够在上面喊一声,让他赶紧上楼。

然而,没有人来使他解脱。他只好坐在那里,看着周围的女工们刺绣。她们上下翻动的手指好像在说:我们要瞎了!看看我们!

"大人,您是不是头疼啊?"一个女工的声音在耳边响起,"要不要去给您拿片阿司匹林,再拿点水?"

阿巴斯无法面对他,低着头说:"请你们今天都回家吧,明天再来。但是今天请先回家吧。工资照发。"

"大人,我们是不是有什么地方惹您生气了?"

"没有。请你们回家去吧,今天的工钱按一整天算。明天再来吧。"

沙沙的脚步声传来,阿巴斯知道她们已经回去了。

阿巴斯从工作台上随意拿起一件衬衫,上面的龙已经绣了一半了。摩挲着手中的布料,他可以感觉到手指之中是一针一线、紧缝密织的腐败网。

"工厂要关门了,"他想对着这条金龙大吼,"你们高兴了吧?工厂要关门了!"

但是然后呢?他怎么送儿子去读书?难道就看着他拿把刀坐在港口上,像迈默德一样去倒卖赃车?那些女工又会去别的工厂,做同样的工作。

他狠狠地拍了拍大腿。

不知有多少个日日夜夜,在茶馆里、大学里、工厂里,成千上万的人慷慨陈词,怒斥诅咒腐败现象,但是没有人愿意放弃自己从腐败中分得的一杯羹,奋起驱逐这个恶魔。他只是一个普普通通的商人,喜欢喝点威士忌,打打斯诺克,听歹徒劫匪们聊聊天。凭什么要他想出一个答案呢?

不过,不一会儿他就发现自己已经有了答案。

他向真主提出了一个让步的条件。他可以被关进监狱,但是他的厂子还是要开下去。他闭上眼睛,向心中的真主祈祷,恳求他能够接受他的条件。

但是,一个小时过去了,还是没有人来逮捕他。

阿巴斯推开了办公室的一扇窗子。映入眼帘的只有高矮的楼房、拥挤的街道、老旧的墙壁。他把所有的窗子都打开,可是除了墙他什么也看不到。他爬上屋顶,弯腰走过一条晾衣绳,来到阳台上。他走到阳台边上,一只脚踩在屋檐上。

站在这里,可以看见基图尔的边界。就在小城的最边上,依次耸立着清真寺的尖塔、基督教堂的塔楼和寺庙的佛塔。这些建筑就像路标一样,指引着不同宗教信仰的海外游客。

阿拉伯海直达天际,一望无边。太阳照耀在海面上。一艘轮船缓缓地驶离基图尔港,经过深浅海交汇的地带,驶向更加蔚蓝的深海。它前面是一片灿烂的阳光,圣光笼罩的绿洲。

第二日（上午）：灯塔山

在港口吃一餐咖喱大虾和米饭，然后你可以到灯塔山及其周边地区看一看。这座著名的灯塔是葡萄牙人建造的，后来英国人又进行了修葺，现在已经不再使用。灯塔下面坐着一位身穿蓝色制服的老门卫。如果游客穿得不怎么光鲜，或者操着一口图卢语或卡纳达语，他就会说："没看到门是关着的吗？"如果游客穿着考究或者是说英语，他就会说："欢迎欢迎。"他会带他们走进灯塔，沿着螺旋形的楼梯登上塔顶，在上面欣赏阿拉伯海的壮观景色。近年来，市政当局在灯塔里开办了一个阅览室，里面藏有巴兹尔德萨神父所著的《基图尔史》。灯塔位于德斯普里梅·海莫强德拉·拉奥公园内，这座公园是为纪念自由斗士德斯普里梅·海莫强德拉·拉奥而得名的，他曾经在英国统治时期将国大党的三色旗插在灯塔上。

这种事情每年至少会见到两次。一个戴着手铐的囚徒，昂首阔步地向灯塔山警察局走去，仰起的面庞上写满了傲慢和厌烦。他身后则紧跟着两个警察，手里拿着拴在手铐上的铁链，几乎要快步飞奔才能跟得上前面的囚徒。这古怪的一幕看上去好像是戴着手铐的人在拖着警察走，又像是他在带着两只猴子散步。

在过去的九年里，这位人称"复印机"的罗摩克里希纳已经被捕过二十一次了。他在德斯普里梅·海莫强德拉·拉奥公园门口的人行道上打折出售非法影印的书籍,买主多为圣阿尔丰索大学的学生。早上警察来的时候,罗摩克里希纳正在书摊前面坐着,前面铺了个蓝色的床单,上面摆满了书。警察把警棍往书上一放,说:"走吧,复印机。"

书贩对帮他卖书的女儿交代了一句:"回家吧,要乖,心爱的。"他女儿叫黎图,今年十一岁。然后他就伸出手来,等着戴上手铐。

在监狱里面,他被关进监舍,倒不用戴手铐。为了巴结警察,他抓着栏杆,给他们讲故事。内容可能是一个黄段子,关于他今天早上看到一个穿蓝色美式牛仔裤的大学女生的;也可能是他在去盐市村的公共汽车上听到的图卢语骂人的新词;如果警察比较有兴致的话,他很可能再讲讲他父亲为了谋生干了一辈子的事儿——给地主倒马桶,他们这个种姓祖辈就是干这个活儿的。这个故事他讲了很多次。

他老爹每天就在地主家的墙后转来转去,等待着粪便的气息,一闻到屎味,他就马上走到门口等着,弯着双腿,就像板球守门员一样。(说着,他弯腿演示了一下。)然后,一听到录音机"啪"的一声关上了,他就得马上跑过去,从墙上的洞里将马桶抽出来,把里面的屎尿倒入玫瑰花丛里,用自己的缠腰布将马桶擦干净,又赶快把马桶塞回去,因为等一下可能还有人要上厕所。这就是他干了一辈子的工作,你们信不信!

狱卒通常都会被他逗得大笑起来。

他们给"复印机"油纸包的萨莫饼,还给他茶喝。他们都觉得这个家伙还挺不错。中午他们就会放他出去。他就向警察们深鞠一躬,说:"谢谢。"这时,安布雷拉大街出版商和书商的律师米格尔·德苏萨就会打电话给警局，大吼道："你们又把他放了？这个国家还有没有法律？"警局的局长拉梅什把话筒拿得离耳朵远远的，专心看着报纸上的孟买股市行情。拉梅什一辈子真正愿意做的事就是这个——看看股市行情。

下午，复印机又回到了他的地摊前。灯塔山人行道上，蓝色的床单又摆了出来。影印或盗版的书籍，如《卡尔·马克思》，等等，还有一些正版的书籍、影碟、唱片之类，都分门别类地摆在上面。小黎图鼻梁高高的，嘴唇上浓重的汗毛像一抹淡淡的胡子。她腰板挺得直直地坐在那里，看着顾客翻捡书籍。

"把那本书放好，"如果有人看了书又不想要的话，她就会这样说，"在哪儿拿的放回到哪儿去。"

"《大学入学指南》有没有？"一个顾客冲复印机嚷嚷着。
"《高等产科学》有没有？"另一个人叫着。
"《性之欢愉》？"
"《我的奋斗》？"
"《李·艾柯卡》？"
"最少多少钱？"一个年轻人翻着一本书问道。
"七十五卢比。"
"哦，你抢钱吧？太贵了！"

年轻人走开了，又转过身走了回来，说："最少多少钱？我没那么多时间浪费。"

"七十二卢比。要不要随你。反正有人要。"

这些书大多是影印的，也有一些是在盐市村的一个老印刷厂里印刷的。复印机喜欢待在印刷机旁边。他抚摸着机器，看着书页哗哗地翻过，听着机器"呼呼"地转动、"嗡嗡"地低鸣，就满心欢喜。他不懂英语，但知道英语字母有一种魔力，英语书籍有一层光环。看着《我的奋斗》封面上的希特勒，他能感觉到他的力量。看着纪伯伦充满诗意和神秘的肖像，他能感觉到他的诗意和神秘。看到封面上的李·艾柯卡轻松地将双手叠在脑后，他也能感受到他的那份轻松。有一次他是这样对拉梅什说的："我一点儿也不想给你或者出版商找麻烦，先生。我只是爱书。我喜欢印书的感觉，喜欢把它们拿在手里的感觉，喜欢卖书的感觉。我父亲一辈子以倒粪便为生，先生，他大字不识，如果他知道我以卖书为生的话，他一定会感到骄傲的。"

复印机只有一次在警察那里真正遇到了麻烦。那是因为有人打电话通知警局，说他违反了印度共和国的法律，在贩卖萨尔曼·拉什迪的《撒旦诗篇》[1]，这次警察一点客气也不讲，给他铐上手铐带到了警局，也没有给他茶喝。

拉梅什扇了他几个耳光。

"你不知道这是本禁书吗？你这个秃子女人养的！你要在穆斯林中间引起大骚乱，让我把警察全派到盐市村才甘心吗？"

"请您原谅，"复印机哀求着，"我真不知道这是本禁书，真的……我只是个倒粪人的儿子。他每天就等着听马桶水箱的声音。我一直安分守己，先生。我做梦都不敢找您的麻烦。是我错了，先生。请您原谅，先生。"

书商的律师德苏萨听说了这件事，赶到了警局。他身材不高，头发油光发亮，胡子修得很整齐。他看了看那本禁书——书是大批量印刷的平装本，封面上有一个天使的画像——然后不敢相信地摇

---

[1] 《撒旦诗篇》一九八八年九月由英国企鹅出版社出版。穆斯林认为该书亵渎了先知穆罕默德，因此在印度、巴基斯坦、沙特阿拉伯等国家被禁止发行。

了摇脑袋。

"这个狗贱民养的,居然翻印《撒旦诗篇》。真他妈混球。"

他坐在局长的办公桌前面,冲着他嚷嚷:"我告诉过你,你要不教训教训他,就是这样的后果!你要为此负责!"

拉梅什瞪了复印机一眼。复印机遵照命令,正乖乖地躺在床上忏悔。

"我觉得也没人看到他卖这本书。那就好办了。"

为了平复律师的心情,拉梅什让一位警官去搞点老僧牌朗姆酒来。两个人又聊了一会儿。

拉梅什拿起书来看了几段,说:"写的什么玩意儿,乱七八糟的,我真看不懂。"

"穆斯林,"德苏萨摇着脑袋说,"喜欢暴力的人,暴力。"

老僧酒来了。两个人喝了半个小时。那个警官又拿来一瓶。复印机在监舍里躺着一动不动,盯着天花板。警察和律师还在喝酒。德苏萨告诉拉梅什自己遇到过的挫折,局长也对他讲了自己的不顺。他们一个曾经想做飞行员,翱翔于蓝天白云之间,随便泡泡空姐;另一个则没有任何奢望,唯一的志向就是涉足股市。如此而已。

深夜,拉梅什问律师:"你想知道一个秘密吗?"说完,他带着律师蹑手蹑脚地走到了监舍前面。原来,监舍的一根铁栏杆是可以拿下来的。他取下这根栏杆,挥了挥,又放了回去。"这样就不会有证据了。"他说,"局里并不是常出这种事,我是要提醒你,当发生了这种事时是怎么个情形。"

律师吃吃地笑了起来。他卸下那根栏杆,扛在肩膀上,说,"这样像不像猴神哈努曼?"

"和电视上演的一样。"警察回答说。

律师让他把监舍的门打开。门就打开了。

他俩看到犯人正躺在窄床上。牢房的灯泡没有灯罩，所以，犯人用一只胳膊遮住脸，挡住刺眼的灯光。他廉价的涤纶衬衫下露出一小块皮肤，还有一根又黑又粗的毛发卷曲着，依稀可见。他们两个认为这根毛发应该来自裆部。

"这个狗贱民养的，瞧他还在打呼呢。"

"他父亲是倒粪的，而这个兔崽子想把大粪泼在我们身上！"

"卖《撒旦诗篇》。就在我们的鼻子底下，是吧？"

"这些家伙以为印度现在是他们的天下了。不是吗？他们想霸占所有的工作，所有的大学学位，所有的……"

拉梅什一把拉下这个还在打鼾的人的裤子，举起了手中的铁栏杆。律师在一边喊："像猴神哈努曼一样揍他，像电视上那样！"复印机一下惊醒了，尖叫起来。拉梅什把铁栏杆递给了德苏萨。警察和律师轮流上阵：他用棍子猛击复印机的双腿，专门打膝关节，就像电视上的猴神一样；他就狠狠地打膝关节下面的部位，就像电视上的猴神一样；然后他再打他膝关节上面的部位，就像电视上的猴神一样。最后，两个人放声大笑，彼此亲吻，跌跌撞撞地走出牢房，大声招呼着让人把门锁好。

这天晚上，复印机每隔一段时间就疼得醒过来，大声尖叫。

第二天早上，拉梅什返回警局，有个警官给他讲了复印机的情况。他说："妈的，不是做梦啊。"他吩咐那个警官把人送到哈夫洛克·亨利地区医院去，然后再拿份晨报来，他得看看今天的股市行情。

第二周，复印机又来了。这次他的动静有点大，因为他是拄着拐杖来的。复印机站在警局门口，他女儿站在他身后。

"你可以打断我的双腿，我却不会停止卖书。我天生就是干这一行的,先生。"他说。接着咧嘴笑了笑。

拉梅什也咧着嘴巴笑了笑,却不去看他的眼睛。

"我现在要上山了,先生,"复印机说,"我要去卖书了。"

拉梅什和其他的警察都围在复印机和他女儿旁边,恳求他们不要去。复印机要他们给德苏萨打个电话,他们照办了。一会儿,律师戴着假发来了。和他一起来的还有两个助理,他们也穿着黑色的袍子,戴着假发。知道了警察要他来的原因后,德苏萨大笑了起来。

"这家伙在要你们呢,"他告诉拉梅什,"他的腿都成这样子了,还能上山?"

德苏萨指着复印机身体中间的部位说:"如果他还要卖书的话,那就——下次我们就打断他的这个地方。"

一个警官笑了起来。

复印机像往常一样,露出讨好般的微笑,看着拉梅什。他双手合十,深深地鞠了一躬,说:"随你吧。"

德苏萨坐下来和警察喝老僧牌朗姆酒,又打了一局牌。拉梅什说他上周在股市赔了钱,律师啧啧叹息,摇着脑袋说在孟买这种大城市每个人都是骗子、老千、暴徒。

复印机用拐杖撑着地,转身走出了警察局。他女儿跟在他后面,两个人向灯塔山走去。他们花了两个半小时才到,一路上复印机停下休息了六次,喝了点茶、甘蔗汁什么的。女儿把蓝色的床单铺在德斯普里梅·海莫强德拉·拉奥公园门口,复印机蹲下身子,慢慢地伸开双腿,把一本平装的大书摆在了面前。女儿也坐在一边,照看着书摊,脊梁挺得笔直。复印机今天就想卖一本书,这本书在印度共和国境内是被禁止发行的:《撒旦诗篇》——萨尔曼·拉什迪著。

第二日（下午）：圣阿尔丰索男子高中与大专

离公园不远有一栋宏伟的灰色哥特式塔楼，楼上印着一个盾形徽章，上面刻有拉丁文的箴言"照耀与燃烧"。这里就是圣阿尔丰索男子高中与大专。学校始建于一八五八年，是卡纳塔克邦最早的教育机构之一。这所教会学校是基图尔最为著名的学校，其毕业生大多考入印度理工学院、卡纳塔克邦工程学院，以及其他印度或海外著名大学。

爆炸已经过去了几十秒钟，可能是整整一分钟，化学教授拉西拉多还是一动没动。他坐在椅子上，双臂张开，嘴巴也合不拢。教室后排的凳子上翻腾着白烟，教室里落满了花粉般的黄色灰尘，空气中弥漫着火药的恶臭。学生都已经跑出了教室，在门外的安全地带观望着。

微积分老师戈马蒂·达斯从隔壁教室出来了，他班里的绝大多数学生也跟着跑了出来。接着是教英语与古代史的诺罗尼亚教授，他后面也跟着一群好奇的眼睛。校长阿尔梅达神父推开人群，挤了过来。他用手蒙着鼻子和嘴巴，走进了气味刺鼻的教室。他放下手，惊呼道："到底在胡闹些什么啊？"

只有拉西拉多一个人留在教室里，他站在讲桌前面，如同诗里描述的坚守在燃烧甲板上的勇敢男孩[1]。他机械地回答说:"教室里有个炸弹,神父。"就在后排的凳子上。我刚讲了一分钟的课就爆炸了。

阿尔梅达神父眯起眼睛看着烟雾弥漫的教室,然后转身对着学生们吼道:"这个国家的年轻人都完了,都要下地狱!你们把父辈的名声都毁坏完了!"

他用手护住面部,小心翼翼地走到后面,发现凳子都被炸翻了。

"炸弹还在冒烟,"他吼道,"关上门,打电话报警!"

他拍了拍拉西拉多的肩膀。"没听到吗?赶快关上门……"

拉西拉多又羞又怒,脸涨得通红,气得浑身发抖,猛地转过身去,对着面前的校长、老师和学生歇斯底里地吼着:"混蛋!混蛋!"

不一会儿,整个学校的师生都被疏散了。学生们集中在操场或者理学自然史馆侧楼的大厅里。馆里的天花板上挂着一副鲨鱼的骨骼,那是几十年前学校为了激发学生探索科学的兴趣,特意洗干净悬挂起来的。有五个学生被隔离了,待在一棵菩提树下。他们看上去和其他学生截然不同,因为他们穿着带褶的裤子,屁股上的口袋或者侧边的口袋上可以看到名牌商标,而且一个个都趾高气扬的。这几个人是:沙布尔·阿里,他爸爸开着小城里唯一一家影碟租赁店;黑市商人巴克特家里的双胞胎伊尔凡和里兹万;辛喀拉·金尼,他爸爸在海湾地区做整形医生;还有平托,他家里有个咖啡庄园。

---

[1] 这首诗是英国诗人菲莉西娅·赫门斯所作,描写了东方号战舰司令十三岁的儿子卡萨比延卡在战舰起火的情况下仍然坚守岗位的故事。

放置炸弹的人就在他们中间。他们几个人都曾经多次因为表现不好而被停课,也都有过由于成绩太差而被留级一年的经历,还都差一点因为调皮捣蛋被开除。如果有人会在教室里放炸弹,那么肯定是他们当中的一个干的。

他们自己也相信这种说法。

"是你干的吗?"沙布尔·阿里问平托。他摇了摇头。

阿里探询地看了一圈,大家的眼神都是一样的:不是我干的。最后阿里说,"可能是神干的。"几个人都吃吃地笑了起来。但是他们都知道,现在整个学校的人都在怀疑他们。巴克特家的双胞胎说他们要去港口区吃羊肉饭,看看大海;阿里说他可能会去他爸爸的音像店,或者在家里看看黄片,而平托很可能和他一起去。

只有一个人留在了学校里。他还不能走。他太喜欢这一切了——烟雾,混乱。他握紧了拳头。

他混在人群中,听着周围一片嘈杂,心里像喝了蜜一样。有些学生已经回到了教学楼里,站在一到三楼的阳台上,对着地面上的学生嚷嚷,校园里更加喧哗。整个学校就像被棍子打炸了窝的蜂箱一样。他知道这是属于他的嘈杂,同学们谈论的人就是他,教授们咒骂的人也是他。今天早上,他是这里的主宰。

这么多年,这所学校的人对他指手画脚,不留情面:老师们体罚他,校长威胁要开除他(当然,他坚信他们肯定经常在背后嘲笑自己,因为他是低等种姓霍伊卡)。

现在是他还击的时候了。他把拳头握得紧紧的。"你觉得会是恐怖分子吗?……"旁边有人说,"是克什米尔的还是旁遮普的?……"

不是,你这个弱智!他真想大吼一声。是我!辛喀拉!是我这个低等种姓的人干的!

他看到了拉西拉多，头发还是乱蓬蓬的，一群学生围着他，寻求帮助和安慰。那都是他最喜欢的学生们，都是些"听话的好孩子"。

说来也怪，现在他很想冲上去，拍拍拉西拉多的肩膀，好像说："我知道你的伤悲，我了解你的羞愧，我明白你的愤怒。"这样，他们俩长久以来的不快就会冰释了。他突然有一种冲动，想要成为拉西拉多在无助时所信赖的学生，成为"听话的好孩子"的一员。不过这件事还不是他首先考虑的。

他心里面更多的是欣喜若狂。看着拉西拉多痛苦的表情，他笑了。

有人说了句"警察来了"，他扭头向左边看了看。

他快步走向校园的后部，打开了一扇门，那里有一段长长的石阶，通往隔壁的中学。自从操场那边新开了一扇门后，就几乎没人从这边走了。

这条路叫做老法庭路。法庭早已迁址，律师们也都搬走了。自从有一位来旅游的商人在这里自杀后，这条路已经封闭了好几年。辛喀拉小时候就经常走这条路，这是他最爱来的地方。尽管他可以叫他的司机来学校接他，但他每次都只让司机在石阶下面等着他。

路的两边栽种着菩提树，但即使是在树荫里散步，辛喀拉也已经汗流浃背。（他一直是这样，特别爱出汗，好像他体内有一团难以抑制的火在燃烧。）别的孩子大多在口袋里装着妈妈准备好的手帕，但是辛喀拉从来不带，他擦汗的方式比较原始：他总是从旁边的树上摘下一片大叶子，拿来刮胳膊和腿，直刮得皮肤发红，隐隐作痛才罢手。

现在他感到身上干爽了。在这座小山的半山腰，他离开小路，拨开树枝，走到了一块空地上。这块空地很隐蔽，如果以前没有来过，是根本不会知道这个地方的。在这块空地中央有一尊古铜色的耶稣雕像。辛喀拉小时候玩捉迷藏时碰巧看到了这个雕像。他总觉得这个雕像有些古怪，因为颜色深得发黑，雕像的嘴唇也有点歪，眼睛却很明亮，这更像是魔鬼的肖像，而不像是救世主。就连底座上刻的"复活在我，生命也在我"那句话，读起来也像是对上帝的嘲讽。

他看到雕像脚下还有一些肥料，那正是他制造炸弹剩下的粉末。他迅速地用干树叶盖上了那些粉末，然后倚在了耶稣雕像的底座上。"混蛋！"他说，接着吃吃地笑了起来。

但是笑完之后，他又觉得只是这样笑笑冲淡了他巨大的胜利感。

他坐在黑色耶稣的脚下，紧张和兴奋之情渐渐地退去。他经常坐在这里寻求安宁和放松。他一度曾考虑过要皈依基督教，因为基督教徒不分种姓。但是自从基督教牧师在操场集合时当着全校学生的面用手杖打了他一顿之后，他就发誓绝不信仰基督教了。还有什么比在天主教男校读书更能阻止一个印度教徒改信基督教的呢？

确认雕像底座附近没有露在外面的粉末之后，他挥手向耶稣作别，然后继续下山。

他的司机正在半路上等着他。他皮肤黝黑，身材矮小，穿着件邋遢的卡其布制服。

"你到这里来干什么？"辛喀拉吼道，"我告诉过你，只能在山底下等我，不准到路上来！"

司机双手合十，低着脑袋说：

"先生……您别生气……我听说……有个炸弹……您母亲让我来看看您是不是……"

消息传得这么快！这件事比他自己重要多了。看来这个消息已经长了翅膀。

"炸弹——哦，没什么大不了的。"他边走边说。他心里想，我是不是说错了？是不是刚才的反应太平淡了？

这真是一个极大的讽刺，而且毫无意义。妈妈派司机专门来看他，还把他当成个小孩子，而他，就是引爆炸弹的人！他咬牙切齿地想。司机为他打开了白色大使牌汽车的车门，他没有进去，却嚷嚷起来：

"你这个杂种，秃头女人养的！"

他停下来喘了口气，接着骂道："你这个混蛋！你这个混蛋！"

他歇斯底里地笑着，钻进了汽车。司机目瞪口呆地看着他。

在回家的路上，他想着别的主人都希望司机对自己绝对忠诚，而他却从没有过这种想法。而且他还怀疑他的司机是婆罗门种姓的。

在等红灯的时候，他听到旁边一辆大使牌汽车上面有两位女士在谈论今天的炸弹事件："听说警察封锁了中学和大专校园，不找到恐怖分子谁也别想出来。"

看来，他是侥幸地逃过了一劫。要是他再多待一会儿，就可能掉进警察的套里了。

回到家后，他从后门进了屋，蹦跳着走到楼上，来到自己的房间。他曾经想在《黎明先驱报》上发表一份声明："拉西拉多此人是个傻子，炸弹在他上课的教室里爆炸已经向全世界表明了这一点。"他不敢相信自己居然把这张纸条忘在了桌上，于是马上把纸撕掉了。然后，他想到这些纸片说不定还可以复原，就想把纸片都吞下去。但最后他还是只吞下了几个关键的字——"拉多""炸""教室"。然后他从口袋里取出打火机，把剩下的纸片烧掉了。

纸团在胃里的感觉不怎么好受,他又想起,这样写给媒体可能还不大合适,因为他的怒火不单单是针对拉西拉多的,而是更为深远。如果警察要他发表声明,他可能会这样说:"我之所以要引爆炸弹,是要终结五千年来一直操纵着我国的种姓制度。这枚炸弹的爆炸是要告诉全世界,不能以一个人的出身判断他的优劣。我本人就深受其害。"

这样一番慷慨陈词让他舒服了很多。他想自己在监狱里肯定会享受特别待遇,就像是殉道者一样。霍伊卡种姓发展促进委员会可能会为他发起游行示威,警察都不敢动他。当他出狱的时候,很可能会受到夹道欢迎,也许他从此就会开始自己的政治生涯。

现在他觉得无论如何自己也得写一封匿名信了。于是他不顾胃里翻江倒海,又拿出一张纸,写了起来。

好了!信写完了。他又读了一遍。

"一个委曲的霍伊卡人的宣言。今天的炸弹为何而响?"

但是他又仔细想了一下。大家都知道他是霍伊卡种姓的。他们都在背后说长道短,就像今天在教室黑色的门外那样,你只听得到嗡嗡的流言蜚语,却不知道具体是谁在讲。他学校里的每一个人,小城里的每一个人,都知道虽然辛喀拉·普拉萨德很有钱,但他不过是个霍伊卡女人的儿子。如果他寄出了这封信,那么他们都会知道是他放置了炸弹。

他突然跳了起来。原来只是个卖菜的在吆喝。小贩把车子停在了他们家的后墙外边,扯着嗓子叫卖:"西红柿啦西红柿,红彤彤的西红柿啦,快来买又红又大的西红柿啦!"

他想躲到港口去,用假名字登记入住廉价旅馆。没有人能找到那里去。

他在房间里面踱来踱去,然后砰的一声关上门,跳到床上,用床单蒙住脑袋。在黑暗中他依然可以听到小贩在喊:"西红柿啦西红柿,红彤彤的西红柿啦,再不来买就熟过了啊!"

这天早上,他妈妈在家里看一部黑白的北印度老电影,这是她从沙布尔·阿里爸爸的店子里租来的。这段日子她看老套的故事片上了瘾,每天上午都借此打发时间。

"辛喀拉,听说你们学校今天出了点事。"听到他下楼的声音,妈妈问道。他没有理她,径直坐到桌边。他想不起上次和她说一个完整的句子是什么时候了。

"辛喀拉,"妈妈把面包放在他面前,"乌尔米拉姑妈今天要到我们家来。请你今天待在家里好吗?"

他咬了一小口面包,没有理妈妈。他觉得妈妈是一个占有欲很强的人,总是咄咄逼人,让人生厌。但是他知道实际上妈妈是怕自己这个有一半婆罗门血统的儿子的。她觉得自己要比儿子卑贱,因为她是个地地道道的霍伊卡人。

"辛喀拉!请你告诉我,今天你会待在家里吗?你不能对我好点吗?就今天一天行吗?"

他把面包往盘子里一丢,转身就向楼梯走去。

"辛——喀——拉,回来!"

即便是他在咒骂母亲的时候,他也能感到她内心的恐惧。她从来不敢单独地面对婆罗门女性。她唯一可以依赖的资本就是她生下了一个男孩,一个家族继承人。如果他不在家,她就没有任何值得炫耀的东西。她就只是一个非法侵入婆罗门家庭的霍伊卡人。

他想,她在那些人面前觉得不好受全是自找的。他告诉过她无数次:妈妈,不要在乎那些婆罗门亲戚。不要总是在他们面前低三下四的。如果他们看不起我们,我们更看不起他们。

但是她做不到。她还是想被他们接受。而她的入场券就是辛喀拉。这倒不是说辛喀拉就被婆罗门们完全接受。他们把他看成他父亲海盗冒险般的结果,他们认为他是伤风败俗的产物。(他坚信这一点。)把婚前性行为和对种姓通婚制度的违反放进一个黑茶壶里,得出来的是什么呢?就是这个可爱的小魔鬼:辛喀拉。

有些婆罗门亲戚,比如说乌尔米拉姑妈,每年都会到他们家里来,但她们从来不会像别人家的姑妈一样摸摸侄子的脸,或者来个飞吻之类的。她们给他的感觉是一种宽恕。他才不想被别人宽恕呢!

他让司机开车带他来到了安布雷拉大街。坐在车上,他茫然地望着车窗外飞驰而过的家具店和橘子水摊点。他在白马影院下了车。"不用等我。我看完电影自会打电话给你。"

在上阶梯的时候,他看到有个开店子的使劲地向他挥手。那是他的一个亲戚,妈妈那边的。那个人满脸堆笑,挥手示意请他来店里坐一坐。在他的霍伊卡亲戚当中,辛喀拉总是享受这种特殊待遇,或许是因为他有一半的婆罗门血统,因此他在种姓阶层里的地位要比他们高得多;或许是因为他们家很有钱,因此他在社会阶层里的地位要比他们高得多。他在心里暗暗地骂了一句,接着往上走。这些愚蠢的霍伊卡们难道不知道吗?他最讨厌的就是他们这样在他的一半婆罗门血统面前奴颜婢膝。如果他们瞧不起他,逼着他爬进他们的店子来为自己的一半婆罗门血统赎罪,那么他每天都会来看他们!

他不想理这个亲戚还有一个特别的原因。他听传言说整形医生金尼在小城里养着一个情妇,也是个霍伊卡女孩。他怀疑这个亲戚知道这个女人的事,而且他心里肯定会这样想:辛喀拉啊辛喀拉,这个可怜的辛喀拉,对于他父亲的不忠之举几乎一无所知。事实上他父亲的出轨行为辛喀拉全都知道——这个当爸爸的,虽然还不时地寄回来点糖果和进口的巧克力,但是已经六年没见过自己的儿子了,也没写过信,没打过电话。电影院这边养个霍伊卡情妇,家里还有个漂亮的霍伊卡老婆,在海湾过着轻松惬意、奢华无度的生活,给有钱的阿拉伯女郎安安鼻子,补补嘴唇。那里还有个情人,肯定的。像他父亲这种人不属于任何种姓、宗教或者种族,他们只为自己而活。他们才是这个世界上活得最真实的人。

售票处关门了。"下场电影开场时间八点半。"他快速地走下楼梯,没去看那个亲戚的眼睛。转过几条街,他来到了完美冰淇淋小店,点了一份奇酷奶昔。

他三下五除二地把奶昔吃光,回味着甜味,他靠在那里,吃吃地笑了起来,对自己说了句:"混蛋!"

他终于达到了自己的目的,他以牙还牙地羞辱了拉西拉多。

"再来一份奇酷奶昔!"他喊道,"要双份的冰淇淋!"

辛喀拉在学校里一直被视为害群之马。从八九岁开始,他就一直麻烦不断。但找他麻烦最多的还是这个大舌头的化学老师。有一天早上,他在学校外面的橘子水小摊上抽烟被化学老师逮住了。

"在二十岁之间抽烟会夺去你成为一个正常人的机会,"拉西拉多吼道,"如果你白白在这里,而不是在海旺那边,他也会像我这样教训你的……"

那天的化学课,辛喀拉一直跪在门外。他盯着地面,心里想:他之所以这样对我是因为我是一个霍伊卡。如果我是基督徒或者巴恩特,他绝不会这样羞辱我。

那天晚上,他躺在床上,突然想到:既然他这样伤害我,那我就要他还回来。这个想法越来越清晰,越来越明了,就像一束阳光,就像他一生的信条。最初的兴奋劲过去后,他开始辗转反侧,难以入眠,嘴里不停地嘀咕着:穆斯塔法,穆斯塔法。他现在必须去找穆斯塔法。那个制造炸弹的人。

几个星期前的一天，他在沙布尔·阿里那里听说了这个人。

那天晚上，他们几个"坏男孩帮"在沙布尔·阿里那里看了一部黄片。一个大块头的黑人从后面进入了一个女人的身体，不停地抽插着。辛喀拉还不知道可以这样做。平托也不知道，他一直兴奋地尖叫着。沙布尔·阿里淡然地看着这个忘乎所以的哥们，这张碟片他看过很多次，已经不能再使他兴奋。这些罪恶的影片他已经看得烂熟，再也提不起兴趣，哪怕是乱伦、强奸，甚至是人兽淫乱的情节也不行。经年累月的邪恶行为倒有点让他返璞归真了。

看完碟后，几个男孩躺在沙布尔·阿里的床上，吵吵着说要自慰。床的主人马上警告他们说想都不要想。

沙布尔·阿里取出一个安全套，让他用上。于是几个人便轮流用它过了把瘾。

"这是给谁准备的，沙布尔？"

"我女朋友。"

"闭嘴，你这个玻璃。"

"你才是玻璃！"

别的几个人都在大谈性事，辛喀拉却盯着顶棚，装出一副乐在其中的样子，侧耳倾听着。他认为这种谈话他每次都插不上嘴是因为他还是个处男。他们学校有个女的专门和男人搞"交流"。沙布尔·阿里就和她"交流"过，他暗示说他做过的事还不止于此。辛喀拉本来也想装作曾经和那个女的"交流"过，或者甚至说他在老法庭路上嫖过一个妓女。但他知道他们会识破他的谎话的。

阿里又递过来几样东西：安全套之后是他放在床上的哑铃，然后是几本《皮条客》《花花公子》，还有一本 NBA 官方杂志。

"猜猜这是什么，"他说。那是一个小巧的黑色装置，上面还有一个计时器。

没有人猜,他只得自己揭开了谜底:"这是个引爆装置。"

"这是干什么用的?"辛喀拉从床上站了起来,把那个东西拿到灯光底下查看。

"引爆用的,你这个笨蛋,"大家都笑了起来,"这是在炸弹上用的。"

"这是世界上制造炸弹用的最简易的装置了,"沙布尔说,"弄一袋化肥,再把这个引爆装置装上,就成了。"

"你从哪儿弄来的?"有人问道,不是辛喀拉问的。

"穆斯塔法给我的。"几乎是在同时,沙布尔·阿里说道。穆斯塔法。穆斯塔法。辛喀拉牢牢记住了这个名字。"他住在哪里啊?"双胞胎之一问道。

"港口区那边,在辣椒市场那边。问这干吗?"沙布尔·阿里戳了一下问问题的家伙,"难道你想弄个炸弹啊?"

"为什么不呢?"

大家笑得更起劲了。那天晚上辛喀拉没再多说话,他在心里一直念着穆斯塔法,穆斯塔法,生怕多说了话就会忘掉这个名字。

他正在搅拌第三杯奇酷奶昔时,两个人坐到了他的旁边,两个警察。一个要了一杯橘子水,另外一个问店子里都有什么茶。辛喀拉站起来,又坐了下去。他知道他们不会理他的。他的心跳得越来越快。

"虽然是个炸弹,也没什么大事。只是引爆器爆炸了,弄得满屋子都是肥料。那个傻瓜还以为制造炸弹那么容易,弄个引爆装置往一包肥料里一插就成了。这也好,要不然肯定会有学生伤亡。"

"这些天也不知道怎么了,全是这些事,性、性、暴力。整个印度好像都朝着旁遮普的局势发展。"

一个警察发现他在盯着他们看,狠狠地回瞪了他一眼。他赶快转过头去。也许他今天应该留在家里陪乌尔米拉姑妈的。也许他今天不该出来的。

问题是,尽管她是他的姑妈,但她能保证不出卖他吗?婆罗门的事可不好说。小时候,他去参加过一个婆罗门亲戚的婚礼。妈妈从来没去过这种场合。但是爸爸开车把他带去,告诉他和堂兄弟们一起玩。有个婆罗门男孩邀请他玩一个比赛,看谁敢吃抹了一英寸厚食盐的香草冰淇淋。辛喀拉刚舀了一勺子咸咸的冰淇淋放在嘴巴里,就有人在旁边喊:"你这个白痴!我们是开玩笑的!"

这么多年来,他们一直都是如此。有一次,学校里的一个婆罗门小孩邀请他到家里去玩。他挺喜欢这个哥们的,就答应了。小孩和他妈妈请他到客厅坐着。他们家很"现代化"——他们刚刚从国外回来。他在他们家的客厅里看到了埃菲尔铁塔的模型,还有陶瓷的挤奶女工像。他觉得在他们家没有受到任何不公的待遇。

他们给他拿出了茶和饼干,让他感觉像在自己家里一样舒服。不过告辞时,他发现朋友的妈妈左手拿着一块抹布,正在擦他刚刚坐过的沙发。

他的种姓大家都心知肚明。有一天,他在尼赫鲁广场打板球,有个老头站在不远的墙边上看着他。后来,他叫辛喀拉过来,仔细地端详他的脸庞、脖子和手腕。辛喀拉站在那里,无助地接受着他的检查。他不知道如何是好,只好盯着老头眯起的眼睛和眼角的鱼尾纹。几分钟后,老头开口了:"你就是瓦苏德瓦·金尼和那个霍伊卡女人生的儿子吧?"

他一定要辛喀拉和他一起走走。

"你爸爸这个人很倔强。他绝不愿意接受包办婚姻。有一天他找到了你妈妈,然后向他所有的婆罗门亲属宣布:去你们的吧。我要和这个漂亮的可人儿结婚,管你们愿不愿意。我就知道会有这种结局——你会是一个杂种。既不是婆罗门,也不是霍伊卡。我告诉过你父亲,可是他不听。"

老头拍了拍他的肩膀。他的动作是那么随意和自然,看上去不像是一个老顽固,不像是一个种姓政策的卫道士,倒像只是在坦诚地告诉他一些不幸的事实。

"你完全是属于另一个种姓的,"老头说道,"婆罗门-霍伊卡,你介于这两种种姓之间。经文里曾经提到过这种种姓,我们知道在某些地方一定有这种种姓的存在。他们与世隔绝。你应该与他们谈谈,从他们当中找个女人结婚。那么一切就恢复正常了。"

"是的,先生。"辛喀拉说。他根本不知道老头说这番话的用意。

"现在都不怎么提种姓的事了,"老头满怀遗憾地说,"婆罗门吃肉了。刹帝利也能上学了,还有出书的。低等种姓的也有改信基督教和伊斯兰教的了。你一定听说过米那卡辛普拉姆那边的事吧?卡扎菲上校想毁掉印度教,而那些基督教牧师和他私下勾结。"

他们一起走了好一会儿,一直来到一个公交车站。

"你必须找到自己的种姓,"老头说,"你必须找到自己的同类。"说完,他轻轻地拥抱了一下辛喀拉,然后登上了公车,和年轻人推搡着抢座位去了。辛喀拉觉得这个老婆罗门挺可怜的。他自己从来没坐过公共汽车,无论到哪里去都有司机接送。

辛喀拉想:他的种姓比我高等,但他是个穷光蛋。那么,种姓还有什么意思呢?

这只是像他这样的老年人钟情的传说吗?如果你告诉自己,种姓只是无稽之谈,终会烟消云散,如果你说,"我是自由的",难道你不知道自己原本就是自由的吗?

他吃完了第四杯奇酷奶昔,觉得有点不舒服。

他离开冰淇淋店后,最想去的地方就是老法庭路,在黑色的基督雕像旁边坐坐。

他环顾了一下四周,看看警察有没有在跟踪他。当然,今天绝对不能去基督雕像那里。那无疑是自杀。学校的每条通道肯定都受到了严密的监视。

他想起了达里尔·德苏萨。对了,就去看看他!在学校的十二年里,达里尔·德苏萨是唯一一个对他比较好的人。

辛喀拉第一次看到这位教授是在一次政治集会上。那是在尼赫鲁广场上举行的"霍伊卡的骄傲与自我表述集会",第二天的报纸将这次集会称为基图尔历史上最重要的政治事件。一万名霍伊卡人聚集在尼赫鲁广场上,要求享有作为一个成熟群体所应有的权利,并要求为五千年来他们受到的不公得到补偿。

垫场的发言人讲到了语言问题。小城的官方语言应该是平常人使用的图鲁语,而不是婆罗门所用的卡纳达语。

现场响起了雷鸣般的掌声。

教授本人不是霍伊卡,他是作为一个持同情态度的局外人被邀请来的。坐在他旁边的是今天的贵宾,一位来自基图尔议会的议员,他是一个霍伊卡,也是霍伊卡群体的骄傲。他曾经三次当选议员,还是印度内阁的成员。这一成就也正是霍伊卡群体成功的标杆。

最后,在多名次要发言人讲完话后,议员登台了。他开始大声疾呼:"我们,霍伊卡的兄弟姐妹们,在过去都不准到寺庙里去。你们知道吗?祭司站在门口说:'你们这些低等种姓的家伙!'"

他暂停了一下,让这种羞辱的感觉在听众中发酵。

"'低等种姓,滚回去!'但是,自从你们,我的同胞,选举我为议员之后,婆罗门还敢这样对待你们吗?他们还敢叫你们'低等种姓'吗?我们占本城人口的百分之九十!我们就是基图尔!如果他们打我们,我们就打回去!如果他们侮辱我们,我们就……"

演讲结束之后,有人认出了辛喀拉。他被带到了一个小帐篷里。议员正在里面休息。别人介绍他说是整形医生金尼的儿子。那位伟大的议员正坐在一把木头椅子上,一只手里拿着杯饮料。听完介绍,他把杯子稳稳地放下,却洒出来一些。他抓住辛喀拉的手,示意他坐在自己旁边的地上。

"鉴于你的家庭情况、你的社会地位,你将会是霍伊卡群体的未来。"议员说。他停了一下,打了个嗝。

"是,先生。"

"你明白我的话吗?"这位伟人问道。

"是,先生。"

"未来是我们的。我们占本城人口的百分之九十。那些婆罗门王八蛋要完蛋了,"他一边说,一边抖着手腕。

"是,先生。"

"如果他们打你,你就打回去。如果他们……如果他们……"伟人用手在空中画着圈,想借此完成模糊不清的句子。

辛喀拉高兴得要叫出来了。"婆罗门王八蛋们!"没错,这就是他想说的。现在这位议员,拉吉夫·甘地内阁的成员替他说了出来!

然后,一名侍从带着辛喀拉走出了帐篷。"金尼先生,"侍从紧紧地抓着辛喀拉的胳膊,"不知您是否愿意为今天这次伟大的集会捐点款。只要一点儿……"

辛喀拉掏空了所有的口袋。五十卢比。他把钱给了侍从。侍从深深地鞠了一躬,又说了一遍他是霍伊卡群体的未来之类的话。

辛喀拉看到好几百人排着队领啤酒和半斤装的朗姆酒,就像是他们来参加集会并且欢呼造势后应该得到的贿赂。他摇了摇头,没有要酒。想起自己是本城百分之九十中的一分子,他并不怎么高兴。现在他觉得婆罗门变得势单力孤、无力抵抗了,他们本来是基图尔的精英,现在却生活在无尽的恐惧之中,担心着霍伊卡、巴恩特、孔卡纳、小城里的每一个非婆罗门种姓的人会抢走他们的房子和财产。成为霍伊卡人中的一分子,无论他们干些什么,他立刻就会在理论上成为他们中的一分子,这让他心生抗拒。

第二天早上,他看着报纸,心想自己是不是对霍伊卡太苛刻了。他想起主席台上的那位教授,便让司机找到了他的住址。他在教授家的院子前面徘徊了一会儿,终于下定决心,推开了门,走到房子前面,按响了门铃。

教授打开房门。辛喀拉说:"先生,我是一个霍伊卡。你是这个城市里唯一让我信赖的人。我想和您说几句话。"

"我知道你是谁,"德苏萨教授说,"进来吧。"他们两人坐在客厅里开始了促膝长谈。

"那个议员是谁?他是什么种姓的?"教授问他。

他的问题让辛喀拉迷惑不解。

"他是我们中的一员啊,先生。是霍伊卡。"

"不完全是,"教授说道,"他是克拉巴。你听说过这个术语吗?亚种姓?所谓的霍伊卡种姓并不存在,亲爱的。这个种姓又分为七个亚种姓。你明白我的意思吗?克拉巴都是百万富翁。早在十九世纪,一个在基图尔的英国人类学家就注意到了这一点。克拉巴一直在剥削压迫其他的六个霍伊卡亚种姓。这次也不例外,这个人大打霍伊卡牌是为了能再次当选，那他就能够坐在办公室里，收取那些想在港口开服装厂的人送来的大信封了，里面当然装满了现金。"

七个亚种姓？克拉巴？辛喀拉从来没听说过这些。他呆住了。

"这就是你们印度教徒的大问题，"教授接着说，"你们自己都弄不清自己的事！"

辛喀拉为自己是个印度教徒而有些羞惭，他的祖先们设计的这个种姓制度真是令人厌恶啊！但同时他对达里尔·德苏萨也有些恼火。这个给他大讲种姓的人又算什么呢？基督徒怎么敢这样呢？他们改变了信仰，就轻轻松松跳出圈外，难道他们不应该留在印度教徒的阵营里，一起反抗婆罗门吗？

他马上用微笑将内心的恼怒掩饰得天衣无缝。

"那我们该拿种姓制度怎么办呢，先生？我们怎么才能废除它呢？"

"纳萨尔派的行动就是一个解决办法，把整个上层种姓全部炸掉。"教授说。他有一个很有意思的习惯，他会像女人那样把饼干在牛奶里泡一泡，然后趁着饼干还没有湿透赶紧放进嘴里。"他们炸掉了整个种姓制度，这样就可以从零开始。"

"从零开始"——这个美国俚语让辛喀拉兴奋起来。"我也觉得我们应该从零开始，先生。我认为我们应该摧毁种姓制度，从零开始。"

"亲爱的孩子，你是个虚无主义者。"教授赞许地笑了。他咬了一小口湿漉漉的饼干。

那次之后，他俩就再没有见过面。教授出去旅行了，而辛喀拉也实在不好意思再闯到别人家里去。但他总是铭记着两个人的那次谈话。现在，他在大街上漫无目的地徘徊，因为吃了太多糖，胃里很不舒服,他觉得世界上只有这个人能理解他所做的事。那我就去向他坦白这一切吧。

教授的家里已经挤满了学生。《黎明先驱报》的一个记者也在那里,正在向这个高个子教授提关于恐怖主义的问题。桌上放着一个黑色的录音机。辛喀拉搭了个三轮车来到教授家,和学生们一块等着采访结束。

"这绝对是某些学生的虚无主义行为,"教授盯着录音机说,"肇事者应该被投进监狱。"

"先生,这一事件对今天的印度意味着什么呢?"

"这是我们年轻人被虚无主义毒害的一个明证,"德苏萨教授说道,"他们失去了方向,他们……"教授顿了一下,"失去了我们国家的道德标准。我们的传统被遗忘了。"

辛喀拉顿时感到怒不可遏,他冲了出去。

他来到沙布尔·阿里家门口,按响了门铃。一个蓄着胡子的男人打开了门,他穿着北印度风格的库尔塔[1],露着胸毛。辛喀拉从来没见过他,愣了一下才反应过来这个人应该是沙布尔·阿里的爸爸。

"现在不准他和他的朋友们说话,"他说,"你们这些狐朋狗友把我儿子带坏了。"接着,他砰的一声关上了门。

哈,了不起的沙布尔·阿里,那个喜欢和女人"交流",喜欢玩安全套的家伙被锁在了家里。被他老爸关起来了。辛喀拉想笑。

他不想再坐三轮车,于是在一个公共电话亭给家里打了个电话,要车子来沙布尔·阿里家门口接他。

---

[1] 印度人穿的无领长袖衬衫。

回到家里，他把自己的房门反锁，躺在了床上。他拿起电话，然后又放下，数了五声再拿起来。通了。在基图尔，你要先闯进别人的世界就得这样干。

电话串线了，他在听别人的对话。

听筒里噼里啪啦响了一阵，然后有对话声传了出来。电话里有一个男人和一个女人在说话，可能是一对夫妻吧。他听不懂他们说的话，他想可能是马拉雅拉姆语，这两个说话的人一定是穆斯林。他想知道他们在谈些什么，或许是这个男人在抱怨自己的健康状况？或许是女人在问丈夫要点钱？这个男人现在不在基图尔吗？不管是怎么回事，不管他们叽里咕噜在讲些什么，他还是能听出来他们语气中的亲密。他想，有个老婆或者女朋友还真是好啊。那就不会一直这么孤单了。哪怕是有个真正的朋友也好啊。要是有个能够劝他不要放置炸弹的朋友就好了，那就不会有这么多麻烦事了。

男人的语气突然变了，他开始轻声细语地说话。"我好像听到话筒里有别人的呼吸声。"男人说，或者说是辛喀拉想象的。

"没错，有个变态在偷听我们讲话。"女人回答道，或者说是辛喀拉想象的。

接着他们挂上了电话。

我血液里流淌着两种种姓最大的缺点，辛喀拉躺在床上想。话筒还贴着他的耳朵上。我既有婆罗门的焦虑和恐惧，又有霍伊卡的莽撞和轻率。这两种种姓的缺点在我体内融合在一起，造就了我畸形的人格。

他要发疯了。是的，他确信自己要发疯了。他又想出门了。但是他担心司机会看出他的烦躁不安。

他走到后门，趁司机没注意，悄悄地溜了出去。

也许司机根本没怀疑我，他想。他也许觉得我也不过是个没用的富家子弟，就像沙布尔·阿里那样。

他在心里狠狠地说，像沙布尔·阿里这些纨绔子弟，生活中都有一套准则。他们高谈阔论，却不动手去做；他们在家里放着安全套，却从来不用；他们有引爆器，却不敢引爆炸弹。说，说，说，不停地说。这就是他们的生活。就像是冰淇淋上的盐。在冰淇淋上涂上一层盐，就放在那里，却没有人去舔一下！只是开玩笑的！放炸弹什么的也只是说说而已。只有他把这个当成了一回事。他不知道这个准则，因为他并不真正属于任何一个种姓——婆罗门也好，霍伊卡也好——甚至也不属于这一群纨绔子弟。

他是一种鲜为人知的种姓——婆罗门-霍伊卡，到目前为止，这种种姓的人他只找到一个，就是他自己。这让他变得不同于人类的任何一个种姓。

他又搭了三轮车来到了学校，确认没人注意他后，又走到老法庭路上。一路上，他把手插在裤袋里，低着脑袋往前走。

他分开树丛，走到耶稣像那里坐了下来。空气中仍然有着浓烈的肥料味道。他闭上眼睛，想平静一下心绪。然而他却不自觉地想到了多年前在这条路上发生的自杀事件。他是听沙布尔·阿里说的。一个男人在这条路边上的一棵树上上吊了，也许就是在这个地方。他脚下有一个手提箱，箱子是打开的，警察在里面发现了三个金币和一张纸条。"在这样一个没有爱的世界，也许自杀是唯一的解脱。"然后是一封信，收信人是孟买的一个女人。

辛喀拉睁开了眼睛。他好像看到孟买的那个男人就吊在他的面前，双脚在黑色耶稣像上面悬荡着。

他心里想：这会是他的命运吗？他会不会受到万夫所指，被处以绞刑？

他又想起了那些改变命运的事情。那次，在沙布尔·阿里家聊过天后，他去了港口。他自称要买肥料，到处打听穆斯塔法的住处，在别人的指引下来到了一个市场。他看到有一排蔬菜贩子，就向他们打听穆斯塔法，他们说："到楼上去。"他走上楼梯，来到一处伸手不见五指的所在，身边好像有一千人在同时咳嗽。他自己也咳了起来。眼睛适应了黑暗后，他发现自己来到了一个辣椒市场。肮脏不堪的墙边堆着巨大的麻袋。苦力们一边拖着麻袋，一边不停地咳着。走过漆黑的市场，他来到一个露天庭院。他再次开口问道："穆斯塔法在哪里？"

一个人躺在一车发蔫的蔬菜上，指了指一扇敞开的门。

他走了进去，看到三个男人围着一张圆桌在打牌。

"穆斯塔法不在，"一个眯着眼睛的男人说，"你要买什么？"

"一袋肥料。"

"干什么用？"

"我种了点豆子。"辛喀拉说。那个男人笑了起来。

"什么豆子？"

"黄豆，绿豆，扁豆。"

那个男人又笑了起来。他把扑克牌放下，走进一间屋子里，拖出一个巨大的麻袋，放了辛喀拉的脚边。

"还要点什么东西种你的豆子啊？"

"一个引爆器。"辛喀拉说。

玩牌的人都放下了手里的牌。

在一间房子的内室，他买到了引爆器。他们还告诉他如何拨动刻度盘定时。不过辛喀拉那天带的钱不够，所以一周后带足钱又去了一次，租了个三轮车将肥料和引爆器运了回来。他在老法庭路口下了车，将东西藏在了耶稣像附近。

一个星期天,他去学校踩了点。他想起了他最喜欢的一部电影《巴比隆》,当时的情景就像电影里面的主人公谋划出狱时一样刺激。他就像第一次来到学校一样,用逃狱者一般敏锐的眼光审视着校园。然后,在那个至关重要的星期一,他带着那袋肥料去了学校,安好引爆器,把时间定到一个小时,放在了最后一排。他知道那个位置是没有人会去坐的。

然后他就等待着,一分钟一分钟地数着时间,就像电影里的那个英雄一样。

半夜,电话响了。

是沙布尔·阿里打来的。

"拉西拉多要我们几个明天都去他的办公室,哥们!明天,一大早就要去!"

他们五个人都要去他的办公室,警察也会来。

"他去搞测谎仪了,"沙布尔顿了一下,接着嚷道,"我知道是你干的!你为什么不承认?你为什么不赶快承认?"

辛喀拉的血液都凝固了。"去你妈的!"他吼了一声,砰地摔断了电话。不过他马上就想到:我的天哪,沙布尔一直都知道。当然,大家都知道。坏孩子帮里的每一个人都知道,现在这事应该都传遍全城了。他想:我现在还是坦白吧。说不定警察会因为他的自首情节而考虑宽大呢。他拨通了"100",他记得这应该是报警电话。

"我想找副警长。谢谢。"

"喂?"

接着是一阵刺耳的噪声。

"喂?"

"炸弹的事。是我干的。"

"喂?"

声音又中断了一下。电话切到了另一条线路。

他把刚才的话对另一个人又讲了一遍。

声音又中断了一下。

"什么什么什么?"

他愤慨地挂断了电话。该死的印度警察——接电话都不行,他们还怎么来抓他啊?

这时电话响了。是伊尔凡代表他们兄弟俩打来的。

"沙布尔刚刚给我们打了电话。他说是我们干的。我没干!里兹万也没干!他在说谎!"

这时他明白了:沙布尔给每个人都打了同样的电话,他想诈出来是谁干的!他既松了一口气,又愤愤不已。他差点中了圈套!现在他的当务之急就是想想怎么对付警察。他们可能会追踪他拨打的报警电话,然后打回来。他急得要命,得想个办法才好。对了,他想起来了。如果警察问起来的话,他就说打电话是为了举报沙布尔·阿里。"沙布尔是个穆斯林,"他就这样说,"他想借此打击印度,为克什米尔复仇。"

第二天早上,校长办公室。阿尔梅达神父坐在办公桌前,拉西拉多坐在他旁边。两个人注视着面前的五个嫌疑人。

"我这里有扩学证据,"拉西拉多说,"在黑色残余炸弹上还留有几纹。"他察觉到他们不怎么相信,就补充说:"法老墓里面的面包上都搅得到几纹。它们是毁不掉的。我们会搅出那个红蛋,一定会的。"

他抬起一根手指。

"你,平托,还是个基督徒——真为你感到羞耻!"

"不是我干的,先生。"平托说。

辛喀拉心想：问到我的时候我是不是把自己的无辜说得更强烈一些，这样就会安全点。

拉西拉多用犀利的眼神盯着他们，等着作恶的那个小子自首。几分钟过去了。辛喀拉明白了：他根本就没有指纹。他也没有测谎仪。他现在已经绝望了。他饱受羞辱，成为了学校的笑料，他想报复。

"你们这些混蛋！"拉西拉多吼了起来。接着，他又用颤抖的声音吼着："你们是在嘲咬我吗？是不是因为我发不出来'咬'这个音？"

几个男孩都快忍不住笑了。辛喀拉看到就连校长也低头看着地面，竭力忍着笑意。拉西拉多也知道，从他脸上看得出来。辛喀拉想：这个人一辈子因为大舌头而受尽嘲笑。他在班上出尽洋相。现在他一生的事业都被那颗炸弹毁掉了。他再也不能像别的教授那样骄傲地回顾自己的一生了，尽管那些教授也不一定是真的充满骄傲。他再也不可能在退休典礼上对学生说"尽管我很严厉，但你们还是爱我的"。后面肯定会有人小声地说——不错，他们爱你，因为他们在你课上引爆了一个炸弹！

在那一刻，辛喀拉想，真希望我没伤害过他，真希望我没有为了报复自己和母亲所受到的羞辱而羞辱过他。

"是我干的，先生。"

屋子里的人都转向辛喀拉。

"是我干的，"他说，"现在请你放过他们几个吧，惩罚我好了。"

拉西拉多拍了一下桌子。"喻八蛋，你是在开玩笑吗？"

"不是的，先生。"

"当言是玩笑！"拉西拉多怒吼道，"你在嘲弄我！你在公开地

067

嘲弄我!"

"没有,先生……"

"闭嘴!闭嘴!"他弯起一根手指,气急败坏地指了一圈。

"混蛋!混蛋!都给我滚出去!"

辛喀拉和其他四个清白的学生一起走了出去。他看出他们几个也不相信他刚才的话,他们都以为他是在当面嘲弄老师。

"你有点太过分了,"沙布尔·阿里说,"你真的是半点礼貌都没有,哥们。"

辛喀拉在学校外面抽着烟。他在等拉西拉多。看到教员室的门开了,化学老师走出来,辛喀拉把烟丢在地上,用脚踩灭。他盯着老师看了一会儿。他真想找个机会走过去,对他说一声"对不起"。

第二日（晚间）：灯塔山（山脚下）

这是一条被古老的菩提树所环绕的马路，空气中弥漫着楝树的味道，一只老鹰在路人头顶上盘旋着。这就是老法庭路，从山顶通往圣阿尔丰索男子高中与大专。这条路已经荒芜，为人所熟知的是这里经常有妓女和皮条客出没。

学校旁边是一个粉刷成白色的清真寺，这座清真寺可以追溯到提普苏丹时代。据当地传说，那些被怀疑为英国支持者的瓦伦西亚基督徒，就是在这里受到了严刑拷打。这座清真寺是学校与当地的一个伊斯兰组织法律纠纷的焦点，双方都声称拥有该清真寺所在地区的所有权。每周五，学校的学生可以请假一个小时去这座清真寺做礼仪膜拜，但前提是要有父亲签名的请假条，如果学生的父亲在海湾工作，则要一个男性监护人签名。清真寺前面的公车站有前往盐市村的直达快巴。

清真寺外面至少有四个小摊子，向公共汽车乘客兜售甘蔗汁、毕海葡粒泡芙，还有爆米花什么的。

差十分钟九点的时候，一阵急促的警铃声响起，昭示着这是一个不同寻常的早晨。今天是纪念圣雄甘地遇难的日子，三十七年前的今天，他牺牲了自己的生命，换来了印度的生存。

几千里外，在全国的心脏新德里，总统将在萧瑟的寒风中向圣火鞠躬。钟声在圣阿尔丰索男校和大专里回荡着，宣告着学校现在也应该做同样的举动。这所学校是一个哥特式的建筑群，有着三十六间穹顶教室，两个屋外厕所，一个化学兼生物实验室，还有一个食堂。几位神父还在里面吃着早饭。

教员室里，副校长德梅洛先生合上手中哗哗作响的报纸，像一只鹈鹕收拢起翅膀。他把报纸扔在檀香木桌上，费力地挺着大肚子站了起来。他是最后一个离开教员室的。

六百二十三名男孩像潮水一样涌出教室，渐渐地汇成一条长线，向操场集合地点走去。他们在十分钟内排成了一个几何图案——以旗杆为中心的紧密方格。

旗杆下面有一个老旧的木台。德梅洛先生就站在木台旁边，猛吸了一口清晨的新鲜空气，高声喊道："立——正——！"

学生们整齐地收脚，刷！操场上安静了下来。下面要举行悼念仪式了。

今天的主角却睡着了。旗杆顶上，三色旗皱皱巴巴、软绵无力，好像对今天特意为它而举行的隆重集会根本不在意。老校工艾瓦雷兹扯了扯一根蓝色的绳子，让这块执拗的布绷紧，变得令人肃然起敬。

德梅洛先生叹了口气，不再去管旗子的事了。他的肺再次鼓了起来："敬——礼！"

木台子咯吱咯吱地响了起来——校长门多萨神父走上了阶梯。看到德梅洛示意没什么问题了，他就在麦克风前清了清嗓子，开始了演讲，内容是如果为国捐躯、英年早逝，那么你就虽死犹荣。

几个黑色的箱子将他紧张的声音放大，整个操场都听得到。孩子们都入迷地听着校长讲话。神父告诉他们巴加特·辛格[1]与圣雄甘地用指尖的鲜血灌溉了脚下的这片土地，他们心中充满着骄傲。

德梅洛先生眯着眼睛，用锐利的目光审视着面前这些爱国少年。他知道所有的鬼话随时都有可能穿帮。他在这所男生学校工作了三十三年，人性的任何秘密都逃不过他的眼睛。

长篇大论之后，校长终于要讲到今天早上最重要的问题了。

"当然，每年的英雄纪念日，政府都会为邦里的每所学校提供下周一免费电影节的门票。"他说。这句话就像一股电流，学生们都满怀希望地屏息期待着。

"但是今年，"——校长的声音颤抖起来——"我非常遗憾地通知大家，今年没有免费电影节。"

起初几秒，静寂无声。接着，操场上就炸开了锅。学生们都不敢相信这个消息，纷纷痛苦地抱怨着。

"政府犯了一个非常严重的错误，"校长试图解释，"一个非常、非常、非常严重的错误……他们要你们去一个罪恶之地……"

德梅洛不明白校长为什么还在磨磨唧唧讲个没完。按说现在应该结束演讲，让这帮小子们回教室去。

"我都不知道该怎么对你们说……这是一个严重的错误。我很抱歉。我……"

德梅洛在人群中寻找着吉里什，突然看到方队后面有点动静。副校长拖着累赘的大肚子，吃力地走下讲台。接着，他不可思议地敏捷起来，像泥鳅一般从人缝里挤过，来到了事发区域。学生们都踮起脚尖看着他匆匆地过去。他的右手颤抖着。

---

[1] 巴加特·辛格（1907—1931），印度自由斗士，被认为是印度独立运动中最重要的革命家之一。

一条棕色的狗在队伍后面大模大样地走着。它是从集合广场下面的操场上爬上来的。几个捣蛋鬼轻声地吹着口哨，弹着舌头，引它再走近一些。

"给我停下！"大口地喘了几下后，德梅洛吼道，他跺着脚向狗走了几步。和学生正玩得不亦乐乎的狗还以为他走过来是逗它的。德梅洛老师往前一冲，它就退一退，但是德梅洛一停下来喘口气，它就又冲了过来。

学生们都笑出声来了。搞不清楚状况的学生纷纷回头，方阵有些骚动，就像一颗石头在水中荡起了涟漪。扩音器里校长的声音有些颤抖，带着一丝绝望。

"同学们不能不守规矩……免费电影节是一种荣幸，而不是权利……"

"用石头砸它！用石头砸它！"有人冲着德梅洛喊。

正值六神无主的当儿，老师按照他说的做了。砰！石头砸在了狗的腹部。它惨叫一声，逃出了广场，跑到下面的操场上去了。德梅洛甚至看到了它眼神里有一种被背叛的感觉。

德梅洛顿时觉得有些不忍。这个可怜的动物一定受伤了。他转过脸来，看到的是一片欢笑的海洋。就是这里面的某个家伙挑唆的。他转过身，随便抓起了一个学生，在一刹那间确定了不是吉里什之后，就啪啪赏给他两记耳光。

德梅洛老师走进教员室的时候，他看到所有的老师都围在檀香木桌子边上。男老师的穿着打扮都差不多，都是浅色的半袖格子衬衫、棕色或蓝色的肥大喇叭裤；女老师则穿着桃色或者黄色的棉混涤纶纱丽。

生物兼地质老师罗杰斯先生正在读卡纳达语的报纸，是关于免费电影节安排的。

影片一：《拯救老虎》
影片二：《体育运动奖金制度的重要性：本土运动的优势》（以卡巴迪和喀喀[1]为例。）

在这风平浪静的节目单之后隐藏着爆炸性的新闻。

您的子女在免费电影节日的座次安排（1985）：

1. 圣米拉格里斯男子高中：姓氏首字母从 A 到 N 的在白马影院；从 O 到 Z 的在贝尔摩剧院。

2. 圣阿尔丰索男子高中：姓氏首字母从 A 到 N 的在贝尔摩剧院；从 O 到 Z 的在天使之音电影院。

"一半学生！"罗杰斯激动得声音都有点发颤，"一半学生被安排到了天使之音影院！"戈帕尔克利须那·巴特是一位年轻老师，一年前刚从贝尔高姆师范学校毕业。看到这种情形，他也想来凑凑热闹。他举起手臂，无奈地说："真是乱弹琴！安排我们的学生去那种地方！"

庞迪特是一位资深的卡纳达语老师，他个子不高，满头银发，常出惊人之语。他对同事的幼稚颇不以为然。

"这不是什么错误，这是蓄意而为！班加罗尔那些该死的政客接受了天使之音电影院的贿赂，所以他们把我们的学生送到那个罪恶之地去！"

---

[1] 卡巴迪（Kabbadi）和喀喀（Kho-Kho）是印度比较普及的运动。两种运动都以相互追逐为主，目的都是为了锻炼反应速度、肌肉协调性等，都以比赛中的口号而得名，但在规则和形式上略有不同。

老师们现在分成了两派，持"错误论"者和相信"贿赂阴谋论"者。

"依您看呢，德梅洛先生？"年轻的巴特问道。

德梅洛没有搭理他，拖着一把藤椅走到了教员室另一头的窗口。坐在那里，他欣赏着窗外明媚的阳光、蓝蓝的天空、起伏的山峦，还可以独享阿拉伯海的美妙景色。

浅蓝色的天空有些耀眼，正适宜冥想。几丝美丽的云彩在空中飘荡，就像他曾经的愿望。天空犹如碧琼笼罩着大地，越靠近海平线的地方颜色越深，在海天交界之处与湛蓝的阿拉伯海融为一色。德梅洛敞开胸怀，沉浸在早晨的美景之中，借此平复纷乱的心绪。

"真是个大错误啊，是吧，德梅洛先生？"戈帕尔克利须那·巴特跳到窗台上，遮住了海景。小伙子兴致颇高地摇晃着双腿，冲着德梅洛笑着，露出一口稀疏的牙齿。

"巴特先生，唯一的一次错误发生在一九四七年八月十五日[1]，当时我们还以为会有一个人民民主的政府，而不是军事独裁政府。"

年轻老师点了点头："对，对，太对了。您怎么看待紧急状态[2]，先生——这种做法对吗？"

"我们没有把握住那次机会，"德梅洛老师说，"只有一个政治

---

[1] 一九四七年八月十五日，印度脱离英国的殖民统治，赢得独立。但同时被分为两个自治领地，即印度与巴基斯坦，史称印巴分治。巴基斯坦以穆斯林为主，在领土方面与印度产生了长期的冲突，如文中所提到的克什米尔地区与被一分为二的旁遮普地区。

[2] 一九七五年，时任印度总理的英迪拉·甘地说服总统在全国实行紧急状态法，逮捕反对党首领，取缔激进组织，限制新闻自由。一九七七年三月二十日宣布解除。这一时期被称为是印度独立后最黑暗的时期。

家知道这个国家的痼疾,而且开出了良方,然而他们却开枪暗杀了此人。"说完,他又闭上了眼睛,竭力将巴特的身影从眼前驱逐出去,想象着无人打扰的海景。

巴特说:"今天早上的报纸上有您最喜欢的名字,德梅洛先生。在第四版,靠上边的位置。您一定会感到骄傲的。"

德梅洛还没来得及阻止他,巴特就已经念了起来。

上城旋转俱乐部特此宣告第四届校际英语演讲比赛获胜者名单。

演讲主题:科学——人类的福祉还是诅咒?

一等奖:哈里什·帕伊尔,圣米拉格里斯高中(科学是福祉)

二等奖:吉里什·莱伊尔,圣阿尔丰索高中(科学是诅咒)

副校长从他年轻的同事手里一把扯过报纸。"巴特先生……"他咆哮着,"我已经多次公开宣布过了,我从来没有特别偏爱过任何一个学生。"

他闭上了眼睛,但是他的心境已经无法平静了。

"二等奖"——这个词再一次地刺痛了他。为了演讲比赛,昨天他辅导了吉里什一个通宵,从内容到演讲风格,到在麦克风前面的站位,已经是面面俱到了!结果只是一个二等奖?泪水湿润了他的眼眶。这个孩子最近是有些退步了。

教员室里突然嘈杂起来,虽然闭着眼睛,德梅洛也知道是校长进来了,那些老师都抢着拍马屁去了。他知道马上就闲不住了,但还是坐着一动不动。

"德梅洛老师,"那个紧张的声音又响起来了,"这是一个非常严重的错误……今年我们一半的学生都不能参加免费电影节。"

校长坐在檀香木桌旁边盯着他看。德梅洛咬了咬牙齿。他猛地合上报纸,从容地站了起来,从容地转过身子。校长正在抹额头上的汗滴。门多萨神父身材高大,秃顶得厉害,只有几缕油光发亮的头发向后梳拢在脑门上。他宽阔的脑门上沁出晶莹的汗滴,就像一片暴雨过后挂着露珠的树叶,厚厚的镜片下面,一双大眼珠正盯着德梅洛。

"我能提个建议吗,神父?"

校长拿着手绢擦汗的手停留在了眉毛上面。

"如果我们不让孩子们去天使之音电影院的话,他们会以为我们软弱。那我们的麻烦就更多了。"

校长咬了咬嘴唇。

"但是……危险……有人看到过他们那些可怕的海报……不堪入目……"

"我会安排好的,"德梅洛先生郑重地说,"我会抓好纪律的。我向您保证。"

神父满怀期望地点了点头。走出教员室时,他对帕尔克利须那·巴特说:"副校长带着孩子们去天使之音电影院的时候,你也要跟着去……"他语气里带着真切的感激之情。

十一点钟,他去上今天上午的第一节课,脑海里还回荡着门多萨神父的话。副校长。他知道自己不是第一选择。这个耻辱一直如鲠在喉。按照资历,这个职位本来应该是他的。他在圣阿尔丰索男校教了三十年的印地语和算术,打理着这个学校的大小事务。但是这个班加罗尔的门多萨神父出现了,梳着油光发亮的背头,带着六个大箱子,里面装满了"现代"的思想,说他喜欢看上去"机灵"的人。他知道这是什么意思。

他已经步入中年后期，体型超重，他张着嘴巴呼吸，鼻孔还露着乱蓬蓬的鼻毛。他身体的中间部位是一个超大的啤酒肚，这个大肉球当然孕育不出来新生命，却已经孕育了十几次心脏骤停。走路时，他不得不撅着屁股、仰着脑袋，眉毛和鼻子拧成一个疙瘩，看上去像一个丑陋的怪物。"妖怪，"学生看到他走过就会喊，"妖怪！妖怪！妖怪！"

中午，他坐在教员室里自己最爱的窗台旁边，拿出不锈钢饭盒，吃里面的咖喱鱼饭。他的同事们都不喜欢咖喱的味道，因此都离得他远远的。吃完之后，他拿着饭盒到外面的公用水龙头上去。在外面玩耍的孩子们停了下来。他根本不可能弯下腰（你知道，壮观的肚子），只好用饭盒接点水然后举到嘴边。他大声地漱了几次口，嘴里喷出淡红色的水流。小孩子们看得很兴奋，在一旁尖叫着。他走回教员室后，小孩们挤到水池前面去看：水池里有一小堆鱼刺，好像微型的珊瑚礁。孩子们又是害怕，又是恶心，他们齐声地喊着，声音越来越大："妖怪妖怪妖怪！"

"选择德梅洛做我的助手有一个主要的问题，那就是他过于倾向老派的暴力手段。"年轻的校长在给耶稣理事会的信中写道。德梅洛老师体罚学生过多，也过于频繁。有时，即便在黑板上写着字，他的左手上也拿着一把扫帚。他随时可能转身将扫帚掷向最后一排，接着就是一声惨叫，然后人仰凳翻。

他以前更过分。门多萨神父详细地报告了他以前听说的一个故事。多年以前有一次，一个坐在第一排的学生在德梅洛眼皮底下讲小话。德梅洛没有说话，他坐着一动不动，怒火渐渐上升。据说，他当时大脑一片空白。然后他冲上去，一把把这个学生从座位上拎了起来，举在空中，走向教室后面：他把学生关进了壁橱里。学生在里面用拳头击打着壁橱，呼喊着要同学救他。"我喘不过气来了!"他哭喊着。击打声越来越响,然后越来越弱,越来越弱。整整十分钟之后,壁橱才被打开,里面传出一股尿骚味,那个学生已经瘫成一团,不省人事了。

另外,德梅洛在瓦伦西亚神学院进修牧师课程的时候也有些问题。他在那儿待了六年,却突然离去,并与导师交恶。有传言说他质疑神圣的教义,并宣称梵蒂冈反对节育的政策在印度这样的国家是行不通的。然后他就离开了那里,枉费了六年的工夫。也有传言说他思想散漫,没有定期去教堂礼拜。

几个星期过去了,耶稣会理事会写信问门多萨神父是否做好了决定。年轻的校长坦承自己还没有时间考虑。他发现每天早上他的头号任务就是教训一帮劣童。每天早上都是这些人。在课上讲话。损坏学校财物。欺负学习认真的同学。

一天,一位外国人来学校访问。她是一位来自英国的基督徒,为印度的慈善事业捐过很多钱。那天早上,门多萨神父精心地在他幸存的头发上多打了点发蜡。并请庞迪特老师和他一起带着这位英国女士参观校园。卡纳达语老师极有礼貌地向外国友人介绍了圣阿尔丰索的光荣历史、杰出校友,以及他们为这样一个曾经是象群出没的不毛之地的文明进程所做出的贡献。门多萨神父觉得庞迪特老师正是他需要的机灵人。突然,这位外国友人尖叫了起来。她不胜恐惧地摊着双手。原来,咖啡种植园主家的朱利安·德萨正站在教室里的最后一排,向全世界展示他的私处。全班同学都笑得前仰后合。庞迪特老师马上冲向了那个疯狂的男孩,但是大错已经铸成。这位外国慈善家转身退出去,用惊恐的眼神看着门多萨,好像他就是那个暴露狂。

晚上,一位年长的耶稣会理事从班加罗尔打电话来安慰他。"改革家"最终都看不到真相吗?现代的教学理念在班加罗尔是行得通的。但是在基图尔这种离现代文明十万八千里的穷乡僻壤呢？

"管理一个有着六百个小兔崽子的学校，"老理事告诉在抽泣的年轻校长，"你得有一个怪物做帮手。"

来到圣阿尔丰索两个月后的一个早上，门多萨把德梅洛老师叫到了他办公室。他告诉德梅洛自己别无选择，只能让他来做副校长。要管好这样的学校，耶稣会说了，他得有个德梅洛老师这样的人。

等一会儿，德梅洛在心里说。先喘口气。等下就要进教室了，那就意味着战争开始。他拟定好作战计划，走到了后门口。来个突然袭击。他明白门多萨在去天使之音电影院这件事上改变主意的消息大家现在都知道了。学生们肯定认为这是学校当局的懦弱。现在应该是危险性最高的时候，不过也正好给他们一个长记性的教训。

教室里非常安静——过于安静。最后一排本来是那个高个子早熟男孩坐的位置，现在却聚集了几个小子。他们的中心是一本杂志。德梅洛居高临下地看着他们。那本杂志不是普通的杂志。"朱利安。"他轻声地喊道。

学生们转过身来，杂志掉在了地上。朱利安站在那里傻笑着。他是班上个子最高，也是发育得最快的家伙。他敞开的衬衫下面已经露出了倒三角形的胸毛，他卷起袖子展示肌肉时，德梅洛看到他的肱二头肌像只小老鼠一样鼓起。作为咖啡种植园大亨之子，他绝不会被学校开除，却并非不能受处惩。这个小恶魔仰头看着德梅洛，脸上还挂着下流的微笑。德梅洛在心里听到了他的声音，这个声音逼着他要下重手：妖怪！妖怪！妖怪！

他拎着这小子的领子，把他从座位上拖了起来。刺啦一声，领子被拽掉了。德梅洛颤抖的手肘紧紧地贴着朱利安的脸。

"滚出去，你个兔崽子……跪下……"

把朱利安拖出教室后，他用手撑着膝盖，大口地喘气。他捡起杂志飞快地翻了几页。

"你们就看这种东西，是吧？你们想去天使之音电影院是吧？你们以为会看到他们墙上的海报，看到那些罪恶的壁画是吧？"

他的手肘还在颤抖，他在教室里走来走去，雷鸣般地咆哮着：那些色狼都不好意思去天使之音影院。他们都用毯子遮着脸，羞愧地往售票处丢几个卢比。电影院里面的墙上都贴着限制级电影的海报，那就是万恶之源。在这样的地方看电影意味着身心的堕落。

他把杂志砸到了墙上。他们以为他不敢揍他们吗？不！他可不是班加罗尔或者孟买训练出来的"新式"教师！暴力手段是他的大餐，也是他的餐后甜点。小孩子不打不成器。

他像一座大山一样哗啦啦坐到椅子上，拼命地喘着气，胸口隐隐作痛。看到他的话起了一些作用，他心里有些欣慰。学生们都一动不动地坐着。领口被撕烂的朱利安就跪在门口，所以教室里鸦雀无声。但是德梅洛知道这效果持续不了太久。他今年五十七岁了，早就对人性不抱有任何幻想。叛逆的欲望还是会在这些学生的心中燃起。

他让学生打开印地语课本，翻到第一百六十八页。"谁来朗读这首诗？"

班里静悄悄的，只有一只举起的手臂。

"吉里什·莱伊尔，你来读。"

第一排的一个男孩站了起来。他戴着一副滑稽的大眼镜，头发浓密，从中间分开，脸上长满了青春痘。他不用看课本，因为他早已背熟了这首诗：

花儿说，不要，
花儿说，不要把我扔在，
在处子的床上，
在婚礼的马车上，
在梅里村的广场上，

花儿说，不要，
不要把我扔到任何地方，
我只想躺在孤独的小径上，
那里，
为国捐躯的英雄曾经走过。

小男孩坐了下来。学生们都静悄悄的，听到他用纯正的语音朗读这首印地语诗歌而自惭形秽。"要是我班上的学生都像他这样就好了。"德梅洛默默地想。

但是他没忘记他的爱徒在竞赛中给他带来的失望。他让学生把这首诗在笔记本上抄写六遍，过了两三分钟才指了指吉里什，让他过来。

"吉里什，"他的声音有些颤抖，"吉里什……你为什么没在竞赛中拿个一等奖呢？拿不了一等奖我们怎么去德里呢？"

"对不起，老师……"男孩羞愧地低着头。"吉里什，最近你不像原来那样经常拿一等奖了……怎么回事？"

小男孩的脸上有一丝担忧之色。德梅洛慌了神。

"是不是有人找你的麻烦？哪个学生？是不是朱利安·德萨威胁了你？"

"没有，老师。"

他看了看后排的高个子男生们，又看了看右边跪在地上的德萨，他正咧着嘴笑呢。副校长马上做出了一个决定。

"吉里什……明天……你不要去天使之音电影院了。我要你去贝尔摩电影院。"

"为什么，老师？"

德梅洛老师退后一步。

"什么为什么？因为是我说的！"他吼道。全班学生都看着他们：德梅洛什么时候对他的爱徒声调这么高过？

吉里什·莱伊尔的脸涨得通红，看上去要哭了。德梅洛老师心里一软，他微笑着拍了拍小男孩的背。

"好了好了，吉里什，不要哭……别人我才不管呢。他们早就去过那家影院了——他们还看那种杂志。他们本来就堕落得不能再堕落了。但是你不同。我不会让你去那儿的。去贝尔摩吧。"

吉里什点了点头，回到了第一排的座位，眼睛里还噙着泪水。德梅洛老师感到内心也被怜悯融化了：他对这个可怜的孩子太严厉了。

下课的时候，他走到前排，敲着桌子："吉里什——你今天晚上有什么安排？"

今天真是糟透了，今天真是糟透了。德梅洛走在学校通往他在教师宿舍区的家的泥泞小路上，耳边还回荡着砸在狗身上的那一记石头的声音……眼前晃着那条可怜的小狗的眼神……

他把诗集夹在腋下走着。他的衣服上有几处红色咖喱的污点，领口卷曲着，像打蔫的树叶。每隔几分钟，他就得停下来伸一伸酸痛的腰背，喘息一阵。

"您不舒服吗，老师？"

德梅洛转过身来：吉里什·莱伊尔背着一个巨大的卡其布书包跟在他身后。

师生二人并肩走了几步，德梅洛停下了脚步。"看到了那个吗，孩子？"他指着前面说。

在学校与教师住宿区中间有一堵砖墙，墙中间有个大裂缝，像一张打呵欠的大嘴。墙已经立在那里很多年了，裂缝也是。三十年前，还是一个年轻老师的德梅洛分到了附近的一套房子。从那时起，这条路边的情况就没什么大变化。透过砖墙的裂缝，可以看到临近路上的三盏路灯。近二十年来，德梅洛每天晚上路过这里都会停下来，眯着眼睛打量这三盏路灯。这二十年，他一直想从灯柱上探寻一个谜底。那是差不多二十年前的一个早上，他路过墙缝的时候，看到三个灯柱上都用白色的粉笔写着同样一句话："内森·赛必死。"

他从墙缝里挤过去，来到灯柱前面，用雨伞刮了刮粉笔字，想要破译其中的奥秘。这几个字是什么意思呢？这时正好有个老人拉着一车蔬菜路过。他问老人认不认得内森·赛，但是买菜的老人只是耸了耸肩。欧内斯特·德梅洛站在薄雾蒙蒙的树林里，苦苦地思索着。

第二天早上那些字都不见了，是被人特意擦掉的。来到学校，他瞄了一眼报纸上的讣告栏，简直不敢相信自己的眼睛——昨天晚上，一个名叫"内森·赛维尔"的人在港口被杀了！他终于开始相信自己遇到了策划谋杀的秘密团体。他顿时被一种压抑的焦虑感所笼罩。也许是中国间谍写的那些字？这么多年过去了，这个谜一直没有解开。他每次路过那个墙缝的时候都会想到这件事。

"您觉得会是巴基斯坦间谍干的吗，老师？"吉里什问道，"是他们杀的内森·赛维尔吗？"

德梅洛咕哝了一声。他觉得自己不该把这段经历告诉吉里什的,他觉得自己违背了原则。师生俩接着往前走。

德梅洛老师望着落日的余晖透过菩提树叶照在地上,就像一个刚洗过澡的孩子留下的脚印。他抬头望了望天空,情不自禁地吟诵起了一句印地语诗歌:

"太阳的金色大手爱抚着白云……"

"我会背这首诗,老师,"一个童音响起。吉里什·莱伊尔背出了诗的下句,"就像爱人的手抚摸着他的情侣……"

他们接着往前走。

"这么说你对诗歌有兴趣啰?"德梅洛问道。没等男孩回答,他就又讲出了一个秘密。他年轻的时候曾经立志成为一个诗人,一个民族主义诗人,至少是第二个巴拉蒂或者泰戈尔。

"那您为什么没有成为一名诗人呢,老师?"

他笑了笑。"我渊博的朋友,在基图尔这个小地方,谁能靠作诗为生呢?"

他们走过了三个灯柱。天色越来越暗。德梅洛远远地望见自家屋子的灯光。快到家时,他不再说话。他可以听到小孩子吵闹的声音。不知道他们今天又打烂了些什么东西,他心想。

吉里什·莱伊尔打量着老师的家。

德梅洛老师脱下衬衫,挂在墙上的衣钩上。小孩子看到穿着汗衫的副校长,慢慢地坐在摇椅上。两个穿着一模一样红色衣服的小女孩在屋子里转着圈互相追逐着、尖叫着。老师根本没有搭理她们,他盯着男孩看了一会,心里不禁又一次想到,他当老师这么多年来第一次邀请学生来自己家里,这是为什么呢?

"我们为什么放过了巴基斯坦人呢,老师?"吉里什脱口问道。

"什么意思,孩子?"德梅洛的眉毛和鼻子拧在一起,眯起眼睛问道。

"一九六五年我们为什么放过了巴基斯坦人呢？我们不是已经控制住大局了吗？您曾经在班上提过，但是没告诉我们原因。"

"哦，这个事啊！"德梅洛饶有兴致地拍了拍大腿。这也是他最喜欢谈的一个话题。一九六五年那场搞砸了的战争[1]。印度的坦克已经推进到了巴基斯坦边境的拉合尔市城下，我们的政府却自毁好局。有些官僚受了贿赂，然后坦克就撤回来了。

"自从帕特尔将军[2]去世后，这个国家就每况愈下了，"他说道，学生点头听着，"我们的社会一片混乱，贪腐成风。我们能做的就是到点上班，下班回家。"他说道，学生点头听着。

老师心满意足地叹了口气，他非常高兴，这么多年来，还没有学生能够理解他对于一九六五年的滔天大错的愤慨之情。他站起来，从书架上抽出一部印地语诗集。"记得还给我，嗯？要完璧归赵。不能有折页，也不能有墨水。"

男孩点了点头。他飞快地打量了一下房子。老师家的简陋让他吃惊。客厅的墙壁光秃秃的，只有一张耶稣圣心图。斑驳的墙面上，壁虎大胆地四处爬动。

吉里什翻阅着手里的诗集时，两个红衣服小女孩轮流在他耳边尖叫，然后又尖叫着冲进了另一个房间。

一位女士拿着一杯红色的甘露酒走到男孩身边。她穿着绿色的衣服，衣服上绣着白色的花儿。男孩看着她的脸庞，心里有点疑

---

[1] 一九六五年九月，印度向巴基斯坦发动大规模的武装进攻，从而导致第二次印巴战争。在联合国安理会的斡旋下，双方于九月二十三日正式停火。
[2] 指瓦拉卜巴伊·帕特尔（1875—1950），印度独立和自由事业的主要领导人之一，曾任印度政府首任内务部长兼副总理，被称为印度铁人。印度现有以其名字命名的大学与体育馆等。

惑，回答不出来她的问题。她看上去太年轻了。德梅洛老师一定很晚才结婚，他心里想。也许他年轻时太腼腆了，不敢接近女人。

德梅洛皱了皱眉头，走到吉里什身边。

"你咧着嘴笑什么笑？什么事这么好笑？"

吉里什摇了摇头。

老师接着往下说。他又谈到了其他一些让他不胜愤怒的事情。印度一度曾被三个国家统治：英国、法国、葡萄牙。现在则换成了三个土生土长的祸害：背叛、误事、背后暗算。"问题在这里……"他拍了拍自己的胸口，"这里面藏着一个野兽。"

他告诉吉里什一些他从没对别人讲过的事情——就连他的妻子也没讲过。他当了三个月的老师后，学生时代天真的本性就已消失得无影无踪。他说，一开始他每天下课后都去图书馆读泰戈尔的诗集。他认真地读每一页诗歌，时而闭上眼睛想象自己生活在那个为自由而奋斗的岁月——在那个神圣的年代，每个人都可以参加集会，看到坐着轮椅的甘地或者聆听尼赫鲁的演讲。

离开图书馆之后，他脑袋里还在回荡着泰戈尔的诗篇。此时此刻，那堵砖墙沐浴在落日余晖之中，宛如一块巨大的金箔。菩提树深垂幽暗的树冠下面，细长的树叶闪烁着银色的光芒，如同冥想中的菩提树握在手中的念珠。德梅洛老师走过小路。仿佛整个大地都在歌咏着泰戈尔的佳作。他走过操场，操场的地势比校舍低了许多。这时一阵淫荡的叫声打乱了他美妙的思绪。

"这么晚了，谁在那里鬼叫？"他天真地问一个年长的同事。老教师拿出一撮鼻烟，放在肮脏不堪的手帕上，深深地吸了一口那令人堕落的香气，然后咧嘴笑了起来。

"他们是在脱衣服。"

"脱衣服？"

阅历更深的老教师眨了眨眼。

"不要告诉我你读书的时候没做过这种事……"然而他从德梅洛的表情上看出来他的确没做过这种事,那种表情不像是装出来的。

"这是学生们在玩最古老的游戏,"老教师说道,"你自己下去看看吧。我没法用语言来给你形容。"

第二天晚上他下去看了。他走上通往操场的楼梯,听到叫声越来越大。

第二天早上,他把所有参与的学生都叫到了办公室,一个不落——就连受害者也叫来了。他尽量保持着声音的平静:"你们把这里当成什么了?是天主教会开办的讲道德的学校,还是妓院?"那天早上,他狠狠地打了他们一顿。

打完之后,他发现自己的右手肘还在颤抖。

第二天晚上,操场上没有声音了。他大声地背诵着泰戈尔的诗歌,保持他的心神不被邪恶所侵犯:"在那里,心是无畏的,头也抬得高昂[1]。"

几天后,当他再次走过操场时候,他发现自己的右手肘好像有感应似的又颤抖了起来。那个古老的、熟悉的、黑暗的声音又从操场那边传来了。

"那一刻我恍然大悟,"德梅洛老师说,"我对人类的本性再也不抱任何幻想了。"

他关切地看着吉里什。吉里什正咧着嘴巴搅拌手里的甘露酒。

"你们晚上打板球的时候他们没对你做过这种事吧,吉里什?脱衣服?"

---

1 此句出自泰戈尔的诗集《吉檀迦利》,这里采用的是冰心先生的中译文。

（德梅洛已经警告过朱利安·德萨以及那帮早熟的学生：如果他们胆敢对吉里什做那种事，他会活剥了他们，让他们领教领教他这个妖怪的厉害。）

他焦急地看着吉里什，但是吉里什什么也没说。

突然，吉里什放下手中的杯子，递给老师一张折起来的纸。副校长打开了纸条，心里做好了最坏的打算。

这是一个礼物：一首诗，用纯正的印地语写的诗。

> 季风季节：
> 这是一个狂热的雨季，
> 电闪雷鸣，风雨交加，
> 每天晚上，天空在颤抖，
> 我想，
> 上帝为什么
> 要赐予我们这样一个狂热的雨季？

"这是你自己写的吗？你刚刚就是为这个脸红的吗？"

孩子快活地点了点头。

我的老天！他想。他做了三十年老师还没见到过这样的孩子。

"为什么韵脚不齐呢？"德梅洛老师又皱起了眉头，"你应该注意这些地方……"

老师逐个指出了这首诗的瑕疵之处。孩子认真地听着，不停地点头。

"我明天再带一首来好吗？"他问。

"写诗固然是件好事，吉里什，但是……你对竞赛失去兴趣了吗？"

孩子点了点头。

"我不想再参加了,老师。我想下了课能打会儿板球。我还没打过呢,因为……"

"你必须去参加竞赛!"德梅洛老师站了起来。接着,他解释道:在这座小城必须抓住一切可以出名的机会。这个孩子难道不懂吗?

"先参加竞赛,出了名,就能找到好工作,这时候你再写诗。打板球能给你带来什么,孩子?能让你出名吗?如果你不能从这里跳出去,你就永远也写不了诗,你不明白吗?"

吉里什点了点头,将杯子里的甘露酒一饮而尽。

"还有,明天,吉里什……你去贝尔摩电影院。这件事没什么好商量的了。"

吉里什点了点头。

他走了之后,德梅洛老师坐在摇椅上想了很久。吉里什·莱伊尔现在对诗歌感兴趣了,这也不是件坏事,他心里想。他可以找个诗歌比赛让吉里什参加。

这孩子有可能获奖,当然——他可能会捧回一大堆金牌银牌。《黎明先驱报》可能会在最后一版登出他的照片。那时候德梅洛老师会站在吉里什身边,骄傲地将手搭在他的肩膀上。"培养出天才苗子的老师。"接下来他们将会征服班加罗尔,然后这对师生组合将赢得整个卡纳塔克邦的诗歌比赛。这之后该是哪里呢——新德里!总统将会亲自为他们两人授奖。然后他们休息一个下午,乘车去阿格拉古城参观泰姬陵。像吉里什这种孩子,未来一切皆有可能。德梅洛老师执教这么多年,从没有像今天这样满心欢喜。在椅子上入睡之前,他用手合上眼睑,诚心地祈祷:"神啊,请您让这个孩子保持他的纯洁吧。"

第二天上午十点十分,按照卡纳塔克邦政府的明文通知,圣阿尔丰索学校姓氏首字母从O到Z的学生浩浩荡荡,冲进了色情影院的怀抱。灰泥的天使雕塑蹲在电影院的门楣上,向如潮水般涌入的孩子们洒下暧昧的祝福。

孩子们一进去就发现被耍了。

天使之音的墙上——那些臭名昭著的下流壁画,都已经被黑色的布蒙起来了。他们连半张画也看不到。德梅洛老师和电影院的管理方达成了协议。一定要确保学生们不会受到罪恶壁画的腐蚀。

"不要站得离黑布太近!"德梅洛老师吼着,"不要碰黑布!"他都安排好了。艾瓦雷兹老师、罗杰斯老师和巴特老师分散在学生中间,阻止学生看到海报。电影院的两位服务员——很可能就是他们分票给那些用毯子蒙头的家伙的——在帮忙维持秩序。学生被分为两拨。一拨被安排到二楼的观众席,另一拨则留在一楼。那就没什么问题了,计划非常成功。孩子们来到了天使之音电影院,但是他们只能看政府安排放映的片子。德梅洛老师赢了。楼上的灯熄灭了,学生们兴奋地一阵喧闹。银幕闪烁着。

一盘刮痕累累而且有些褪色的胶卷开始播放了。

《拯救老虎!》

德梅洛老师和其他老师一起站在最后面,他如释重负地擦了把脸。毕竟,看来一切都很顺利。巴特老师凑过来想和他闲扯两句。但是德梅洛没有理他,只盯着银幕。银幕上闪映出几只老虎幼崽,下方打出了字幕:如果我们今天不保护老虎幼崽,明天还能看到老虎吗?

他打了个哈欠。影院四角的灰泥天使塑像正注视着他。他们脸上和鼻子上剥落的漆皮就像被烫伤的水泡。他几乎没怎么看过电影，票价太贵了。而且他还得给妻子以及那两个喜欢尖叫的小家伙买票。但是，在他年轻的时候，电影不正是他生命的全部吗？这个地方，天使之音电影院，正是最让他魂牵梦绕的地方之一。他会逃课来到这里，一个人看着电影，想入非非。看一下这儿吧。尽管周围一片漆黑，也可以看出大不如从前了。墙上布满了大块的霉斑，散发出难闻的气味。椅子上都有洞了。现在这里既破败又堕落，这个影院的变迁正是整个国家的缩影。

银幕又变黑了，学生们都嗤嗤地笑起来。"安静！"德梅洛老师吼道。

正片的片名出现在银幕上。

《身体健康在学生发展过程中的重要性》

银幕上闪过一个个画面：男孩们在冲凉、沐浴、跑步、吃饭，每个画面下面都打着字幕。巴特老师又走到了副校长面前。这次他特意附到他耳边小声地说："轮到您了，如果您愿意的话。"

德梅洛老师明白他的话，却不明白他神神秘秘的语气。这本来是他的主意：老师们轮流在蒙着黑布的走道上巡逻，以防止那些发育过早的家伙们偷看色情图片。刚才正是轮到戈帕尔克利须那·巴特巡逻。不过德梅洛有一小会没看到他——于是他马上明白了。看着他咧嘴而笑的样子，德梅洛知道，他自己偷看了那些画。德梅洛环顾了一下四周，发现老师们都在压制着笑意。怀着对同事的蔑视之情，德梅洛走出了放映大厅。

他沿着黑布覆盖的墙面走过，心里没有半点冲动。巴特老师和庞迪特老师怎么这么卑鄙，怎么能干这种事呢？他沿着黑布走了一圈,丝毫没有掀开瞧瞧的想法。通往二楼放映厅的楼梯口有光线闪烁着。二楼的大厅也蒙了黑布。德梅洛张大了嘴巴,眯起眼睛观察着二楼楼梯口的动静。不是,他不是在做梦。上面有个男孩正踮着脚尖往黑布前面走,由于他的头是朝另一边的,德梅洛看不出来是谁。应该是朱利安·德萨,他想,当然是他。但是,当那个男孩掀起黑布的一角偷看的时候,他看到了男孩的脸。

"吉里什!你在干什么?"

听到德梅洛的声音,那个男孩转过身来。他愣住了。师生两人愕然地注视着对方。

"对不起,老师……对不起……他们……他们……"

他身后传来一阵窃笑,接着他突然不见了,好像是有人把他拉走了。

德梅洛马上冲上了楼梯,来到了二楼放映厅。可是他只爬了两级楼梯,就感觉胸口像要爆炸一样,肚子也起伏着。

他抓住栏杆,想休息一会儿。楼梯口没有灯罩的电灯泡摇曳着忽明忽暗、忽明忽暗。副校长感到一阵眩晕。在他的胸膛里,有一颗跳得越来越微弱的心脏,还有一片正在溶解的药片。他想叫吉里什救救他,却怎么也发不出声音。他伸出一只手抓住了墙上的黑布。黑布被扯破了,从中间裂开了。一群正在交媾的人映入了他的眼帘,有强奸的、有正在享受令人不齿的乐趣的、有兽奸的,他们仿佛一下子活了过来,在他面前乱舞。他曾经唾弃的天使之极乐世界如潮水般向他涌来,将他淹没。他看到了一切,他也终于明白了一切。

年轻的巴特老师发现了躺在楼梯上的德梅洛老师,他已经死了。

第三日（上午）：市场与广场

贾瓦哈拉尔·尼赫鲁纪念广场（原来的乔治五世纪念广场）是位于基图尔市中心的露天广场。每天晚上，这里都聚满了居民，有打板球的，有放风筝的，还有教小孩子骑自行车的。广场边上，有几个小贩在叫卖冰淇淋和冰棒。基图尔所有的大型政治集会都在这里举行。海德阿里路由广场延伸至中心市场，那里是基图尔最大的鲜货市场。从市场步行即可到达基图尔市政厅、新法庭、哈夫洛克亨利区医院，以及基图尔最大的两家宾馆——总理洲际宾馆与泰姬陵国际宾馆。一九八八年，第一座专为霍伊卡修建的寺庙在广场附近落成。

他留着那样的头发，长着一双那样的眼睛，他可以轻松地冒充神职人员，在寺庙旁边披个藏红色的布袍，每天盘腿而坐。这是市场里开店的人说的。然而这个疯疯癫癫的家伙每天从早到晚只做一件事，就是蹲在海德阿里路中间的护栏上，盯着过往的巴士和汽车。在落日余晖中，他那仿佛蛇发女怪般的棕色鬈发像青铜一样闪耀着光芒，眼睛的虹膜像在燃烧一般。夜幕来临的时候，他宛如一位苏菲派[1]诗人，散发着神秘的气息。有些开店的人知道他的故事：

---

1 苏菲派是伊斯兰教中的神秘主义派别，奉行节食、苦行、禁欲等教义。

比如一天夜里,他骑着一头黑色的公牛穿过大街,手舞足蹈,大喊大叫,好像湿婆大神骑着他的坐骑公牛南迪一样。

有时候,他的行为比较正常。他会小心翼翼地过马路,或者和其他流浪汉一起耐心地在德维女神庙外面坐着,等着里面的婚礼或者圣线礼[1]结束,讨一点残羹冷炙。别的时间他就在狗粪堆里挑拣点吃的。

没人知道他的名字、宗教或者种姓,因此也没有人会和他说话。只有一个装着一条木腿的瘸子,每个月有一两个晚上去庙里,在路上会停下来给他点吃的。

"你们怎么都装不认识他啊?"瘸子会嚷嚷起来,举起一根拐杖指着这个棕色鬈发的人。"你们以前不知道见过他多少次!他曾经是五路公共汽车之王啊!"

这时,整个市场的注意力都会集中到这个野人身上一会儿,然而他仍然只是蹲在那里,盯着一堵墙,背对着人群,背对着整个城市。

两年前来到基图尔的时候,他有名字,有种姓,还有一个哥哥。

"我叫科沙瓦,是古里普拉村理发匠拉克沙米纳雷纳的儿子。"在来基图尔的路上,这句话他至少说了六遍。巴士司机、售票员、陌生人,谁问他他就这样问答。胳膊下面夹着铺盖卷,在人多拥挤的地方,哥哥紧紧抓他手肘时指头传递的压力,就是他的全部家当。

---

[1] 一种成人礼,受礼者将系上一根圣线。以前举行此种仪式的多为三种高等种姓,即婆罗门、刹帝利和吠舍的七到十三岁男孩。

哥哥带了十卢比，右胳膊下面也夹着个铺盖卷，左手里还握着一个纸团，上面写着他们一个亲戚的住址。

兄弟两人坐下午五点的车来到基图尔。他们在汽车站下了车。这是他们第一次进城。驶到市场广场路——这条全基图尔最宽阔的大路中间的时候，司机说他们六卢比二十派沙的车费只能坐到那里了，远一点都不行。售票员挨个收了费。他们穿着卡其布制服，抓着车门，嘴里的哨子发出尖锐的响声。他们对着乘客吼着："别看女人了，狗娘养的，我们要晚点了！"

科沙瓦紧紧地抓着哥哥的衣角。两辆摩托车在他们前面一个急转弯，轮子差点轧到他们脚上。好像四面八方到处都是摩托车、三轮车、汽车，呼啸着冲着他们的脚趾而来。他们就好像站在沙滩上，马路就像沙子一样在他们脚下流动着。

过了一会儿，他们终于鼓起勇气问一个过路的人："请问中心市场在哪里，大叔？"那个人有白癜风，嘴唇是粉色的。

"哦，那里啊……在港口那边。"

"港口离这边有多远呢？"

那个路人指了指旁边的一个三轮车司机。司机正用手指搓着牙龈。

"我们想去市场。"维塔尔说。

司机打量着他们，手指还放在嘴巴里，露出一口大牙。他看了看潮乎乎的指尖，然后问，"拉克希米市场还是中心市场？"

"中心市场。"

"几个人？"

接着又问："几个包？"

接着又问："你们从哪儿来？"

科沙瓦心想可能在基图尔这样的城市都得回答这些问题，而且三轮车司机是有权盘问他们的。

"离这儿远吗?"维塔尔忍不住问道。司机一口唾沫吐在他们脚边。

"当然了。这又不是个小村子,这是个城市。所有的地方离得都很远。"

他深吸一口气,用潮湿的手指在空中画着令人眼花缭乱的圈子,告诉他们这条路是多么的迂回曲折。然后他叹了一口气,做出一副市场离这儿有十万八千里的样子。科沙瓦心里一沉。他们被公车司机骗了。公车司机本来答应他们,会在步行能到市场的距离让他们下车的。

"多少钱呢,大叔?到那边?"

司机从头到脚又从脚到头地打量了他们一遍,好像是在估量他们的身高体重、道德素养。"八卢比。"

"大叔,太贵了。四卢比!"

三轮车司机说:"七卢比二十五派沙。"然后示意他们上车。两个人上了车,把行李放在大腿上。司机却没有开车,也没有解释。另外两个乘客就目的地和车费和他讨价还价一番后挤上了车。其中一个二话没说就坐在了科沙瓦的大腿上。然而三轮车依然没有动。直到又来了一个乘客,司机让他坐在自己前面,才蹬起踏板,发动了三轮车。此时这辆设计载客量为三人的小车上面已经挤了六个人。

科沙瓦几乎看不到周围的景象,因此他对基图尔的第一印象就是坐在他腿上的这个男人——他头发上抹的蓖麻油气味,以及他为了憋住大便而扭来扭去的身子。坐在前面的乘客下了车,过了一会儿,后面的两个人也下了车。三轮车在城里一个安静而幽暗的地方穿行了一段时间,然后来到一条喧闹的街道上。这条街道点着不少大煤油灯，亮堂多了。

"这里就是中心市场吗？"维塔尔高声问司机。司机指了指一个招牌：

基图尔市中心市场
新鲜蔬菜、水果应有尽有，价格公道，物美价廉

"谢谢你，大哥。"维塔尔不胜感激地说。科沙瓦也道了谢。

下车后，他们发现自己又陷入了灯光与嘈杂的旋涡之中。他们在原地一动也不动，让眼睛慢慢适应面前的环境。

"哥哥，"科沙瓦认出了一个建筑，激动地指着说，"哥哥，这不就是我们刚才出发的地方吗？"

他们四下打量了一番，发现这里离他们下巴士的地方就只有一尺之遥。不知道他们当时是怎么回事，没看到那个牌子。其实牌子一直就在他们身后。

"我们被骗了！"科沙瓦激动地说，"那个三轮车司机骗了我们，哥哥！他……"

"闭嘴！"维塔尔狠狠地在弟弟的后脑勺上拍了一记，"都是你的错！就是你硬要坐三轮车的！"

他们俩成为兄弟只有几天。科沙瓦皮肤黝黑，胖乎乎的；而维塔尔则又高又瘦，体型适中，比科沙瓦年长五岁。几年前他们的母亲去世了，父亲抛弃了他们。一个叔叔收养了他们，他们从小和堂兄弟一起长大。（他们俩也以"兄弟"称呼堂兄弟们。）后来他叔叔也去世了，婶婶就吩咐维塔尔去城里一个开杂货铺的亲戚那里打工，叫科沙瓦也陪着他去。他们俩这才真正地知道他们之间的关系不是堂兄弟那么简单。

他们知道那个亲戚在基图尔中心市场里的某个地方，这就是全部信息了。他们俩怯怯地迈着步子，走进了市场里一处漆黑的地方，那里是卖蔬菜的，接着，穿过一扇后门，他们又走到了一处明亮的地方，那里是卖水果的。他们在这里问了路，然后踩着扔满了烂菜叶与湿稻草的台阶，走上了二楼。他们在这里接着问路："请问盐市村的贾纳尔达纳在哪里？他是开店子的，是我们的亲戚。"

"姓什么的贾纳尔达纳——谢蒂，莱伊尔，还是帕德维尔？"

"我不知道，大叔。"

"你这个亲戚是巴恩特种姓的吗？"

"不是。"

"不是巴恩特？那就是耆那喽？"

"他是霍伊卡。"

对方大笑了起来。

市场里没有霍伊卡。只有穆斯林和巴恩特。

但是看到两个小伙子失落的样子，那个人又觉得有点于心不忍，就帮他们又打听了一下，结果听说市场附近还真有霍伊卡开店子。

他们走下台阶，走出了市场。他们得知贾纳尔达纳的店子外面有张大海报，上面印着一个穿着汗衫的壮硕男人。他们不会看不见的。他们挨家挨户地找着，忽然科沙瓦叫了起来："那边！"

壮硕男人的图像下面坐着瘦削的店主。他满脸胡子，眼镜架在鼻梁上，正在翻阅一个笔记本。

"我们想找贾纳尔达纳，古里普拉村的。"维塔尔说。

"你们打听他干什么？"那个男人警惕地看着他们。

维塔尔脱口而出："大叔，我们是从您老家村子里来的。我们是您的亲戚。"

店主愣住了。他把手指放在嘴里蘸了蘸,然后把本子翻过一页。

"为什么说是我的亲戚呢?"

"别人告诉我们的,叔叔。我们婶婶说的。就是独眼卡玛拉。"

店主放下了手里的本子。

"独眼卡玛拉的……啊,我知道了。你们父母怎么啦?"

"妈妈在很多年前就死了,那时候科沙瓦——就是他——刚出生。四年前,爸爸对我们失去了兴趣,也溜走了。"

"溜走了?"

"是的,叔叔。"维塔尔说,"有人说他去了瓦腊纳西,在恒河边上做瑜伽。还有人说他在圣城里希盖什。我们很多年没见到他了。我们是卡玛拉叔叔养大的。"

"那他……?"

"去年也死了。我们留了下来,但是家里的孩子太多,婶婶养不起了。今年的干旱太严重。"

店主心里惊诧不已。他们都没提前打个招呼,就凭着这么远的关系,大老远跑过来,想要他收留他们!他走到柜台边上,弯腰拿出一瓶亚力酒,打开盖子,喝了一口,然后又把瓶子藏好。

"村子里每天都有人来找工作。每个人都觉得我们在城里的都应该无偿地帮助他们。就好像我们这些人家里没有几张嘴吃饭似的。"

店主又喝了一大口酒。他的情绪也好点了。他挺喜欢他们天真地讲述他们爸爸"去了圣城里希盖什……做瑜伽"之类的故事。那个老无聊说不定在什么地方和情妇同居,还养了一大帮小混蛋呢,他心想,微笑着点点头。你怎么能躲得开村子里的所有联系呢。他打了个哈欠,双手高高地举过头顶,然后啪的一声拍在了肚皮上。

"哦,这么说你们现在是孤儿了!可怜的家伙。人总要有个家的——不然生活还有什么意思?"他摩挲着肚皮,看着他们俩看他的眼神好像看国王一样,很是受用,顿时有种大人物的感觉。来基图尔后我还没有过这种感觉呢,他想。

他挠了挠腿,"那么,最近村子里怎么样啊?"

"除了干旱,一切都和从前一样,叔叔。"

"你们是坐巴士来的?"店主问。接着他又问:"我想,你们是在汽车站下车走过来的,对吧?"他站了起来,"三轮车?你们付了多少钱?那些家伙都是骗子!七卢比!"店主脸都涨红了。"你们这两个弱智!白痴!"

店主显然明白他们两个上当了,接下来有半个小时没理他们。

维塔尔羞愧得无地自容,站在一个角落里,眼睛盯着地面。科沙瓦则四处乱瞟。店主脑袋后面堆着高露洁棕榄牙膏和成罐的雀巢咖啡;天花板上挂着一串麦乳精,包装袋闪闪发亮,好像婚礼上的彩旗;店子前面蓝色的煤油瓶和红色的食用油瓶堆得像座小山一样。

科沙瓦又矮又瘦,皮肤黝黑,他有一双大得出奇的眼睛,喜欢盯着别人看。认识他们的人有的说这孩子活泼得像只蜂鸟,扑闪着飞来飞去,惹人生厌;也有人觉得他很懒惰,而且性情忧郁,往往坐在那里盯着天花板,一看就是几个小时。如果有人责备了他,他会笑笑,然后转过头去,好像不知道自己做错了事,都忘到脑后了。

店主又拿出酒瓶,抿了一小口。他感觉情绪又好了点。

"我们不像村里的人那样喝酒,"看着科沙瓦瞪大了眼睛,他解释道,"我们每次只抿一小口。顾客永远也看不到我喝醉的样子。"他挤了挤眼睛。"城里就是这样:你可以做任何你想做的事情,只要别人发现不了。"

他拉下店子的卷帘门，带维塔尔和科沙瓦到市场里转了一圈。市场里到处都有人盖着薄薄的床单睡在地上。问了几个问题后，贾纳尔达纳带他们来到市场后面的一个小胡同里。胡同里睡了一排人，有男人有女人，还有小孩。店主过去和一个睡在地上的人商量，科沙瓦和维塔尔站在后面等着。

"他们要是睡在这里得付给老板钱。"睡在地上的人抱怨道。

"我能拿他们怎么办，他们总得有个地方睡啊！"

"我说，你只是在冒险。不过你要真让他们在这里的话最好找个远点的地方。"

胡同的尽头是一堵墙。由于下水管道没有装好，墙面不停地往外渗水。旁边的垃圾桶发出令人无法忍受的恶臭。

店主给他们两个讲了些睡在外面的注意事项后就消失了。他临走时，科沙瓦小声地问维塔尔："叔叔不带我们去他家里吗，哥哥？"

维塔尔捅了他一下。

"我好饿，"过了几分钟，科沙瓦说，"我们能去找叔叔要点吃的吗？"

兄弟俩并肩蜷缩在他们的铺盖里，就在垃圾桶旁边。

哥哥对弟弟问题的回应是把自己整个裹进床单里面，一动不动，就像一个蚕茧。

科沙瓦怎么也不能相信自己会饿着肚子睡在这种地方。在家的时候不管多糟，至少他们还有点东西吃。他又累又急，想起一晚上的遭遇，又有些迷惑不解，于是，他踢了一下那个挺尸的家伙。哥哥好像早就等着他的主动挑衅。他把床单一掀，抓住科沙瓦的脑袋狠狠地在地上撞了两下。

"你再敢说一个字的话，我发誓，我会把你一个人丢在这里。"说完，他又用床单蒙起了脑袋，转了个身，背对着弟弟。

虽然脑袋开始作痛，科沙瓦还是被哥哥的话吓到了。他闭上了嘴。

科沙瓦躺在地上，脑袋火辣辣的痛，他闷闷不乐地胡思乱想：为什么我和这个家伙会是兄弟？人是如何来到这个世界，又是如何离开的呢？这个问题太没意思了。于是他又开始想食物。他在一个隧道里，这个隧道就是他的饥饿，如果他往前走下去，隧道的尽头将是一大堆米饭，上面还有热腾腾的扁豆、大块的鸡肉，他在心里对自己说。

他睁开眼睛，看到满天繁星。于是他仰头看着星星，以躲开垃圾的臭味。

第二天早上他们来到店子的时候，店主正在用一个长杆子将成袋的麦乳精挂到天花板的钩子上。

"你。"店主指着维塔尔说。他示范给男孩看，应该怎样把袋子挂在棍子的一头，然后怎样举起来挂在天花板的钩子上。

"每天早上我要用四十五分钟挂完这些袋子，有时候要一个小时。我不希望你赶工。你不介意干活吧？"

接着，他又说了句有钱人常说的废话："这个世界上，谁不干活，谁就没饭吃。"

维塔尔挂袋子的时候，店主把科沙瓦叫过来，让他坐在柜台后面。然后拿了六张印着女电影明星的纸给他，又给了他六个装香的盒子。他得把画剪下来，然后迅速地用玻璃纸将画蒙上，再把玻璃纸用透明胶封在香盒上。

"弄点美女在上面，我们就能多卖十派沙，"店主说，"你知道这是谁吗?"他拿着科沙瓦刚剪下来的图片对他说,"她是个著名的印地语电影演员。"

科沙瓦接着从纸上剪另一个女明星的照片。他看到前面的柜台底下放着店主藏起来的烧酒。

中午,店主的老婆送午餐来了。她看了看维塔尔,维塔尔躲着她的目光;她又看了看科沙瓦,科沙瓦也盯着她看。她开口说:"饭不够他们两个人吃的。送一个到理发匠那里去吧。"

科沙瓦按照他们说的路线,在陌生的街道里穿行,终于在城里的某处看到一个理发匠正在大街上给别人理发。他的剃头担子靠墙放着,在墙上的计划生育标语和预防肺结核的海报中间钉了一个钉子,上面挂着镜子。

一个顾客坐在镜子前面的椅子上,身上盖着块白布,理发匠正在给他刮胡子。科沙瓦等顾客离开才走上前去。

理发匠抓了抓脑袋,从头到脚地打量了科沙瓦一番。

"我这里有什么工作给你做呢,小子?"

起初,理发匠只想到科沙瓦可以在顾客刮完胡子之后举着镜子让他们检查一下,后来他又让科沙瓦在他刮胡子时给客人修剪脚指甲和脚上的老茧。后来他又让他把地上的头发扫干净。

下午四点钟,理发匠的老婆带着茶和饼干来了。"也给他点吃的,他挺听话的。"理发匠对老婆说。

"他是那个店主的小孩,自己有东西吃。再说了,他是个霍伊卡,你想让他和我们一起吃东西吗?"

"他挺听话的,给他点吃吧。就一点儿。"

直到看见小男孩狼吞虎咽地吃饼干时他才明白为什么店主把他送到这里来。"我的老天!你一天都没吃东西吗?"

第二天早上科沙瓦来的时候,理发匠拍了拍他的背。他还没想好到底该拿科沙瓦怎么办，但这也不算什么问题了。因为他知道自己不会让这个招人喜爱的孩子放在店主那里每天饿肚子了。下午，科沙瓦得到了一份午餐。理发匠的老婆在一边咕咕哝哝，但是她丈夫却夹了一大块咖喱鱼放在科沙瓦的碟子里。

"他干活挺上心的，这是他应得的。"

那天晚上，科沙瓦跟着理发匠转了一圈，去上门理发。他们挨家挨户地上门，在后庭里等着顾客出来。科沙瓦把木椅子放在院子里，理发匠则把白布一抖，系在顾客的脖子上，问他今天要怎么剪。剪完之后，理发匠会用力地拍拍白布，把上面的碎头发掸掉。在离开这所房子去下一家时，理发匠开始评论刚才那个客人。

"那个客人有点阳痿，因为他的胡子很软，"看到科沙瓦一脸茫然的样子，他又说，"我猜你还不懂这些事吧。"说完他又有点后悔，于是就附在男孩耳边说："别把这话告诉我老婆。"

他们过马路时，理发匠总是紧紧地抓着男孩的手腕。

"这里很危险。"他说。"危险"两个字他是用英语说的，还带点颤音，把这个外国单词的戏剧性表现得完整无遗。"在这个城市你只要一不留神，命就没了。危险。"

夜里，科沙瓦回到了市场后面的胡同。他哥哥趴在地面上，已经睡熟了。看来他实在是很累了，连铺盖都没有打开。科沙瓦把维塔尔翻过来，取出床单给他盖上，把床单一直拉到他鼻子上。

维塔尔已经睡着了，他就把自己的垫子铺在哥哥身边，这样他们可以肩挨着肩。他看着天上的星星，慢慢地睡着了。

午夜，一声可怕的声音惊醒了他。三只猫正在他身上追逐嬉戏着。他早上经常见邻居拿个碗喂它们牛奶。它们的毛皮是黄色的，而且瞳孔有点长，好像爪子的抓痕。

"你们拿到钱没有？"邻居一边抚摸着小猫，一边冲他们问。他告诉维塔尔和科沙瓦,他们得交费给当地的一个"老板",这个老板专门向基图尔街上的流浪汉收"保护费",主要保护他们不受他自己的欺负。

"但是这个老板在哪里呢?我和弟弟从来没在这儿见过他。"

"你们今晚就会见到他了。他已经传下话来,要你们把钱准备好,要不就等着挨揍吧。"

接下来的几个星期,科沙瓦过着按部就班的日子。上午他去理发匠那里做事,干完活后就随他的便了。他在市场里溜达,觉得这里的东西都是那么光鲜,那么昂贵。就连在垃圾里觅食的奶牛也比村子里的牛大一些。他想是不是这里的垃圾里面有什么东西,所以牛吃得这么肥胖。一头黑色的奶牛,长着一对大角,在市场里闲庭信步,好像是来自另一个世界的神奇动物。他在村里曾经骑过牛,看到这头牛他很想爬到它背上去,但是在城里他不敢这样做。基图尔好像到处都是吃的,连穷人都不会饿死。他看到耆那庙门口有人施舍剩饭给穷人。他看到一个店主,在头上套了个摩托车头盔,想在喧闹的市场里睡一会儿。他看到商店里摆着玻璃手镯、用玻璃纸包装的白衬衫和汗衫,还有印度地图,上面还标出了他们所在的邦。

"喂!走开点,你这个乡巴佬!"

他转过身来,看到一个人赶着一辆牛车从后面冲了过来。车上堆着小山一样的纸箱子,他很好奇那里面是什么。

他梦想有一天自己能有一辆摩托车,那他就能来回飞驰在大路上,对着这些盛气凌人的赶车人吆三喝四,因为这些人总是对他呼来喝去的。但是他最大的愿望还是成为一名公交车售票员。售票员们都抓着吊环站在车厢里,嚷嚷着让上车的人动作快点,别家的公共汽车超车时他们会破口大骂,他们还有卡其布制服,脖子上还有挂在红绳上的黑哨子。

有一天晚上,市场里的人都在抬头看一只在电线上爬的猴子。科沙瓦惊奇地盯着猴子。它粉红色的阴囊在后腿中间晃荡着,巨大的红色睾丸拍打在电线上。它一下跳到一栋楼上,楼房的外面画着一个光芒四射的蓝太阳。猴子坐在那里,不屑地俯视着看热闹的人群。

突然一辆三轮车将科沙瓦撞飞了出去。他还没能挣扎着站起来,就看到司机已经站到他前面,怒气冲冲地吼着:

"起来!你这个秃子女人养的!起来!快起来!"司机已经握起了拳头,科沙瓦一边捂住脸,一边求饶。

"别碰那个孩子!"

一个穿着蓝色纱笼的胖子站在科沙瓦前面,用手杖指着那个三轮车司机。司机嘟囔了一句,但还是转身回到了车上。

科沙瓦想抓住那个人的手亲吻,以表示他的感激与尊敬,然而那个人却消失在人群中不见了。

午夜,科沙瓦又一次被猫弄醒了。他想接着睡,这时胡同深处有人喊了一声:"大哥来了!"接着是一阵衣服和床单的窸窸窣窣声,他旁边的人都醒了。一个穿着白汗衫和蓝纱笼的人站在胡同口上。他挺着个啤酒肚,双手叉着腰,咆哮着:

"我可爱的小布丁们,你们以为躲在这个胡同里就不用向我——你们可怜的痛失亲人的大哥——交钱了吗?"

这个胖子——自称为大哥的男人——挨个走过睡在地上的人。科沙瓦非常吃惊:他就是今天市场里的那个救星!大哥用他的手杖把睡觉的人挨个戳醒,然后问:

"你多久没交钱了,啊?"

维塔尔吓得不行，不过旁边的人悄悄对他说："别担心，他最多摔你几个屁股墩，你多赔赔不是，他就会算了。他知道这个胡同里的人都没钱。"

胖子走到维塔尔面前，停下来仔细地审视了他一番。

"还有你，先生，我的迈索尔王朝君侯，请允许我打扰您一秒钟，"他说，"叫什么名字？"

"维塔尔，古里普拉村理发匠的儿子，先生。"

"霍伊卡？"

"是的，先生。"

"你什么时候到这个胡同来的？"

"四个月前。"维塔尔脱口说出了真话。

"那你在这段时间交了多少钱给我？"

维塔尔没话说了。

胖子扇了他一个耳光。维塔尔踉踉跄跄地后退了几步，绊到了铺盖上，重重地摔倒在地。

"别打他，打我吧！"

穿着蓝色纱笼的人转向科沙瓦。

"他是我哥哥，是我在这个世界上唯一的亲人！您打我好了。求求您！"

胖子放下手杖，眯着眼睛打量着面前的小男孩。

"一个勇敢的小霍伊卡？这倒不常见。你们这个种姓都是些懦夫，这是大哥在基图尔的经验之谈。"

他用手杖指着科沙瓦，对全胡同的人说："都给我看看，这个小孩子是怎么护着他的哥哥的。哇呜，小伙子，看在你的面子上，我今天就饶了你哥哥。"

他用手杖点了点科沙瓦的脑袋："星期四来见我。在汽车站。

我那儿有专门为你这种勇敢的孩子准备的工作。"

第二天早上，科沙瓦把自己撞了大运的事告诉了理发匠，吓得他愣住了。

"但是你走了谁来举镜子呢？"

他抓住男孩的手腕。

"和巴士上那些人混在一起很危险。留在我这儿吧，科沙瓦。你可以住到我家里来，这样那个大哥就不会找你的麻烦了。我会像对待自己儿子一样待你。"

但是科沙瓦已经被巴士迷了心窍。他每天都拿着块抹布，提着个水桶去中心市场后面的汽车站洗车。他擦得最起劲。打扫车厢里面的时候，他趁机摸摸方向盘，幻想着自己在开车，呜——呜！

"我们抓来了个可爱的小家伙。"大哥说。售票员和司机们都点着头大笑起来。

只要他抓着方向盘，假装在开车，他就用最粗俗的语言大声叫喊着。但是如果有人制止他，并问他"你叫什么名字，大嗓门？"，他就好像很疑惑的样子，然后转一转眼珠，拍一下脑袋，说："科沙瓦——对，就是这个。科沙瓦。我觉得这就是我的名字。"他们就狂笑着说："他脑子有点问题！这个家伙！"

有个售票员对他很有好感，告诉他下午四点钟可以跟他的车玩玩。"只能坐一趟，明白吗？"他严厉地说，"五点十五分你就得下车。"

可是晚上十点半售票员才带着科沙瓦回到车站。

"他给我带来了好运气，"他一边说，一边把小孩的头发抓得乱糟糟的，"我们今天跑赢了基督徒的巴士，一场完胜。"

不久，所有的司机都邀请他跟车了。大哥是个很迷信的人，看到这种情况，他断言说科沙瓦的好运气是他从村子里带来的。

"像你这样的年轻人,有志气!"他用手杖敲了敲科沙瓦的屁股,"说不定有一天你也会成为一个售票员呢,大嗓门!"

"真的啊?"科沙瓦瞪大了眼睛。

下午五点钟,在交通最拥挤的时候,他坐在巴士上,在市场路上呼啸而过,紧紧地咬着前面的77路车。他坐在最前面,就在司机的旁边,是一个拉拉队队长。他大声地对司机说:"你愿意让他们打败我们吗?让一辆基督徒的巴士开在印度教徒的巴士前面?"

售票员艰难地在人群中挤来挤去,扯票,收钱,哨子一直噙在嘴里。巴士加大了油门,只有一头牛的距离了。他们的5路巴士一路狂奔,已经和243路并驾齐驱了,吓得前面一辆摩托车逃命似的往左猛转。接着,乘客们爆发出了一阵欢呼!他们超过了对手!印度教徒的巴士赢了!

晚上,他把巴士擦洗干净,又在后视镜上插上香,后视镜上面贴着司机们贴的象头王财神和克利须那神画像。

星期天下午他都没什么事。他就跑到中心市场里,从这头的蔬菜摊子一直逛到另一头的布店。

他观察别人,学会了很多东西。他知道了什么样的衬衫物有所值,什么样的是冒牌货;他知道了怎样做薄饼好吃,怎样做不好吃。他成为了市场里的行家里手。他学会了吐痰,不再像原来那样只是为了清喉咙或者通鼻子才吐,而是带着一种傲慢,一种派头。雨一直没下,市场里又多了许多从农村来的新面孔。他嘲笑着他们:"哦,你这个乡巴佬!"他对市场的生活已经驾轻就熟,他知道怎样穿过车流如织的马路:只要伸手做个停车的手势,然后快步过去,恼怒的司机怎么按喇叭他也不管。

有板球赛的时候,整个市场都闹哄哄的。他从这家店走到那家店,发现每个店主都守着自己黑色的小晶体管收音机,里面传来板球评论员尖锐急促的声音。整个市场嘈杂得就像一个大马蜂窝,每个巢房里都分泌着板球评论。

晚上,人们都在街道两边吃饭。他们劈开木材,堆在火炉里,然后围炉而坐。他们的脸膛在炉火的映照下显得憔悴而艰辛。他会帮他们做点小事,比如把空瓶子、面包、米、冰块什么的放在自行车后座上,送到附近的店子去。作为回报,他们会邀请他一起吃饭。

他现在很少见到维塔尔。他回到胡同的时候,哥哥早就裹在被窝里打呼噜了。

一天夜里,他得到一个惊喜:那个总是担心科沙瓦会跟汽车站那些"危险"家伙学坏的理发匠带着他去看了场电影。一路上,理发匠紧紧地抓着他的手。他们从电影院出来的时候,理发匠让他等一下,说他要找一个在电影院门口卖槟榔叶的朋友聊聊。科沙瓦在等他时,听到一阵敲鼓和吼叫的声音,他循着声音找过去,过了一个拐角就看到了声音的源头。一个男人站在一个小场子外面敲着鼓,他身旁有个铁板,板子上面有幅画,画的是穿着蓝色内衣的男人扭打在一起。

敲鼓的人不让科沙瓦进去。"门票两个卢比。"他说。科沙瓦叹了口气,转身又向电影院走去。在路上,他看到一群小孩正从墙头上爬到场子里面去,他也跟着爬了进去。

两个摔跤手站在场子中间的沙坑里,一个穿着灰色的短裤,另一个穿着黄色的短裤。还有六七个摔跤手站在沙坑旁边,抖着胳膊蹬着腿。他还从没见过腰这么细、肩膀这么宽的人呢,光看看他们的身体就够让人兴奋的了。"戈文德·皮尔万对夏木舍·皮尔万。"一个拿着扩音器的男人宣布。

拿着扩音器的那个男人是大哥。

两个摔跤手先在地上摸了摸，然后把手指放在额头上，接着就像两头公羊一样扭在了一起。穿灰色短裤的绊了一下，摔倒在地，穿黄色短裤的把他压在身下。接着形势又发生了逆转。这样过了几个回合后，大哥上前把他们俩分开，嘴里说着："多么精彩的搏斗啊！"

两个摔跤手浑身是土，走到一边擦洗身子。大出科沙瓦意料的是，他们的短裤里面还有一条短裤，他们就穿着里面的短裤冲洗。突然，一个摔跤手走过来捏了捏另一个人的屁股。科沙瓦揉了揉眼睛，不敢相信自己看到的是真的。

"下一场：巴尔拉姆·皮尔万对拉杰什·皮尔万。"大哥发布通告道。

坑里面的沙土本来是灰白色的，但经过几场激烈的搏斗，中间的土已经变成了黑色。看比赛的人都坐在沙坑旁边的草地上。大哥围着沙坑转来转去，不停地解说着比赛。只要有摔跤手把对手按倒在地，他就会大叫："哇，哇！"一群蚊子也嗡嗡地在头顶上盘旋，好像它们也是为比赛而兴奋似的。

科沙瓦走在看比赛的人群中，看到很多小孩都牵着伙伴的手，要么就是把头放在伙伴的胸口。他很羡慕他们，他想要是自己在这里有个朋友多好啊，那他就能拉着他的手了。

"溜进来的，是不是？"大哥走到他面前。他伸出一只胳膊搭在科沙瓦肩上，挤了挤眼睛。"这样可不好——钱是我们收的，你这样是在骗我，你这个无赖！"

"我得走了，"科沙瓦局促不安地扭动着身子，"理发匠还等着我呢。"

"让理发匠见鬼去吧！"大哥大笑着说。他让科沙瓦坐在他旁边，然后接着用扩音器解说。

"我跟你很像,"大哥在解说的间隙对他说,"也是个一无所有的小孩。我从村子里来的时候也是双手空空。现在你看看我做了些什么……"

他张开双臂,科沙瓦看到在他怀抱范围里的有摔跤手、卖花生的、蚊子,还有门口敲鼓的人。看上去大哥好像是世界上一切重要事物的主宰者。

晚上,理发匠跑到胡同里来,一把抱住已经睡下的科沙瓦。"喂!看完电影你跑哪里去了?我们还以为你丢了呢。"他把手放在科沙瓦头上,摩挲着他的头发。

"你就像我的儿子,科沙瓦。我会告诉我老婆,我们必须把你带回家。只要她一同意,你就跟我走。这是你在这儿的最后一个晚上了。"

科沙瓦扭头看了看维塔尔,维塔尔将毯子拉下来一个角,正在偷听他们说话。

维塔尔把毯子拉过头顶,向另一边转了个身,咕哝着对理发匠说:"你想怎么样就怎么样吧。我有的是活干,我能照顾好我自己。"

一天夜里,科沙瓦正在擦车,一根手杖在他旁边的地面上敲了敲。

"大嗓门!"是大哥,他穿着白汗衫走来了,"我们需要你参加集会。"

汽车站里的一帮孩子全都坐着5路车来到了尼赫鲁广场。这里已经是人山人海了。地面上插着很多旗杆,上面挂着很多迷你的国大党党旗。

广场中央搭起了一个大台子,台子上面悬挂着一张巨幅画像。

画像上的人留着胡子，戴着厚厚的黑框眼镜，举着双手，像是在为全世界祈福。六个穿着白衣服的人坐在画像下面。一个人正在麦克风前面讲话："他是一位霍伊卡，他坐在拉吉夫·甘地总理旁边，而且给他出谋划策！所以，虽然巴恩特和其他上等种姓的人对我们恶意中伤，但是，全世界都看到了我们霍伊卡是多么值得信赖！"

过了一会儿，议员——就是画上的人——亲自走到麦克风前面。

大哥马上小声地说："快喊！"

坐在后面的这十几个小孩鼓足力气、扯着嗓门高喊："霍伊卡的英雄万岁！"

他们喊了六次，大哥说可以了。这位大人物讲了一个小时的话。

"我们要修建霍伊卡的庙宇，不管婆罗门们说什么，不管有钱人说什么；还要供奉霍伊卡的神明，还有女神。还有霍伊卡的大门，霍伊卡的门铃，霍伊卡的门垫和门把手！为什么呢？因为我们占这个城市人口的百分之九十！我们有这个权利！"

"我们占这个城市人口的百分之九十！我们占这个城市人口的百分之九十。"大哥指挥男孩们吼着。别的男孩都照做了，科沙瓦却凑到大哥前面，冲着他的耳朵喊："但是我们没有占到这个城市人口的百分之九十啊。是真的。"

"闭嘴，给我喊。"

队伍的后面，一辆大卡车上正分发着酒，大家互相推搡着去抢酒。

"喂！"大哥冲科沙瓦打了个手势，"喝一点，来吧，你应得的。"他拍了拍科沙瓦的背。男孩们硬把酒灌进科沙瓦的嘴里，他咳了起来。

"我们的口号呼喊明星！"

那天晚上，科沙瓦回到胡同的时候，维塔尔正枕着手臂等着他。

"你喝醉了。"

"那又怎么了？"科沙瓦猛拍着自己的胸口，"你是谁啊，是我爸爸吗？"

维塔尔扭头对旁边正在把玩小猫的人嚷嚷道："这家伙来到城里之后把所有的道德都忘掉了！他再也分不清好坏了。每天都和那些酒鬼和暴徒混在一起。"

"不准这么说，大哥，我警告你。"科沙瓦用低沉的嗓音说。

但是维塔尔还是接着说："你知道自己在做什么吗？在城里游荡到现在？你以为我不知道你现在变成了个什么东西吗？"

他冲科沙瓦晃了晃拳头，但是弟弟抓住了他的手。

"别碰我。"

接着，他捡起铺盖卷，向着胡同口走去。当时他还没有完全意识到自己在干什么。

"你要到哪里去？"维塔尔吼着。

"我要离开这里。"

"那你今天晚上睡在哪里？"

"大哥那里。"

他马上就要走出胡同了，听到维塔尔在喊他的名字。两行泪水沿着他的脸庞滚了下来。不要只喊名字，他希望维塔尔能跑过来，拉着他，抱住他，请他回去。

一只手放在了他的肩膀上，他的心猛跳了一下。然而当他转过身来时，他看到的不是维塔尔，而是睡觉地方的邻居。紧接着，那只猫也跑过来，舔着他的脚，狂暴地叫着。

"你知道维塔尔不是那个意思！他只是担心你，就这么简单。

因为你和一群危险的人在一起。忘掉他说的话,回来吧。"

科沙瓦只是摇了摇头。

已经是晚上十点钟了。他走进了汽车修理部。在漆黑的屋里,两个戴着面罩的人正操纵着蓝色的火焰切割金属,随着一声巨响,金属冒起一团青烟,闪着火花,传来一股刺鼻的味道。

过了一会儿,一个戴着面罩的人对他打了个手势。科沙瓦不明白他的意思,直接从汽车边上走了过去。他看到一个女人蹲在地上,他从来没见过那个女人。大哥敞着胸坐在一个藤椅上,她正在给大哥捏脚。

"大哥,让我进来吧。我没地方去了。维塔尔把我赶出来了。"

"可怜的孩子!"大哥没有站起来,扭头对着那个女人说,"你看,这个国家的家庭结构都成什么样子了?哥哥在大街上把弟弟赶走了!"

他带着科沙瓦来到了附近的一个房子。他告诉科沙瓦这是他为汽车站最好的工人们办的一家招待所。他打开一扇门,屋子里有几排床铺,每张床上都躺着一个男孩。大哥扯掉一张床上的被盖。一个男孩正枕着手臂躺着床上。

大哥一个耳光把他打醒了。

"起来,滚出这间屋子。"

男孩一句抗议的话也没有,就爬起来收拾自己的东西。他走到一个角落,蹲了下来,实在不知道该去哪里。"滚出去!你有三个星期没干活了!"大哥吼道。

科沙瓦觉得挺对不起那个蜷缩在地上的家伙,他也想喊出来:不,不要把他赶出去,大哥!但是他明白:今天他和那个男孩之间,只能有一个人睡在那张床上。

几秒钟后,蹲在地上的家伙消失了。

天花板上有两根横梁，中间扯了一根长长的晾衣绳。绳子上挂满了男孩们的白色棉布纱笼，交错重叠着，好像连在一起的鬼魂。墙面上贴满了女电影明星的画像，还有一张骑着孔雀的宝石庇护神像。男孩们都围在床边，盯着他看，并且嘲弄着他。

他没有理他们，低头把自己的东西拿了出来：一件换洗的衬衫、一把梳子、半瓶发油、一卷透明胶带，还有从他亲戚那里偷来的六张女明星的照片。他用透明胶带把照片贴在床头上方。

男孩们立刻都围了过来。

"你知道这些孟买小妞的名字吗？给我们说说吧。"

"这个是赫玛·马利尼，这个是雷克哈，她嫁给了艾米特巴哈·巴赫汉。"

他的话让周围的男孩们都吃吃地笑了起来。"喂，小子，她不是他老婆。她是他女朋友。他每周日都在孟买的一个房子里和她亲热。"

听到他们这样说，科沙瓦气得不行，他站起来语无伦次地向他们吼叫着。之后，他脸朝下在床上趴了一个小时。

"喜怒无常的家伙。像个女人似的，又敏感又情绪化。"

他把枕头蒙在头上，想起了维塔尔，他现在在哪儿呢？自己为什么没睡在他身边呢？他在枕头下面哭了起来。

一个男孩跑过来问："你是霍伊卡吗？"他点了点头。

"我也是。"那个男孩说，"他们都是巴恩特。他们看不起我们。我们两个要团结在一起。"

他低声地说："有件事你得小心点。有个男孩专门在晚上起来弹别人的鸡鸡。"

科沙瓦吓了一跳："是谁啊？"

他一整晚都没有睡觉。只要有人接近他的床铺，他就马上坐起来。直到第二天早上，他看到男孩们一边刷牙，一边歇斯底里地笑，他才明白，自己又上当了。

他在这个招待所里住了不到一周，却感觉像一辈子都住在那里一样。

又过了几周，大哥来找他了。

"今天是你的大好日子，科沙瓦，"他说，"昨天晚上有个售票员在酒店里打架被别人杀死了。"他高高地举起科沙瓦的手臂，好像在宣布摔跤比赛的胜者一样。

"我们公司里的第一个霍伊卡售票员！他是他们种姓的骄傲！"

科沙瓦被提拔为拥有二十六辆巴士的5路车队的售票员主管。他领到了一套崭新的卡其布制服，属于他自己的红绳黑哨子，还有一本车票夹。里面有栗色的、绿色的、灰色的车票，上面都印着5路车的字样。

开车的时候，他抓着一根立柱，将身子斜着探出车外，嘴里含着哨子，短促地吹一声告诉司机停车，吹两声则是不要停车。车一停下，他就跳到路上，对着乘客们喊："快上车，上车！"车一发动，他就跳上踏板，抓住栏杆，然后在满满当当的车厢里挤来挤去，嚷嚷着收钱，扯票。其实不需要给票，他看顾客的表情就知道了。但这是个传统，所以他还是扯下票，递给乘客，远点的就扔过去。

晚上，其他几个敬畏于他平步青云的擦车男孩们聚到了他的身边。

"把那个东西修一修！"他吼道，指着巴士上他用来握住的铁杆，"每天都听这个东西咯吱咯吱响，太松了。"

男孩们修完后，又蹲成一圈，把他围在中间，用看明星一样的眼神盯着他。"也没多少乐趣，"他说，"当然车上有不少女孩，但是你不能揩她们的油——因为毕竟你是售票员。而且还总是得担心那些基督徒混蛋的巴士会不会超过我们,抢走我们的客人。不,先生,根本没有乐趣可言。"

雨季开始了,他得放下窗子上的皮帘子,不然乘客身上就会被雨水打湿。但是雨水还是渗了进来,车厢里面湿漉漉的。巴士的前挡风玻璃在雨中模糊不清,银色的水珠像水银一样沾在玻璃上,他只好抓紧栏杆,将身子探出车外,帮司机看着前面的状况。

晚上,他躺在招待所的床上,一个男孩用白毛巾给他擦干头发,另一个在给他捏脚(这是他的新特权),这时大哥到宿舍来了。他还带来了一辆锈迹斑斑的旧自行车。

"你不能再走路出去了,你现在已经是个大人物了。我希望我的售票员能有品位地出行。"

科沙瓦把自行车拉到床边上,那天晚上他是把自行车放在身边睡的。其他孩子都觉得很可笑。

一天夜里,他在汽车站看到一个瘸子坐在那里,吹着茶杯里的热气。他的双腿是盘着的,露出了木制的假腿。

"你不认得你的赞助人了吗?"

"你什么意思?"

那个男孩说:"你这些日子骑的自行车,本来是他的!"

他解释道,这个人本来也是个巴士售票员,可是有一次他从巴士上摔了下去,被后面驶过的卡车轧断了腿,不得不截了肢。

"幸亏他出了事,你才有自行车骑!"他一阵狂笑,亲切地拍着科沙瓦的背。

瘸子慢慢地啜饮着茶,专注地盯着手里的茶杯,好像那是他人生中唯一的乐趣。

科沙瓦还没有在巴士上卖票的时候,大哥给他安排了一些骑自行车送货的活。有一次，他把一大块冰绑在自行车后架上，穿过整个城市，一直骑到城里最有钱的马伯劳工程师家里，因为他的威士忌没冰了。但是晚上他可以骑着自行车随便玩。也就是说，他可以在中心市场的主干道上飞快地骑车兜风。道路两旁的店面都点起了煤油灯，五光十色的街道让他兴奋不已，他高兴地撒开车把，快活地叫喊着，看到前面有三轮车他才赶快刹车。

看来他的一切都很顺利，然而一天早上，室友看到他躺在床上盯着电影明星的照片，不肯起床。

"他又开始郁闷了，"他的室友说，"喂，你为什么不手淫呢，这样会让你感觉好点。"

第二天早上他去找理发匠，可是老人并不在家。他老婆坐在他的椅子上梳头发。"等他一会儿，他总是说起你。你知道，他很想你。"

科沙瓦点了点头。他把指关节捏得啪啪响，围着椅子转了三四圈。

那天晚上，他正在宿舍里梳着头发，几个男孩抓住他，把他拖到了门外。

"这家伙这段时间一直闷闷不乐的，我说，应该给他找个女人了。"

"不，"他说，"今天晚上不行。我得去理发匠那里。我答应过他去……"

"我们带你去找个理发的，保证理得你舒服！"

他们把他塞进一辆三轮车，来到了港口。一个妓女站在服装厂门口，"看"着过往的男人。虽然他对他们大吼大叫，说他不想干这种事，但是他们说这个能治好他的情绪问题，让他和别人一样正常。

接下来的日子里,他看上去的确是正常多了。有天晚上,快下班的时候,他看到大哥新雇来的一个擦车的男孩擦车的时候往地上吐了口痰,他就把他叫了过来,扇了他一个耳光。

"不准在巴士旁边吐痰,明白吗?"

这是他第一次打别人耳光。

这让他感觉很好。从那之后,他就和其他的售票员一样,经常打洗车男孩的耳光。

他在5路车上干得越来越好了。没有什么把戏能逃过他的眼睛。有些学生看完电影,掏出学生证想免费坐车回家,他会说:"没门。学生证只有上学和放学的时候才能用。如果你们想坐车兜风的话,那就得付钱。"

有一个小孩总是惹麻烦。那家伙高高的,长得也很帅,他的朋友都叫他沙布尔。科沙瓦看到别人都羡慕地看着那家伙的衬衫。他心里想,为什么这小子要坐巴士呢,像他这么有钱的人都有自己的汽车和司机啊。

一天晚上,汽车在女子学院停车上客的时候,那个有钱的男孩站了起来,把座位让给女的,他自己靠着一个女孩站着。

"打扰一下,丽塔小姐。我想和你说几句话。"

女孩扭脸看着窗外,把身子往边上挪了挪。

"只和我说说话也不行吗?"穿着孟买产的衬衫的男孩轻佻地笑着问。他坐在后排的朋友们吹起口哨,拍着手掌。

科沙瓦一下冲到了他前面。"够了!"他抓着那个男孩的胳膊,将他从女孩身边推开,"在我的巴士上不准调戏女人!"

那个叫做沙布尔的男孩瞪了他一眼。科沙瓦回瞪着他。

"没听到我说的话吗?"他扯下一张票,在那个男孩面前晃着,重申了一遍他的警告,"没听到我说的话吗?"

富家男孩笑了笑。"遵命，先生。"他说，接着伸出一只手好像要和这位售票员握握手。科沙瓦疑惑地伸出了手。后排的男孩们哄笑了起来。

售票员缩回手的时候，发现里面多了一张五卢比的钞票。

科沙瓦把钱扔到了富家男孩的脚上。

"再敢这样，你这个秃头女人养的，我就把你扔出去！"

女孩子下车的时候看了科沙瓦一眼，他看到她眼神里的感激之情。他知道自己这次做对了。

一个乘客低声对他说："你知道这个小孩是谁吗？他爸爸是开影碟出租店的，而且和那位国会议员关系很好。你看到他衬衫口袋上绣着'CD'标志的徽章了吗？那是他爸爸从孟买的店子里买来的。他们说这种衬衫每件要一百卢比，也可能是两百卢比。"

科沙瓦说："在我车上，他最好老实点。这里没什么穷人富人，大家都是买一样的票。而且这里不准任何人调戏女人。"

那天晚上，大哥听说了这件事，他拥抱着科沙瓦说："我勇敢的巴士售票员！我为你感到骄傲！"

他把科沙瓦的手高高举起，其他人都在鼓掌。"这个山村里来的男孩让城里的富人知道了我们5路车上的规矩！"

第二天早上，科沙瓦抓着铁杆，吹着哨子，给司机鼓着劲，这时，铁杆嘎吱一声——折断了。科沙瓦从疾驶的巴士上摔了下来，砸在马路上，滚了几下，一头撞在了路缘石上。

之后的一段日子，招待所的室友们看到他弓着背躺在床上，眼里满含着泪水。他头上的绷带已经拆掉了，血也止住了，但他还是不说话。如果他们过去善意地拍拍他，他会点点头，笑一笑，好像在说"我很好"。

"你怎么不起床去上班呢？"他没答话。

"这些天来他一直闷闷不乐。我们从来没见过他这样。"

但是连续四天没有上班之后,他们看到他在巴士上探出身子,冲着乘客大吼大叫,和原来的他一模一样。

两个星期过去了。一天早上,他觉得有一只手重重地按在了他的肩头上。大哥亲自来看他了。

"我听说在过去的十天里你只上了一天班。这很不好,孩子。你不能这样萎靡了,"大哥捏起拳头,"你得充满生气。"他对着科沙瓦晃了晃拳头,好像是在示范什么是充满生气。

旁边的一个男孩拍了拍他的脑袋,"给他说什么也没用。他疯了。他摔到了脑袋,变成傻子了。"

"他一直都是个傻子,"另一个正对着镜子梳头的男孩说,"现在他就想在招待所里免费吃免费住。"

"闭嘴!"大哥冲着他们挥了挥手杖,"谁都不准说我的口号明星!"

他用手杖轻轻地拍着科沙瓦的脑袋:"你听到他们怎么说你吗,科沙瓦?难道你在这里装腔作势,就是为了骗大哥的东西吃、骗大哥的床铺睡?你听到他们怎么侮辱你了吗?"

科沙瓦哭了起来。他把膝盖抱在胸前,脑袋埋在里面,哭泣着。

"我可怜的孩子。"大哥好像也要掉泪了。他爬到床上,抱着男孩。

"去通知这个小孩的家人,"他出门的时候说,"他要不干活我们不能把他留在这里。"

"我们已经告诉他哥哥了。"旁边的人说。

"然后呢?"

"他对此不感兴趣。他说他们两个已经没什么关系了。"

大哥一拳打在了墙上。

"你们看看，如今家庭生活已经糟糕到了什么地步！"他抖着拳头，因为在墙上打得很痛，"那个家伙必须照顾他弟弟。他没得选择！"他吼着。他在空中挥舞着手杖说："我要给那个王八蛋点颜色看看！我要逼他记起来他对他弟弟的责任！"

尽管没有人真的赶他出去，但是有一天晚上科沙瓦回来的时候，有个人坐在了他的床上。那个家伙抚摸着女明星的脸庞，其他的人都来逗他，"哦，她是他老婆，对吗？他不是，你这个白痴！"

那情景看上去好像那个家伙一直睡在那里，而他们都睡在他旁边一样。

科沙瓦没说什么，只是转身走开了。他没有夺回床位的斗志了。

晚上，他坐在中心市场紧闭的店门前，有些摆摊的认出了他，就给他点吃的。他也不说谢谢，甚至连个招呼都不打。这样过了几天。终于有人对他说："在这个世界上，谁不干活谁就没饭吃。现在还不晚，去找大哥，给他道个歉，求他再让你干老本行。你知道他是拿你当自家人……"

科沙瓦在市场外面游荡了几个晚上。一天他又晃回了招待所。大哥还是坐在客厅里，那个女人在给他捏着脚。"雷克哈在电影里穿的衣服真漂亮啊，你不觉得……"科沙瓦溜达着进来了。

"你想干什么？"大哥站了起来。科沙瓦想开口说话。他向这个穿着蓝色纱笼的人伸出了手臂。

"这个霍伊卡白痴疯掉了！他浑身发臭！把他赶出去！"

几双手把他拖了出去，一直拖了很远才把他扔在地上。几只皮鞋踢在他的肋骨上。

123

过了一小会儿,他听到有脚步声传来,然后有个人把他拉了起来。面前有个木头拐杖拄在地上,一个男人的声音响起:"这么说你也对大哥没有用了,嗯……?"

他模模糊糊地感到有人在喂他东西吃。他用鼻子嗅了嗅,一股恶臭,好像是蓖麻油和粪便的味道,他推开了。他闻到周围垃圾的味道,于是把头转向天空,闭上眼睛,好像看到了满天的繁星。

基图尔史
（巴西尔·德萨神父著《基图尔史》节略）

"基图尔"一词原系"基里乌鲁""小城镇"，或"基塔马之乌鲁"的讹用。基塔马是驱逐天花的女神，她的神庙就在今天的火车站附近。一〇九一年，有一位叙利亚基督徒商人写信向同行推荐马拉巴尔海岸上的基图尔天然良港。然而在整个十二世纪，基图尔仿佛突然消失了，一一四一年到一一九〇年之间关于阿拉伯商人来访的记录是一片荒芜。十四世纪，有一位名叫尤素夫·阿里的穆斯林苦行僧在港口治愈了许多麻风病人。他死后，遗体安葬在了一个白色穹顶的陵墓。至今，这个建筑——哈兹拉特·尤素夫·阿里圣陵——仍是穆斯林朝拜之地。十五世纪晚期，"基图尔"，亦称"大象城堡"，成为维查耶纳伽尔王国的一个行省，开始有了税收记录。一六四九年，葡萄牙神父克里斯托弗·戴尔梅达率领一个四人传教团从果阿沿海岸线长途跋涉，来到了基图尔。他们发现这里"偶像崇拜者甚众，伊斯兰教义传播甚广，象群出没，实为悲凄"。于是，葡萄牙人赶走了伊斯兰教会，砸烂了各种偶像，又将大象提炼升华为一堆脏兮兮的象牙。此后几百年里，基图尔——已改称为瓦伦西亚——被葡萄牙、马拉地、迈索尔王朝交替控制。一七八〇年，迈索尔王朝的国王海德阿里在港口附近打败了东印度公司的一支军队。在当年签署的《基图尔条约》中,东印度公司宣布放弃对"基图尔,亦称瓦伦西亚或港口"的所有权。海德阿里逝世后,东印度公司于一七八二年撕毁条约,在港口附近驻扎军营。海德阿里之子提普奋起反击,修建了苏丹炮台。炮台用黑色的岩石筑成,上面架设着法国大炮,是一座坚不可摧的要塞。一七九九年,提普逝世后,基图尔又为东印度公司控制,并划入马德拉斯的版图。一八五七年,与大多数南印度城市一样,基图尔并没有参与到伟大的抗英兵变中去。一九二一年,印度国大党的一位社会活动家将一面三色旗插在了灯塔上,至此,自由运动蔓延到了基图尔。

第三日（下午）：天使之音电影院

　　基图尔的夜晚是围绕着天使之音电影院展开的。每个周四的早上，小城里的墙壁上就贴满了手绘的海报。海报上面是一个丰满女人的素描，她正用手梳理着秀发，下面则是电影的名字：《她的夜晚》《美酒与美女》《生长的秘密》《叔叔的错》，等等。海报上醒目地标着"马拉雅拉姆情色"和"少儿不宜"的字样。不到上午八点钟，就有一群无业男子在天使之音电影院排起了长队。放映时间是上午十点、中午十二点、下午两点、四点和七点十分。票价从前排座的二点二卢比到包厢家庭席的四个半卢比不等。附近就是伍德塞德宾馆，这家宾馆主要以其著名的巴黎夜总会歌舞厅闻名遐迩。每周五领衔表演的是来自孟买的吉娜小姐，每隔两周的周日则是来自巴林的艾莎小姐和曾宝儿小姐。每个月的第一个星期一，性学研究家库维拉博士都会到这家宾馆来。他拥有医学本科学士学位、医学硕士学位、外科硕士学位、理学硕士学位。伍德塞德宾馆附近还有一排酒吧、饭馆、旅店、公寓，价格比伍德塞德便宜，但看上去要破旧一些。不过，多亏了旁边的基督教青年会，体面的人才能找到一个正派、洁净的住处。

半夜两点，基督教青年会的门开了，从里面走出来一个矮个子。

他个子很矮，前额却很大，突起得高高的，好像漫画上面的教授。他头发茂密而卷曲，上了很多发油，牢牢地贴在头皮上，鬓角则有些灰白。他走出基督教青年会的大门，看着地面，好像是第一次来到现实世界一样。他在门口站了一会儿，好像有点踌躇，然后才向着市场的方向走去。

突然，一阵尖促的哨声响起。一个穿着制服的警察将摩托车停在了前面，一只脚踏在地上。

"你叫什么名字？"

这个看上去像教授的人回答："古鲁拉杰·卡马特。"

"这么晚了你一个人在这里干什么？"

"我在寻找真相。"

"别开玩笑，好吗？"

"记者。"

"哪家报社的？"

"我们还有几家报纸呢？"

警察听了，有点失望地骑车走了。他本来想找出这个人的什么不端之处，然后威吓欺负他一番，或者敲他一笔。这两样都是他最喜欢的。不过，他刚开走几米，忽然想起了什么，马上又转了回来。

"古鲁拉杰·卡马特。你就骚乱的事写了专栏，对不对？"

"是的。"矮个子回答说。

警察往地面上扫了一眼。

"我叫阿齐兹。"

"然后呢？"

"您为这座城市的少数派做了件大好事。我叫阿齐兹。我想……想……对您说声谢谢。"

"我只是做我的本职工作而已。我说过，我在寻找真相。"

"不管怎么说，我还是要谢谢您。如果有更多您这样的人，这座城市就不会发生骚乱，先生。"

他也算不上是个坏蛋，看着阿齐兹骑车离去的身影，古鲁拉杰心里想，他就是做自己的工作罢了。

他接着往前走。

现在周围没有人，因此他骄傲地微笑着。

骚乱发生以来的这些日子，这个矮个子男人的声音成为了一片混乱中的理性之音。确切地说，他在自己文章中以一种平静的、不带主观感情的笔锋将狂热的印度教徒洗劫穆斯林店铺的破坏情况娓娓道来，辛辣地抨击了宗教偏见，有力地支持了宗教少数派。他本来只是想通过写专栏来帮助骚乱中的受害者，从未想过别的。然而，古鲁拉杰现在发现自己已经小有名气了。他成为了一个明星。

就在十四天前，他经历了人生最大的一次变故。他的父亲去世了。古鲁拉杰刮净胡须，在他老家宗庙的水池旁边和一位祭司一起念诵梵文咒语，以超度父亲的亡灵。他从农村老家回到基图尔之后，才知道自己被提拔为报社的执行副主编，成为他为之工作二十余年的报纸的二号人物。

这就是人生的悲喜交替吧，古鲁拉杰心里说。

月亮高高地挂在天上，带着一圈美丽的光晕。他已经不记得深夜独行是件多么美妙的事儿了。月光明亮而皎洁，沐浴在月光中的地面像是一个薄板，万物的影子都清晰地投映在地上。他想这可能是满月后的第二天。

即便是在深夜，还有人在工作。他听到一阵低沉而持续的声音，仿佛是夜晚清晰可闻的呼吸：一辆后开式的卡车正在装载沙土，可能是要运到哪个工地上去吧。司机伏在方向盘上睡着了，他的手臂从车窗里伸出，双脚伸出了另一侧的车窗。少量的沙土飞进后面的车厢里，好像是有幽灵在操纵一样。古鲁拉杰的后背出了一层汗，他想，我会感冒的，还是回去吧。这个想法让他觉得自己有点老迈，于是他决定继续往前走。他往左边走了几步，然后转向了右边的安布雷拉大街。走在安布雷拉大街的正中间是他儿时的梦想，然而他却从来没能逃离父亲犀利的眼神太远过。

他在大街的正中间停了一下，然后快步走进一个胡同。

两条狗正在交配。他蹲了下来，想看清楚它们究竟在干什么。

两条狗完事后，分了开来。一条狗跑进了胡同里面，另外一条则向着古鲁拉杰跑过来，它充满了交配后的活力，欢快地跑着，几乎是擦着他的裤脚跑过去的。古鲁拉杰在后面跟着它。

狗跑上了大路，停下来嗅着一叠报纸。然后它衔起报纸，又跑回胡同。古鲁拉杰在后面一溜小跑地跟着。狗跑进胡同深处，编辑一直跟在后面。最后，狗丢下嘴里的东西，转过头来对着古鲁拉杰咆哮，然后将报纸扯成碎片。

"乖狗儿！乖狗儿！"

古鲁拉杰转向右边，猛地看到了说话的人。他觉得自己好像是站在一个幽灵面前。这是一个穿着卡其布衣服的男人，手里拿着一把二战时期的来复枪，干瘪枯黄的脸上满是伤疤。他的眼睛细长，而且有些上挑。古鲁拉杰走近了一些，心里想："没错，他是个廓尔喀人[1]。"

这个廓尔喀人坐在银行旋转门前面的一张木椅上。

"你为什么那样说？"古鲁拉杰说，"为什么要表扬一条扯毁报

---

[1] 廓尔喀是尼泊尔中部城市。

纸的狗?"

"这条狗做得对。因为报纸上没有一句真话。"

廓尔喀人——古鲁拉杰认为他是银行的守夜保卫——站了起来,走到狗前面。

狗马上丢下报纸跑掉了。廓尔喀人小心地捡起那叠破烂不堪、皱皱巴巴、满是狗的唾液的报纸,翻阅了一下。

古鲁拉杰害怕地后退了一步。

"告诉我你想知道什么:这份报纸上面的东西我全知道。"

廓尔喀人丢掉了手里脏兮兮的报纸。

"昨天晚上发生了一起交通事故。在鲜花大街市场附近。肇事逃逸事故。"

"我知道那件事,"古鲁拉杰说,虽然这篇报道不是他写的,但是他每天都看所有版面的校样,"工程师先生的一个雇员涉嫌此事。"

"报纸上是这样说的。但并不是那个雇员干的。"

"真的吗?"古鲁拉杰笑了,"那是谁干的?"

廓尔喀人直视着古鲁拉杰的眼睛,然后笑了笑,指着他那杆古老的来复枪的枪管说:"我可以告诉你,但是告诉你之后我就不得不向你开枪。"

看着来复枪的枪管,古鲁拉杰想:我是在和一个疯子讲话。

第二天,古鲁拉杰早上六点钟就来到了办公室。像往常一样,他是第一个到的。他先检查了一下电报机,然后看了看一卷墨迹模糊的新闻传真,那都是在德里、科伦坡、还有其他一些他这辈子都不会去的城市里印出来的。七点钟,他打开收音机,记下今天早上专栏的要点。

八点钟,德梅洛小姐来了。打字机的咔哒声打破了办公室的平静。

她在写她的专栏——《亮晶晶》。这是一个每日美容专栏,是一个女性美发沙龙的老板赞助的。德梅洛小姐在专栏里回答读者如何保养头发的问题,并含蓄地引导她们使用沙龙老板的产品。

古鲁拉杰从来不和德梅洛女士讲话。自己的报纸有这样一个收费的专栏让他非常恼火,他觉得这有违职业道德。他们之间关系冷淡还有另外一个原因:德梅洛女士还没有结婚,因此他不想让别人以为自己对她有哪怕是一点点的兴趣。

多年来,他父亲的亲朋好友一直劝他搬出基督教青年会,然后找个人结婚。他差一点就听从了他们的劝告,因为他觉得家里有个女人可以照顾他日益老迈的父亲。现在他完全失去了对老婆的需求,他决心绝不为任何人而失去自己的独立。

十一点钟之前,古鲁拉杰又走出了房间。办公室里烟雾缭绕——这是他的办公室唯一不让他喜欢的地方。记者们坐在桌边,正在喝茶、抽烟。旁边的电传机正吐出连篇累牍的新闻报道,那是来自德里的报道,墨迹模糊、错字连篇。

午饭后,他让勤杂工去找梅农,梅农是一位年轻的记者,也是报社的一颗新星。梅农来到了办公室。他衬衫上面的两颗纽扣没有扣,露出脖子上闪闪发光的金项链。"坐吧。"古鲁拉杰说。

他拿出两份关于鲜花大街市场车祸的报道,这是他早上从档案库里翻出来的。第一张(他用手指着)是在庭审前出来的,第二张是在判决后印刷的。

"这两篇文章都是你写的,对吧?"

梅农点了点头。

"在第一篇文章里面,撞死人的汽车是辆红色的马鲁其铃木。而第二篇文章里面则是一辆白色的菲亚特。到底是哪一辆?"

梅农仔细地看了看两篇文章。

"我只是根据警方的报告记录的。"

"你都懒得亲自查看一下肇事车辆,我猜得没错吧?"

那天晚上他吃过晚饭,基督教青年会的看门人来到了他的房间。她滔滔不绝地说着,但是他担心看门人打算把他介绍给她女儿,因此基本上没怎么和她说话。

睡觉前,他把闹钟调到了两点钟。

醒来时,他心跳得很快。他打开灯,离开房间,眯起眼睛盯着闹钟。离两点还差二十分钟。他穿上裤子,拍了拍脑袋,将自己蓬松的鬈发按平整,然后几乎是奔跑着下了楼梯,来到基督教青年会的大门外,向银行的方向走去。

那个廓尔喀人坐在他的椅子上,手里拿着古老的来复枪。

"听我说,你是亲眼看到那场交通事故的吗?"

"当然不是。我当时就坐在这里。这是我的工作。"

"那你凭什么说知道警察换了车子……"

"通过秘密渠道。"

廓尔喀人小声地说着。他告诉报纸编辑:在基图尔城里,守夜人有自己的信息网络,一个守夜人会到另一个守夜人那里抽支烟,传传信息;得到信息的人再去另一个那里抽支烟。就这样,消息很快就传开了。秘密广为人知。真相——白天发生的事情的真实情况——被保存了下来。

这简直是荒唐,这绝不可能——古鲁拉杰擦着额头的汗,心里想着。

"那白天发生了什么事呢?工程师在开车回家的路上撞了人?"

"然后弃尸逃跑了。"

"这不会是真的。"

廓尔喀人的眼睛闪烁着光芒："您在这儿住得也不短了。您知道这会是真的。工程师喝醉了，他从情人家回来，像撞流浪狗一样地撞倒了那个家伙，接着开车跑了，没管地上那个膛开肚破的人。第二天送报纸的小孩发现了尸体。至于是谁夜里在这条路上酒醉驾车警察知道得一清二楚。所以第二天早上两个警察找到了工程师家里。那时候他汽车前轮上的血都还没冲掉呢。"

"那为什么……"

"他是城里最有钱的人。他拥有这座城市里最高的楼房。他不可能被逮捕。他找到自己厂里的一个雇员，说事发时是那个雇员开的车。那个家伙给警察出示了一份宣誓书：五月十二日晚，本人酒醉驾车，撞倒了一个不幸的遇难者。然后工程师先生给了法官六千卢比作为封口费，又给了警察不到六千，可能是四千还是五千吧，因为司法部门当然比警察高贵些。然后他想要回他的马鲁其铃木，因为那是款时尚的新车，而且他喜欢开那辆车。于是他又给了警察一千卢比，把致人死命的肇事车换成了一辆菲亚特，而他则继续开着他的车招摇过市。"

"我的天哪。"

"那个雇员被判了四年。法官本来可以判得更重些，但是他觉得有点对不起那个王八蛋。当然，他也不能放了他，所以……"守夜人模仿着敲法槌的动作，"四年。"

"我真不敢相信，"古鲁拉杰说，"基图尔不是这样的地方。"

尼泊尔人眯起眼睛，狡黠地笑了。他盯着手里闪烁的烟头看了一会儿，然后递了一支烟卷给古鲁拉杰。

早上，古鲁拉杰打开了他房间里唯一的一扇窗子。他顺着安布雷拉大街望去，小城的中央是他出生的地方，也是他成长、成熟的地方，还很可能是他死去的地方。有时候他觉得自己熟悉这座城市的每一栋建筑、每一棵树、房顶的每一片砖瓦。安布雷拉大街在旭日中闪烁着光芒,仿佛在说:不,廓尔喀人说的话不可能是真的。广告上清晰的喷绘、送报人自行车闪闪发亮的辐条也在说:不,廓尔喀人在撒谎。然而,当古鲁拉杰走进办公室的时候,他看到路边菩提树浓重的树荫,就像清晨的扫帚未曾扫过的一块黑夜,他的心绪又纷乱起来。

开始工作了。他冷静下来,不去瞧德梅洛小姐。

那天晚上,报纸主编把他叫到了办公室。主编是一个胖胖的老人,下颌有点下垂,浓密的白眉毛像霜打了一般,喝茶时手还在不停地颤抖。他脖子上的青筋像浮雕一样爆出。总之,他身体的每一部分都透露出他即将退休的信息。

如果他真的退休了,古鲁拉杰将继承他的位置。

"关于你让梅农重新调查的这件事……"主编啜饮着茶说,"算了吧。"

"两辆车并不一致……"

老人摇了摇头:"警察第一次填表的时候弄错了,就这么简单。"他的语调变得平静而随意,古鲁拉杰明白,这意味着最后的决定。主编又啜饮了一口茶,然后喝了一大口。

咕噜咕噜的喝茶声变成了小口的啜饮,老人态度的突然变化,加上这几天半夜醒来的疲倦,让古鲁拉杰的神经愈发紧张,他开口说:"一个人在没有充分理由的情况下可能被投进监狱,而一个有罪的人可能逍遥法外。然而我们却只能说,放下这件事吧。"

老人啜饮着茶,古鲁拉杰觉得自己可以察觉到他的脑袋在动,好像在表示赞同。

他回到基督教青年会,走上一部楼梯,来到自己的房间。他躺在床上,睁着眼睛。直到凌晨两点钟闹钟响起时他还没有睡着。出门时,他听到一声哨响,那个警察从他身边驶过,热情地挥着手,好像是老朋友一样。

月亮小了很多,再过几天,晚上应该是一片漆黑了。他走在老路上,就像仪式一样固定:先是缓步前行,然后穿到大路中间,接着折进胡同,走到银行门口。廓尔喀人坐在他的椅子上,来复枪扛在他的肩上,烟卷在他指尖闪烁着。

"你的秘密渠道今天晚上告诉了你什么消息?"

"今晚什么都没有。"

"那就告诉我前几天晚上的事情吧。告诉我那张报纸上还有什么东西是假的。"

"骚乱。报纸上写错了,大错特错。"古鲁拉杰觉得他的心好像停跳了一拍。

"为什么这么说?"

"报纸上说是印度教徒打了穆斯林,对吧?"

"的确是印度教徒打了穆斯林。大家都知道。"

"哈。"

第二天早上古鲁拉杰没有出现在办公室。他径直去了港口,这是他上次在骚乱余波中采访这里的店主后第一次来到这里。他查看着每一家在骚乱中被纵火的饭馆和鱼市。

回到报社后,他冲进了主编的办公室,说:"我昨天晚上听到了关于印度教徒与穆斯林骚乱冲突的最难以置信的事情。我应该将我听到的告诉您吗?"

老人啜饮着茶。

"我听说我们的议员勾结港口的黑手党煽动了这次骚乱。我还听说那些恶棍和议员把骚乱中被纵火的房子和被毁坏的财物全部转移到他们自己人手里,安置在了一个虚构的托拉斯名下,叫做新基图尔港发展联合会。暴力事件都是有预谋的。受雇的穆斯林打手焚烧穆斯林的店铺,印度教打手焚烧印度教徒的店铺。这实际上是宗教冲突伪装下的房地产权转移。"

主编放下手中的茶杯。

"谁告诉你的?"

"一个朋友。这是真的吗?"

"不是。"

古鲁拉杰微笑着说:"我也不相信。谢谢您。"他走出了房子,而他的上司正忧心忡忡地目送他离开。

第二天早上,他又一次迟到了。勤杂工跑到他桌前,嚷嚷着:"主编要见你。"

"你今天怎么没去市政当局的办公室?"老人啜饮着茶问道,"市长要你去的。他发表了关于加强印度教徒与穆斯林团结的讲话,并且抨击了印度人民党,他想让你听听。你知道他一向尊重你的工作。"

古鲁拉杰按了按头发,他今天没有打发油,因此头发有点桀骜不驯。

"管他呢!"

"对不起,你说什么,古鲁拉杰?"

"您以为这个办公室的那个人不知道这些政治斗争都是做样子的?事实上,人民党和议会之间尔虞我诈、讨价还价,然后坐在一起分配他们在波贾普工程中收来的赃款。这些年来,您和我都清楚这是真的,然而我们却假装不知道,拣别的事情报道。您觉得这很荒唐吗?听我说。我们今天就写事实,整份报纸都报道事实。就今天一天。只有真相的一天。这就是我想做的事情。别人甚至不会注意到。明天我们就继续扯谎。但是我想有一天能够报道、撰写、编辑真相。我想在一生中能做一天真正的记者。您怎么看？"

主编皱起了眉头，似乎在考虑他的话，然后说："今天晚饭后到我家里来。"

晚上九点钟，古鲁拉杰来到了玫瑰巷，走到了一所有一个大花园的房子前面。花园里面立着一尊克利须那神像，克利须那的长笛放在前面的一个壁龛里面。他按响了门铃。

主编把他请进客厅，关上了门。他指着沙发示意古鲁拉杰坐下。

"你最好告诉我你有什么困扰。"

古鲁拉杰告诉了他。

"假设你有这件事的证据。你把它写出来。那你就不仅是在报道警察部门的糜烂，更是在指责司法部门的腐败。那么法官就会以藐视法庭罪传唤你。你会被捕——即便你说的都是真相。你和我，还有报社里的人，都假装我们国家是有新闻自由的，但是我们都知道真相如何。"

"那印度教徒与穆斯林的骚乱冲突呢？我们也不能报道真相，是吗？"

"这件事的真相是什么呢，古鲁拉杰？"

古鲁拉杰说出了事情的真相，主编笑了。他用手捂住脸，纵情大笑着，好像整个夜晚都在他的笑声中摇晃。

"即便你刚才说的都是真的，"老人再次抑制着笑意说，"而且我既没有承认也没有否认，我们仍然绝不可能刊登出来。"

"为什么不行呢？"

主编微笑着。

"你觉得这家报纸是谁的呢？"

"拉姆达斯·派伊。"古鲁拉杰说。这是安布雷拉大街上的一位商人，他的名字在报纸头版上以业主的身份出现。

主编摇了摇头。"报纸并不是他的。并不全是。"

"那是谁？"

"用脑子好好想想。"

古鲁拉杰以全新的目光打量着主编，好像这位老人身旁有一圈光环。在他漫长的报人生涯中，他掌握着很多信息，却从不能公开刊发，这些秘密的信息在他的大脑里闪烁着光芒，好像满月的光晕一样。这就是这座城市、这个邦、这个国家，或许乃至整个世界的记者的宿命吧，古鲁拉杰心里想。

"你以前从来没想过吗，古鲁拉杰？这一定是因为你没有结婚的缘故。如果没有女人，你永远也不会了解处世的道理。"

"而您对处世的道理了解得太透彻了。"

两个人相对无言，心里都为对方感到极大的遗憾。

第二天早上，在去办公室的路上，古鲁拉杰想：我生活在一个虚假的世界里。无辜者锒铛入狱，作恶者逍遥法外。所有的人都知道这回事，却没有人有勇气去改变这一切。

从那时起，每天晚上古鲁拉杰都会下楼来到基督教青年会肮脏的楼梯口，茫然地盯着墙上乱画的污言秽语和涂鸦作品看一会儿，然后沿着安布雷拉大街一路前行，路上有很多流浪狗，它们有的狂吠咆哮，有的鬼鬼祟祟，有的交媾合欢，古鲁拉杰视若无睹，继续向前走，一直走到廓尔喀人那里，他会老远地举起手里的来复枪，微笑着和他打招呼。他们两个现在是朋友了。

他从廓尔喀人那里得知了这座小城竟有那么多的贪腐之事：在这几年谁杀了谁；基图尔的法官索要了多少贿赂，警察局长又索要了多少。他们一直谈到快要破晓的时候。这个时候古鲁拉杰该回去了，他还得在上班前睡一小会儿。他犹豫地问："我还不知道你的名字呢。"

"高利申卡。"

古鲁拉杰等着他问自己的名字，他想说："我的父亲去世了，你就是我唯一的朋友，高利申卡。"

然而廓尔喀人闭上了眼睛。

凌晨四点钟，在回基督教青年会的路上，古鲁拉杰心里想：他到底是干什么的呢？这个廓尔喀人？从他透露的一些信息来看，他曾经在一个退役的将军家里做过杂役。古鲁拉杰推测他可能当过兵，应该是在廓尔喀雇佣兵团里服过兵役。但是他为什么要到基图尔来养老呢？为什么他不回尼泊尔呢？这一切都还是一个谜。明天我要问清楚。然后我就把自己的情况告诉他。

在基督教青年会大门附近有棵阿育王树，古鲁拉杰停了下来，看着那棵树。月光照在上面，这棵树今天也显得有些不同于往日，好像就要生长成别的什么东西似的。

"他们不是我的同事，他们无异于动物。"

古鲁拉杰再也不想看到他的同事们了，走进办公室时他眼神飘忽着，不去看他们，快步走进了自己的房间，砰的一声将门关上，开始工作。虽然他还是编辑着分给他的版面，但是再也不想看这份报纸了。特别是他看到自己的名字印在报纸上的时候，心里尤为惊骇。因此，他放弃了自己一直视为至乐的专栏写作，坚持要求只做编辑工作。过去他经常工作到深夜，现在却每天下午五点钟就离开办公室，快步回到自己的公寓上床睡觉。

半夜两点钟，他醒了过来。他一般都和衣而睡，省得起来后在黑暗中摸索着找裤子。他几乎是奔跑着下了楼梯，推开基督教青年会的大门，去找廓尔喀人聊天。

一个晚上，该发生的事终于发生了。廓尔喀人没有像往常一样坐在银行门口。另一个人坐在他的椅子上。

"我哪里知道呢，先生？"新来的守夜人说，"昨天晚上才给我安排的这个活儿，他们也没告诉我原来那个人干什么去了。"

古鲁拉杰跑过一间又一间店铺、一栋又一栋房子，询问他所见到的每一个守夜人，问他们知不知道廓尔喀人的下落。

"去尼泊尔了，"终于有一个守夜人告诉他，"他回家了。这些年来他一直在攒钱，现在他终于回去了。"

这个消息好似当头一棒。只有一个人知道这座小城里的大小事情，而这个人却消失在另一个国家。看着他气喘吁吁的样子，守夜人们围了过来，给他搬了把椅子，又用塑料瓶倒了点清水。他告诉他们这几周来他和廓尔喀人之间的故事，向他们解释为何自己怅然若失。

"那个廓尔喀人，先生？"一个守夜人摇了摇头，"您确定是和他聊的这些事吗？他是个纯粹的白痴。他在当兵的时候受过伤，脑子坏掉了。"

"那秘密渠道呢？现在还有吗？"古鲁拉杰问，"你们谁能告诉我今天听到了些什么消息？"

守夜人们面面相觑。他看到他们眼神里的疑惑变成了些微的恐惧。他们可能觉得我也疯了，他心里想。

他在夜幕下的城市里茫然地徘徊着，走过灯火阑珊的大楼，走过睡梦中的基图尔众生。每一栋高大、安静、昏暗的大楼里面都有数百个昏昏沉睡的身躯。他心里说："我现在是唯一清醒着的人了。"走上左边的山丘，他看到一栋大厦亮着灯光。有七个窗口亮着灯，整座大厦也在黑夜中发出光芒。他感觉这座大厦就像是活生生的动物，像是某种发光的怪物，光线是从它的五脏六腑里面透出来的。

古鲁拉杰心里明白：廓尔喀人根本就没有抛弃他。他在他人生中起到了其他人未曾有过的作用。他留下了一个礼物。古鲁拉杰现在自己能够听到秘密渠道传来的消息。他向着亮灯的大楼张开了双臂，他感觉到身上充满了一种玄妙的力量。

一天，他去上班的时候——又迟到了——听到身后有人轻声地说："他父亲原来也是这样，在他最后的日子里……"

他想：我一定要当心，别让别人发现了我内心的变化。

来到办公室，他看到工人正在把他门上的姓名牌卸下来。他想：我在这里努力工作了这么多年，现在我一无所有了。但是他没有觉得后悔，也没有闹情绪，好像这件事是发生在别人身上的。他看了看门上的新姓名牌：

克利须那·梅农
副主编
《黎明先驱报》
基图尔唯一且最佳报纸

"古鲁拉杰！我也不想这样做，我……"

"没必要解释了。如果我处于你的位置，我也会这样做的。"

"你需要我和别人讲讲吗，古鲁拉杰？我们可以给你安排安排。"

"你在说什么？"

"我知道你失去了父亲……不过我们可以给你操办婚事，找个好人家的女人。"

"你在说什么？"

"我们认为你病了。你应该知道,办公室的同事这段时间都在议论。我觉得你一定要休息一到两周。找个地方度假吧。要不就去西高止山看看云彩吧。"

"好。我请三周假。"

接下来的三周里他昼寝夜出。巡夜的警察见了他也不像原来那样说声"您好,编辑",而是骑着摩托车径直过去了。古鲁拉杰看到他还扭过头来盯着自己看。守夜人们也神情古怪地看着自己,他咧嘴一笑,心里想,就算是在这儿,在黑夜笼罩的冥府地狱,我也是格格不入,孤军奋战。这个想法让他更加兴奋起来。

一天,他买了一个小孩子用的黑板和一支粉笔。那天晚上,他在黑板上写下了几行字:

只有真相能战胜一切

夜报

唯一一名记者、编辑、广告刊发、订户:

古鲁拉杰·卡马特 先生

他从今天晨报上剪下来头版新闻的标题——《人民党市议员抨击国会议员》,然后揉了揉,涂画着改写了一遍:

一九八九年十月二日讯

急需资金购买位于玫瑰巷的新别墅的人民党市议员抨击了国会议员。明天他将从国大党收到一个装满现金的棕色皮包,之后他将停止炮轰。

然后,他躺在床上,闭上眼睛,急切地盼望着黑暗的来临,从而使这个小城变成一个体面的地方。

一天晚上他想：我的假期就只有一个晚上了。东方已经破晓，他快步回到基督教青年会。突然他停了下来。他确信自己看到了楼房前面有一头大象。他是在做梦吗？这个时候，一头大象出现在了城市中心，它到底要做什么呢？这已经超出了理性的范围。然而它看上去是如此的真实，似乎触手可及，只有一点让他觉得这并不是真的大象——它一动也不动。他心里对自己说：大象总是走来走去，而且会发出声音，因此你看到的并不是大象。他闭上眼睛，走进基督教青年会的大门，然后又睁开眼睛，发现自己看到的是那棵树。他抚摸着树皮，心里想：这是我这辈子第一次出现幻觉。

第二天，当他回到办公室的时候，每一个人都说他又变回曾经的那个古鲁拉杰了。他有些日子没有上班，他想回来了。

"谢谢您为我安排婚事，"在主编办公室喝茶的时候，他对主编说，"但是，实际上我已经与自己的工作结为了终身伴侣。"

他和一群刚从大学毕业的年轻人坐在编辑室里，以和往昔一样的激情编辑着文章。年轻人们走了之后，他留在办公室查找档案。他回来工作是有目的的。他准备重写基图尔史：一部基图尔的地狱史——在这部书里他将重释基图尔过去二十年的历史。他取出一叠旧报纸，仔细地读着每一份报纸的头版。他用一支红笔涂改重写着，这达到了两个目的：其一，将旧报纸涂改得面目全非；其二，这有助于他找出报纸上的词句与新闻事件本身之间的真实关系。首先，以印度语——廓尔喀人的语言——为事实真相的语言，他将报纸标题的卡纳达语改成了印地语；然后又改成了英语；最后他用一套密码符号，就是用罗马字母表里每一个字母后面的字母代替该字母；他记得曾经在哪儿读到过恺撒大帝曾经在他的军队里使用过这种密码。现在情况更加复杂了。于是他又想出用一些特殊符号代替单词，比如用里面点了一个黑点的三角形代指银行。然后他又恶作剧地想出了其他的一些符号，比如用纳粹的卐字符代替国大党，用核裁军的标志代替人民党，等等。一天，当他浏览过去一周所做的笔记时，发现自己忘掉了一半的符号，他自己也不知道自己写的是什么了。很好，他想，就该这样。即使是真相的作者也不应该知道全部的真相。每一句真话在写下来的时候都像一轮满月，然后一天天地亏缺，直到变成一团昏暗。世间的事大抵如此。

在把每一期报纸都重释了之后，他把报纸的标题《黎明先驱报》划去，改成了《只有真相能战胜一切》。

"你对报纸做了些什么？"

是主编来了。这天晚上，他和梅农悄悄地来到办公室，出现在了古鲁拉杰的身后。

主编一页页地翻阅着档案柜里面目全非的报纸，一言不发，梅农则躲在他的肩膀后面偷看。他们看到报纸上画满了难以辨认的字句、大红色的批改、删除线、三角形、扎着马尾辫的张开血盆大口的女孩，还有交媾的狗。老人砰的一声关上了档案柜。

"我说过要你结婚的。"

古鲁拉杰微笑着说："听我说，老朋友。这些符号都有象征意义的，我可以解释……"

主编摇了摇头。

"离开这间办公室，马上。对不起，古鲁拉杰。"

古鲁拉杰笑了笑，好像是说没必要解释了。

主编的眼眶湿润了，他大口地吞咽着唾沫，脖子上的青筋也随之上下颤抖着。古鲁拉杰的眼睛里也饱含着泪水。他想：这个老人做出这个决定是多么的艰难。他一直是多么艰难地保护着自己。他可以想象，在他们召开秘密会议时，同事们对他群起而攻之，这个善良的老人是如何尽力为他辩护。"对不起，我的朋友，我让你失望了。"他想说。

那天晚上，古鲁拉杰散着步，安慰自己说现在是他人生中最快活的时光。他现在自由了。天快亮时，他回到了基督教青年会，他又看到了那头大象。这次就算他走到跟前，大象也没有变成阿育王树。他径直走到这头庞然大物前面，看到它的耳朵不停地扇动着，无论是颜色、形状还是动作都像是翼龙的翅膀。他围着大象转了一圈，从后面看到它双耳的边缘是粉红色的，还看得出静脉的纹路。这么丰富的细节怎么可能是假的呢？他想。这个生物是真实存在的，如果世界上其他的人看不到它，那是他们的不幸。

"叫一声吧！"他恳求大象。那我就能确定我没有被迷惑，我就知道你是真实存在的。大象明白了他的意思，伸长鼻子吼了一声，震得他的耳朵都要聋了。

"你现在自由了，"大象说，它的声音大得好像报纸的标题，"去写基图尔真实的历史吧。"

几个月后，传来了古鲁拉杰的消息。四个年轻记者被派去了解此事。

他们来到位于灯塔山的城市阅览室，一边捂着嘴笑，一边推开大门。图书管理员把手指放在嘴唇上示意他们噤声。

记者们看到古鲁拉杰坐在一个板凳上看报纸，报纸遮住了他大半个脸。他的衬衫已经破烂不堪，不过他看上去胖了点，似乎他挺适合过这种无所事事的日子。

"他一句话都不说，"图书馆管理员说，"他每天就拿着报纸贴在脸上，一直坐到太阳下山。他就说了一次话，我告诉他我挺喜欢他写的关于骚乱的文章，结果他冲我吼了起来。"

一个年轻记者走上前去，把食指放在报纸上沿，慢慢地将那叠报纸拉了下来。古鲁拉杰没有反抗。记者大叫了一声，跳了开来。

最里面的一张报纸上有一个湿润的黑洞。古鲁拉杰的嘴角还塞着几条报纸，他的嘴巴一张一合着。

基图尔的语言

卡纳达语是南印度的一门主要语言，也是基图尔所在的卡纳塔克邦的官方语言。当地的报纸《黎明先驱报》使用的就是卡纳达语。虽然城里所有的人都听得懂卡纳达语，但实际上该语言只是部分婆罗门的母语。当地的通用语是图鲁语，该语言是一种地方性语言，据说千百年前还有文字，但现在文字已经失传。图鲁语又分两种方言。其中，极少数婆罗门使用的"上层种姓"方言已经逐渐消亡，因为操图鲁语的婆罗门都已经改用卡纳达语。图鲁语的另一种方言比较粗鄙，咒骂词丰富而尖刻。使用这种方言的是巴恩特和霍伊卡，这种方言也是基图尔的市井语言。在商业中心安布雷拉大街周边地区，主要语言则是贡根语。使用这种语言的是高德-萨拉斯瓦特婆罗门，他们来自果阿，这里的大部分店铺都是他们开的。（尽管从二十世纪六十年代起，说图鲁语与说卡纳达语的婆罗门就已经开始通婚，但是说贡根语的婆罗门一直拒绝对外通婚。）市郊的瓦伦西亚地区的天主教徒则使用贡根语的一种特殊方言，中间夹杂着不少葡萄牙语的痕迹。大多数的穆斯林，尤其是港口地区的穆斯林，则以马拉雅拉姆语的一种方言为母语。而一小部分较为富裕的穆斯林，他们是海德拉巴王朝贵族的后裔，则使用海德拉巴乌尔都语。基图尔有大量的民工在建筑工地之间转战,他们说的是泰米尔语。中产阶级能听懂英语。

必须指出的是,论咒骂语之丰富,印度任何一个城市都无法与基图尔的市井语言比肩,这里有乌尔都语的,英语的,卡纳达语的,图鲁语的,各种各样骂人的话。其中最容易听到的一句骂人的话"秃头女人养的"需要解释一下。上层种姓的寡妇一度被禁止再嫁,而且还要剃光她们的头发,以预防她们接触男人。因此,一个秃头女人生下来的孩子极有可能是偷情的产物。

第四日（上午）：安布雷拉大街

如果你想在基图尔购物的话，就抽几个小时去逛逛安布雷拉大街吧，那里是城市的商业中心。你会看到家具店、药店、饭馆、糖果店，还有书店。（你还可以看到几家经营手工木伞的小店，不过由于从中国进口的金属伞很便宜，这些店大都歇业了。）基图尔最著名的几家饭馆也在这条街上，还有完美冰淇淋小店、鲜榨果汁店，以及《黎明先驱报》报社，这家"基图尔唯一且最佳的报纸"。

每周四晚上，在安布雷拉大街附近的拉姆·维塔勒寺庙里都会有件很有意思的事情上演。两个传统唱诗艺人坐在寺庙的长廊上，整晚都吟诵着印度英雄史诗《摩诃婆罗多》中的诗篇。

家具店里的雇员都聚集到加内什·帕伊尔先生的桌前，围成一个半圈。今天可是个不同寻常的日子，因为工程师先生的夫人亲自到店里来了。

她挑了一张电视桌，来到帕伊尔先生办公桌前结账。

帕伊尔先生穿着件宽松的丝绸衬衫，领口露出一块三角形的胸毛，他脸上还沾着檀香木。他身后的墙上挂着两幅锡箔画，一幅是富饶女神拉克施密，另一幅是象头王财神。神像下面的供香青烟袅袅。

工程师夫人缓缓地坐在桌边。帕伊尔先生拉开抽屉,从里面拿出四张红色的卡片,伸到她面前。工程师夫人犹豫了一下,咬了咬嘴唇,然后一把抓住一张卡片。

"一套不锈钢茶杯!"帕伊尔先生一边说着,一边把她选的抽奖卡亮了出来。"这套礼品可是非常不错,夫人。您可以用上很多年。"

工程师夫人眉开眼笑的。她取出一个小巧的红色钱包,数了四张一百卢比的钞票,摊在帕伊尔先生面前的桌上。

帕伊尔先生把手指放在一个小碗里蘸了蘸,这碗水是他专门放在桌上数钱用的。他把钱数了一遍,然后抬起头看着工程师夫人,微笑着,好像还想再要点什么似的。

"送货的时候再付剩下的钱,"她一边起身一边说,"还有,别忘了把我抽到的奖品送过来。"

"她男人也许是这个城市的首富,但她也还是个吝啬的老婊子。"看她出了店门,帕伊尔先生说。他身后的店员笑了起来。他转过身瞪了他一眼。那是个矮小黑瘦的泰米尔男孩。

"赶快找个苦力把桌子送过去,"帕伊尔先生说,"我得赶快把剩下的钱要回来,不然她就忘了这回事了。"

泰米尔男孩跑出了店子。拉车的都在他们的老地方待着呢。他们躺在车架上,抽着烟卷,眼睛直愣愣地盯着前方。有几个人还带着木然的贪婪盯着马路对面的店子——完美冰淇淋小店,几个穿着T恤衫的小胖子正在店子外面舔着手里的香草冰淇淋。

男孩伸出食指,对着其中一个人勾了勾。

"齐纳亚,该你了!"

齐纳亚用力地蹬着车子。因为那个人告诉他要走直路去玫瑰巷，所以他得穿过灯塔山。他咬着牙，吃力地踩着踏板，车上绑着那张电视桌。过了山背下坡的时候，他就让车子滑行着溜下去。到了玫瑰巷，他放缓了车速，找到记忆中的门牌号，按响了门铃。

他本来以为会是一个仆人来开门，结果却是一个皮肤白皙的丰满女人，他认出这个女人正是工程师夫人。

齐纳亚走到门外拿了把锯。他握着锯走进餐厅，刚才他把电视桌放在了那里等着拼装。这时他看到工程师夫人正盯着他手里的工具：那根锯不过一臂之长，但刹那之间却显得硕大无朋：十八英寸长，带着锯齿，虽然锈迹斑斑，但是锈迹中露出的铁灰色仍述说着它的锋利，好像是部落手艺人制造的鲨鱼雕塑。

齐纳亚看出了女人眼中的焦虑不安。为了打消她的恐惧，他讨好地笑了笑。他的笑容夸张得像幽灵面具一样，露出一嘴白森森的牙齿，一般人还真不会笑得这么低三下四。然后他四处张望了一下，好像忘记刚才把电视桌放到哪儿了。

桌子腿长度不齐。齐纳亚闭上一只眼睛，挨个地检查桌腿。然后他拿出锯子，在每个腿上都锯了锯，细微的木屑落在地板上。他非常缓慢而又细致地抽动着锯子，好像他只是在比画着排练，只有地上的那一堆木屑才证明他确实是真的在锯。他闭上一只眼睛，又检查了一遍桌腿，确定桌子平稳之后，他丢下了手中的锯子。他看了看身上唯一的一件衣服，一件已经看不出原色的白纱笼，然后找了一块相对干净的地方，拿着擦了擦地板。

"桌子装好了，夫人。"他合起手，等着吩咐。

他讨好地笑着，又把桌子擦了一遍，好让女主人看到他的殷勤。

而工程师夫人却没有看到，她刚才到里面的一个小屋子里去了。过了一小会儿，她拿着钱出来了。她数了数，一共是七百四十二卢比。

她犹豫了一下,又加了三卢比。

"再多给我点吧,夫人?"齐纳亚脱口而出,"再多给我三卢比好吗?"

"六卢比?那可不行。"她说。

"您这儿挺远的,夫人。"他捡起锯子,在脖子上比画了一下,"我得这样运过来,夫人,放在我的车子上。我的脖子给弄得很痛。"

"没门。出去——不然我叫警察来了,你这个恶棍——出去!带着你的大刀子!"

他走出房门,一边闷闷不乐地嘟哝着,一边把钱卷成一叠,放在身上宽松的白色纱笼上,打了一个结。紧挨着大门有棵楝树,他弯着腰从树枝下面过去,把锯扔在车厢里。车子的鞍座上包着一块白色的棉布。他把布解开,缠在头上。

一只猫从他腿间跑了过去,两条狗在后面穷追不舍。小猫一下蹿到了楝树上,接着又跳上树枝。两条狗只能在树下干等,它们用爪子扒着树皮,咆哮不已。齐纳亚本来已经坐在车上了,但是他看到猫狗大战就不想走了,在一边看热闹。他一开始蹬车子就不会再注意到这些事情了,他就会变成一个蹬车机器,一直骑到老板的店子里。他站在一边,看着这几个小动物,享受片刻的自我意识带来的欢乐。他从地上捡起一块烂香蕉皮,挂在楝树的枝叶上,等房主出来的时候,他们肯定会吓一跳的。

自己的这一举动让他非常高兴,开心地笑了起来。

然而他还是没有开始蹬车子,那意味着他将从有血有肉的人变成劳顿不堪、机械乏味的机器。

大约十分钟后,他又骑上了车子,向着安布雷拉大街前进。他像往常一样,屁股抬离鞍座,脊梁弯成六十度角,吃力地蹬着车子。只有在路口,他才能伸直腰,放松一下,坐在鞍座上。快到安布雷拉大街时,路上又堵住了。他把前轮插在前面的一辆汽车前面,吼着:"婊子养的,快走啊!"

最后,他终于在他右手边看到了那块招牌——"加内什·帕伊尔风扇与家具店",然后停下了车子。

齐纳亚觉得那叠钱好像要在他的纱笼上烧出一个洞来,他想赶快把钱交给老板。他用手掌抚着纱笼,推开门,走进店子,在帕伊尔先生办公桌前蹲了下来。帕伊尔先生和泰米尔男孩都没理他。他解开纱笼的带子,将手伸进两腿之间,眼睛盯着地板。

他的脖子又开始痛了,他转动着脖子以减轻疼痛。

"别这样了。"

帕伊尔先生示意他把钱交过来。齐纳亚站了起来。

他慢慢地走向老板的桌子,将钞票递给加内什·帕伊尔先生。老板接过钱,把手指放在小碗里蘸了蘸,数了一遍:七百四十二卢比。齐纳亚盯着那一小碗水,他看到碗沿有着波浪花纹,看上去好像一朵荷花,而且碗底也是同样的设计。

帕伊尔先生打了个响指。他用橡皮筋将钱扎了起来,向齐纳亚伸着手掌。

"少了两卢比。"

齐纳亚解开纱笼上的结,取出一张两卢比的钞票,递了过去。

这是他每次送货后要交给帕伊尔先生的数目:一卢比是用来支付晚上九点钟的晚餐的;另一卢比则是用以酬谢,因为他获得了被加内什·帕伊尔先生选中送货的荣幸。

门外,帕伊尔店里的泰米尔男孩正在给一个拉车的下达指示。

这个拉车的年轻力壮，是个新来的。他的车上有两个大纸箱，泰米尔男孩拍着两个纸箱说："这个箱子里面是旋杆，另一个里面是四个扇叶。送到地方之后，你一定要把两个箱子里的东西都装好才能回来。"他把地址告诉拉车的，然后要这个苦力大声地重复了一遍，好像老师在教笨学生一般。

齐纳亚的号子要等一段时间才会叫到了，于是他沿着马路走到了一个地方。这里有个人坐在路边的桌子后面，手里拿着一捆长方形的票兜售，票不大，花花绿绿的，像糖果纸一样。他微笑着看着齐纳亚，手指哗哗地翻动着手里的一捆票。

"黄色的？"

"先告诉我上期我买的号中了没有。"齐纳亚说。他从纱笼打的结里拿出一张脏兮兮的纸。买票的找出一张报纸，扫视着报纸的右下角。

他读了出来："中奖彩票号码。17-8-9-9-643-455。"

齐纳亚已经把英文数字的读法记得滚瓜烂熟了，他眯着眼盯着手里的彩票看了一会儿，然后松开手，彩票掉在了地上。

"很多人都买了十五六年才中奖，齐纳亚，"卖彩票的人安慰他说，"但是最后，相信自己能中的人都中了。世上的事就是这样的。"

齐纳亚很讨厌卖彩票的人这样安慰他，他感觉自己被印彩票的人骗了。

"我不能总是这样，"他说，"我的脖子很痛。我不能老是这样。"

卖彩票的人点了点头。"再来张黄色的？"

齐纳亚把彩票系在衣服里，蹒跚着回去了。他一头倒在车板上。这样躺着休息了一会儿，并没有祛乏，只是麻木。

这时，一只手指在他头上点了一下。

"到你的号子了，齐纳亚。"

"很好。"

这条路线还得要上灯塔山。骑到山半腰，他下了车，拉着车板前进。他脖子上爆出的青筋像蜘蛛网一样，他张开嘴吸气的时候，空气在他的胸膛和肺里燃烧。你不能这样下去了，他疲倦的四肢说，他燃烧的胸膛说。你不能这样下去了。与此同时，他心中对于命运的不甘和反抗的意识增强到了极点，他拉着车，心中终日累积的烦闷与怒火终于变成一句清晰的怒吼：

你打不垮我的，你娘的！你永远也打不垮我！

如果送的货不是太重的话，比如说床垫，他就不能骑车去，而是要把东西顶着头上。对泰米尔男孩重复了一遍地址后，他迈着缓慢而又轻松的步伐出发了，好像是散步的胖子。可是，没过多少，床垫就显得沉重不堪了。它压着他的脖子和脊梁，刺痛的感觉像一根轴一样贯穿着他的背。实际上他已经有点恍惚了。

今天早上他送一张床垫到火车站去。客户是一个要搬离基图尔的北印度家庭。正如他事先猜到的那样，业主拒绝付给他小费（从他们的举止风度你可以看出什么样的有钱人会讲体面，什么样的不会）。

齐纳亚坚决不肯让步："你娘的！把我的钱给我！"

他赢了。那个人发了慈悲，给了他三卢比。在离开火车站的时候，他心里想：我还得意洋洋的，可是那个顾客只不过是把他欠我的钱还给我罢了。我的人生已经堕落到了这种地步。

火车站的气味和噪声让他觉得很不舒服。他转过身，蹲在铁轨旁边，整整纱笼，歇口气。他正蹲着，一辆火车呼啸而来。他转过身来，突然很想对着火车上的人拉屎。对，这是个好主意。火车轰隆隆地开动的时候，他对着火车上的乘客挤出一坨屎来。

在他旁边，他看到一头猪也在做同样的事情。

他马上想到，天哪，我变成什么了？他走到一个角落，爬到一丛灌木后面，在那里拉屎。他心里说：我再也不会这样拉屎了，不能在别人能看到的地方拉屎。这就是人和动物的区别。人和动物是有区别的。

他闭上了眼睛。

附近罗勒的香味让他觉得世界上还是有美好的东西的。然而，当他睁开眼睛时，看到的却是周围地上的一枝荆棘，一堆粪便，还有几只流浪的小动物。

他抬起头，深深地呼了一口气。天空是晴朗的，他想。那里是纯净而清澈的。他扯下几片树叶，擦干净屁股，然后用左手在地里搓了搓，以去除味道。

两点钟，他接到了下一个"号子"：送一堆大箱子到位于瓦伦西亚的一个地址。泰米尔男孩想确保他完全听明白了地址：沿着牧师住的神学院走，就在医院的前面。

"今天活儿不少，齐纳亚，"他说，"你可一定要抄近路啊——翻过灯塔山。"

齐纳亚咕哝了一句，抬起身子，将全身的重量都压在踏板上，出发了。骑车的时候，前轮和车板之间锈迹斑斑的链条发出咯吱咯吱的声音。

沿着大路走了一会儿，前面又堵住了。他停下来，又开始感受到了自己身体的情况。他的脖子火辣辣地痛，阳光灼烧着他的背。他又一次意识到了疼痛，他开始思忖起来。

为什么有的上午难熬些，有的轻松些呢？别的拉车的也没有哪天难熬、哪天轻松呀,他们就像机器一样干活。只有他会有心境的变化。他低下头,缓解一下颈部的疼痛。他盯着脚下生锈的链条:一根金属杆将自行车和车板连在一起,链条就缠在杆子上。该给链条上上油了,他心里说。千万别忘了。

又得上山了。齐纳亚身体向前倾着,绷得紧紧的。每呼一口气就像有一根烧火棍戳进了他的肺部。到半山腰时,他看到一头大象从山上走下来,它背上驮着一小捆树叶,驯象员拿着个铁棒在捅它的耳朵。

他停了下来。这真是不可思议。他对着大象吼:"喂,你,你驮着树叶干什么,驮我的东西吧!这才对得起你的体型啊,你娘的!"

汽车在他身后按着喇叭。驯象人转过头来,用手里的铁棒对着他比画了一下。旁边的人呵斥他不要堵塞了交通。

"你没发现这个世界很荒谬吗?"他转过身来对着他身后那辆汽车的司机说,那个司机正用他肥厚的手掌猛按喇叭。"一头大象优哉游哉地下山,它什么活儿都没干,而一个人却要拉着这么重的东西?"

他们大按喇叭,嘈杂声愈演愈烈。

"你们没发现这件事不对头吗?"他吼道。他们按喇叭作为回应。世界以狂躁回应他的愤怒。那些人想让他让路,他却为自己能够堵住这些富人和大人物们的路而得意。

那天,晚霞红透了天际。商店关门后,苦力们来到商店后面的胡同。他们轮流买小瓶装的乡村烧酒,大家分着喝了,然后高声地唱着跑调的卡纳达语电影插曲。

齐纳亚从来不会和他们一起胡混。"你们是在浪费钱,你们这些白痴!"他有时候会对他们这样嚷嚷。他们则嘲笑着回敬他。

他不会喝酒的,他答应自己不会把辛苦挣来的劳动果实挥霍在酒精上。然而空气中弥漫着的酒香还是让他流了口水,别的拉车人都亲热地聊着天,开着玩笑,这让他备感孤独。他闭上眼睛。而一阵叮叮当当的声音又让他睁开了双眼。

在附近一栋还没人入住的大楼的台阶上,一个丰满的妓女站在那里招徕生意。她拍着手,掂着两个硬币,宣告她的到来。一个客人走了过去,他们开始讨价还价。生意没有谈成,男人骂骂咧咧地走了。

齐纳亚躺在车板上,双脚搭在外面,看着他们,木然地笑了。

"喂,卡玛拉!"他冲着妓女嚷嚷,"今天晚上为什么不给我一个机会呢?"

她转过脸来,手里的硬币碰得叮当响。他出神地盯着她看:丰满的胸部,衬衣下面深邃的乳沟,还有鲜红艳丽的嘴唇。

他把目光转向天空:他必须停止想男欢女爱的事了。道道红霞夹在白云之间。齐纳亚想,那里是不是有一个上帝,或者其他什么人,在俯视着芸芸众生?一天晚上,他在火车站送包裹时,听到一个粗犷的穆斯林苦行僧在车站的一个角落讲救世主马赫迪的故事。他是最后的阿訇,将会降临尘世,给邪恶以应有的惩罚。"真主安拉是一切人类的创造者,"苦行僧喃喃地说,"无论贫富,皆同此类。他关注着众生的伤痛,当我们受难时,他陪着我们受难。而且,在世界末日,他将派马赫迪来到世间。马赫迪将乘着白马,手执火焰之剑,降临人世,把富人置于他们应去之地,并匡正世间的一切荒谬。"

过了几天,齐纳亚去了一趟清真寺,不过他觉得穆斯林身上有种难闻的气味,所以他没待多久。然而,他仍然念念不忘马赫迪的事情,每次他看到天边有道红霞时,就思忖是不是可以看到什么公正之神怒目立眉，在俯瞰大地呢。

齐纳亚闭上眼睛，又听到了硬币的叮当声。他烦闷地翻了个身，扯了块烂布盖到眼睛上，遮住刺眼的阳光，然后迷迷糊糊地睡着了。半个小时后，肋骨的刺痛让他一下醒了过来。警察正用手里的警棍捅着拉车子的苦力们。一个卡车要从这里过去。

拉车子的！都给我起来！把你们的车子挪开！

一场风筝比赛在相邻的两家之间展开了。齐纳亚正在用一块楝树皮刷牙，他看不到放风筝的人，只看到一黑一红两只风筝在空中追逐对撞着。和往常一样，放黑风筝的孩子赢了，他的风筝飞到了最高点。齐纳亚心里惦记着放红风筝的那个可怜的孩子，怎么他就不能赢一次呢？

他吐出口里的水，向前走了几步，对着墙根撒尿。

后面一阵哄笑声。别的拉车人都在他们睡觉的地面上撒着尿。

他没理他们。齐纳亚从来不和这些一起拉车的人说话。他甚至看到他们就烦，他受不了他们在加内什·帕伊尔先生面前低头哈腰、卑躬屈膝的样子；没错，他自己可能也会那样做，但是他内心里是充满愤怒的。而这些家伙看上去甚至都不敢想雇主的坏处，而他是不会尊重一个没有反叛精神的人的。

泰米尔男孩端着茶出来的时候，他才不情不愿地重新回到他们中间。他们又开始聊天了，每天早上都是这些内容，什么从这儿出去后要买辆电动三轮车啦，或者要开个小茶馆啦什么的。

"想想看，"他想告诉他们，"你们想想看。"

送一趟货加内什·帕伊尔先生给他们两卢比，也就是说，就算每天能送三次货，一天是六卢比；除去买彩票、喝酒的钱，你能存两卢比就算不错了；星期天是印度教的休息日，不会有活儿干；因此到月底他们只能存四十到四十五卢比。回趟农村老家、找个妓女睡一夜，或者多喝几杯，你一个月的存款就化为流水了。假设你把能省下来的都省下来，那你一年能存四百卢比就算走运了。一辆电动三轮车要一万二到一万四卢比。一个小茶馆则要四倍的钱。也就是说，你得干上三十年到三十五年才行。但是，他们觉得他们的身体能撑这么久吗？他们见过一个四十岁以上的拉车人吗？

你们想过这些吗？你们这些狒狒！

然而，他刚开始给他们讲这个道理，他们就都不听他说下去了。他们认为他们已经很幸运了，不知道多少人随时等着接他们的工作呢。他也知道他们没说错。

尽管他们有自己的逻辑，尽管他们的恐惧也有根有据，但是齐纳亚就是痛恨他们没骨气的样子。他想，这就是加内什·帕伊尔先生会放心让顾客把成千的现金交给他们的原因，他知道钱都会送到他这儿来，一个子儿都不会少，没一个拉车的敢动一张钞票。

当然，齐纳亚长久以来也一直计划着哪天从顾客手里把钱昧下。到时候他就带着这笔款子离开这个城市。他坚信他会这样做——就在不久的将来。

那天晚上，大家都聚成一团。一个学识渊博的大人物在问他们问题。他穿着蓝色的狩猎装，手里拿着一个小笔记本。他说他是从马德拉斯来的。他询问拉车人的年龄。没有一个人知道自己的确切年龄。他说："你们大致估算一下吧。"他们只会点头。他又说："你们是十八岁、二十岁还是三十岁？这你们肯定知道。"他们还是只会点头。

"我二十九了。"坐在车板上的齐纳亚开腔了。

那个人点了点头。他在笔记本上记了些什么。"告诉我，你叫什么名字？"齐纳亚问，"你为什么要问我这些问题？"

他说他是个记者,对拉车的印象很深。他为马德拉斯的一家英文报纸工作。而这令他们对他印象更深。

他们非常诧异,居然会有这么一个衣着讲究的人如此彬彬有礼地和他们讲话。一个车夫用手掌仔细地擦了擦一张吊床,他们恳请他坐下来。来自马德拉斯的先生把裤腿拉到膝盖上面,坐了下来。

接着他想了解一下他们都吃些什么。他在笔记本上列了个单子,把他们每天吃的东西都记录了下来。然后他有一阵没有讲话,用笔在本子上划拉了一通。他们都充满期待地等着他。

最后,他收起笔记本,笑了,他的嘴咧得很大,几乎是一种胜利的笑容,他宣布:"你们做的工作超过了你们每天消耗的卡路里。每一天,你们送的每一趟货——你们是在慢性自杀。"

他举起手里的笔记本,上面写满了潦草难辨、歪七扭八的字句和一长串数字,作为他宣言的证据。

"你们为什么不做点别的,比如说到工厂做工?随便做点别的?你们为什么不读书认字呢?"

齐纳亚从车板上跳了下来。

"不要你来假惺惺,你这个婊子养的!"他吼道,"这个国家生来贫困的人注定要在贫困中死去。我们没有希望,也不需要谁可怜。当然更不用你可怜,你们从未伸手帮过我们一把。我呸你。我呸你的报纸。一切都没变过。一切都不会变。看着我,"他伸出手掌,"我今年二十九岁,就已经弯腰驼背,身体都扭曲成这个样子了。如果我活到四十岁,我的命运将会是什么?是一根黑麻花一样的老头。你以为我不知道吗?你以为我还需要你的笔记本和你的英语来告诉我这一点吗?是你们让我们变成这个样子,是你们这些城里人,你们这些有钱的王八蛋。就是为了你们的利益,才把我们当牲口使唤的!你这个混蛋!你们这些说英语的混蛋!"

那个人收起了手里的笔记本。他看着地面，好像在思索该如何回应。

齐纳亚觉得有人在他肩膀上拍了一下。是加内什·帕伊尔先生店里的泰米尔伙计。

"别这么多废话了！到你的号子了！"

几个拉车的吃吃地笑了起来，好像在说："活该！"

你瞧！他怒视着操一口英语的马德拉斯记者，好像在说："连言论的自由都不是属于我们的。即便是我们提高了一点音量，都会被要求闭嘴。"

很奇怪，马德拉斯来的人并没有笑，他把脸扭向一边，好像心里有些羞愧。

那天，他又来到了灯塔山。当他翻过山背时，他一点也没有往日那种狂喜。我不是真的在前进，他想。车轮每转一圈都让他向反方向前进，他放慢了速度。他每蹬一圈，就是在把生命的车轮向后转动一圈，把他的肌肉和纤维化为脓血，变成曾经在他母亲子宫里的形态。他在毁灭自己。

突然，就在路中间，他停了下来，下了车，脑子全被一个想法占据着：我不能再这样了！

你为什么不到工厂做工，随便做点什么，来改变自己呢？

毕竟，他这几年送过很多次货到工厂门口，现在只是如何进去的问题。

第二天，他去了工厂。他看到有几千人在报到上班，心里想，我原来是多么愚蠢啊，怎么就没想到试试到这里来上班呢。

他坐在地上，也没有门卫来盘问他，他们以为他是等着送货的。

到了中午,他看到有个人出来了。根据他后面跟着的人数,齐纳亚判断这个人应该是个大人物。他从门卫身边跑过去,扑通一下跪在地上:"先生!我想找份工作!"

那个人盯着他看。门卫赶快跑过去要把他拖回走,但是那个大人物开口了:"我有两千名工人,他们没有一个愿意工作的,而这个人,跪在这里,乞求工作的机会。这就是我们需要的态度,只有这样,这个国家才能进步。"

他指着齐纳亚。

"你不会得到长期的合同。要明白。每天结算。"

"怎么样都行,怎么样都行。"

"你能做什么工作?"

"怎么样都行,怎么样都行。"

"好吧,明天再来吧。我们现在还不需要苦力。"

"遵命,先生。"

大人物拿出一包烟,点上了一支。

"听听这个人是怎么说的。"他说。周围的人围在他身边,也在吞云吐雾。

齐纳亚又重复了一遍:不论工资多少,不论何种条件,他都可以做任何工作。

"再说一遍!"大人物命令道。那一帮人都围了过来,听齐纳亚说话。

晚上,他回到了加内什·帕伊尔先生的店里,冲着其他的工人吼着:"我找到了一份真正的工作,你娘的!我要离开这里了。"

只有泰米尔男孩提醒了他。

"齐纳亚,为什么不多等一天呢?如果明天确定那份工作不错,你再辞职嘛。"

165

"没门儿！我不干了！"他吼着，转身离开了。

第二天一大早他就跑到了工厂门口。"我要见那位大人物，"他一边说，一边摇晃着大门的栏杆以引起里面人的注意，"他要我今天来的。"

正在看报纸的门卫抬起头来，狠狠地瞪了他一眼。

"滚出去！"

"你不记得我了？我来……"

"滚出去！"

他在门口等着。过了一个钟头，门开了，一辆深色车窗的汽车开了出来。他一边跟汽车跑着，一边拍打着车窗，"先生！先生！先生！"十几双手从后面抓住了他，把他推倒在地，然后是一通乱踢。

那天夜里，当他徘徊着回到帕伊尔先生的店里时，泰米尔男孩正在等他。"我根本没告诉老板你不干的事。"

那一晚，别的拉车人也没有取笑他。其中一个还丢给他一瓶烧酒，里面还有大半瓶酒。

雨一刻不歇地下着。他在倾盆大雨中蹬着车子，车轮溅起一路水花。他身上披着一条长长的白塑料布，好像裹尸布一样；头上缠着一条黑布，看上去好像阿拉伯斗篷和长袍。

对于苦力来说，这是最危险的时候。只要看到前面有点坑洼，他就放慢速度，不然有可能会翻车的。

在路口等红绿灯时，他看到左边的电动三轮车上坐着一个胖胖的小男孩。大雨让他玩心大起，他对着小孩吐了吐舌头。小孩子也跟着他学。他们两个你来我往玩了几轮之后，电动三轮车司机责骂了小孩两句，并瞪了齐纳亚一眼。

他的脖子又开始火辣辣地痛了起来。我不能再这样了，他心想。

过了路口，另一个拉车的小伙子追了上来，和齐纳亚并排骑着。"得快去快回，"他说，"老板要我一个小时内回去。"他冲齐纳亚咧嘴一笑。齐纳亚想把拳头塞到他嘴巴里去。天哪，这个世界上怎么这么多白痴，他想。他默默地从一数到十，好让自己冷静下来。这个家伙看上去还是那么高兴，他这样卖力干活儿是在毁了自己。你这个狒狒！他很想吼出来。你，还有其他的车夫！一群狒狒！

他低下头，突然发现车子猛地重了起来。

"你有个轮胎没气了！"那只狒狒叫着，"你得停下来了！"他咧嘴笑了笑，骑车走了。

停下来？齐纳亚心里想。不，狒狒才会这样做，而我不会。他低下脑袋，弯着腰，用力地蹬着踏板，硬赶着干瘪的轮胎往前走：

动起来！

破旧的车轮和没上油的链条一阵咔哒作响，慢慢地，他的车子动了。

晚上，齐纳亚躺在车板上，盖着一块白塑料布挡雨，他心里想，开始下雨了，也就是说一年差不多过去一半了。现在肯定是六七月份了。我现在一定快三十岁了。

他拉下塑料布，抬起脑袋，以缓解脖子的疼痛。他不敢相信自己的眼睛：即使是这么大的雨，还有他娘的混蛋在放风筝！是那个放黑色风筝的小孩。他好像在戏弄着天空，挑逗着闪电来击他。

早上，两个穿着卡其布制服的人走进了胡同：是电动三轮车驾驶员。他们走到胡同尽头，打开水龙头洗手。拉车的都很自觉地让到一边,让两个穿制服的人过去。他们洗手时,齐纳亚听到他们说有个开电动三轮车的撞了客人,被警察关起来了。

"为什么不呢?"一个三轮车司机对另一个说,"他完全有权利撞那个人!我只巴望在警察抓到他之前他能撞得再狠一点,撞死那个混蛋才好。"

刷完牙,齐纳亚到卖彩票的那里去了。一个他从来没见过的男孩坐在桌子后面,兴高采烈地晃着腿。

"原来的那个家伙呢?"

"走了。"

"到哪儿去了?"

"从政去了。"

男孩给他仔细讲了讲原来那个卖彩票的家伙的事。他参加了一位人民党候选人的竞选活动。他的这位候选人很有可能当选。那时候他就可以坐在这位候选人家的走廊上,谁要想见这位政客,就得先付给他五十卢比。

"这就是政客们的生活——这是致富的最佳捷径,"男孩说,他哗哗地翻动着手里的纸片,"你想要哪张,大叔?黄色的?还是绿色的?"

齐纳亚转身走开了,什么颜色的都没买。

为什么,他想了一整晚,为什么那个参与政治发家致富的家伙不是我?他不想忘掉自己今天下午听来的话,于是他一直使劲地掐自己的脚踝。

又是星期天了。他的休息日。齐纳亚热得不行了才爬起来,慢吞吞地刷着牙,抬头看看天上有没有风筝在飞。别的拉车人都去看议员新建的霍伊卡庙宇了,这个庙是专为霍伊卡建的,供奉着他们自己的霍伊卡神祇，祭司也是一个霍伊卡。

"你不去吗，齐纳亚？"别人冲他喊着。

"有哪一个神为我做过什么吗？"他高声答着。听到他冒失的问答，他们都吃吃地笑了起来。

一群狒狒，他一边躺在车板上，一边默默地说。他们去庙里膜拜雕塑，还以为它能够让他们发财。

一群狒狒！

他躺在那里，用一只胳膊遮住脸庞；这时，他听到了硬币的叮当声。

"过来，卡玛拉。"他冲妓女喊道。她还是站在老地方，把玩着手里的硬币。当他第六次戏弄她的时候，她厉声说道："快滚，不然我叫大哥了。"

一想起这位在附近城区经营几家妓院的大头目，齐纳亚叹了口气，翻过身去。

他想：也许我该结婚了。

他和所有的亲属都失去了联系，再说他也不是真的想结婚。养孩子——养成什么样？繁殖后代这种事最像狒狒了，那些拉车的才会干，这好像是说，他们很满意自己的命运，他们乐于为给他们安排了这个任务的世界补充新人。

他满腔怒火，除此之外，一无所有。他想，也许他结了婚就不会生气了。

他在车板上辗转反侧的时候，看到了脚上的那道鞭痕。他皱起眉头，努力回忆着这道鞭痕的来历。

第二天早上，在送货回来的路上，他拐上岔道，来到了安布雷拉大街上的国大党党部门口。他蹲在党部办公室的走廊上，等着看有没有什么看上去很有地位的人出来。

在一个牌子上面，英迪拉·甘地伸出双手，旁边写着标语："国母英迪拉·甘地将保护穷人。"他干笑了一声。

他们都是彻头彻尾的傻子吗？他们难道真的以为有人会相信一个政客会保护穷人吗？

但他接下来又想：也许这个女人，英迪拉·甘地，会有些特别之处，可能他们没说错。到头来，她还是被别人枪杀了，不是吗？这好像向他证明了她的确是想帮助人民的。他突然觉得世界上可能确实还是有好心肠的男人和女人的，因为自己的满腹辛酸，他把自己与他们隔绝开来了。现在他有点后悔当初对马德拉斯的那位记者那么粗鲁了……

一个穿着宽松白色衣服的男人走了出来，后面跟着两三个随从。齐纳亚冲了过去，跪在地上，双手合十。

接下来的几周里，只要他知道他的号子要过一会儿才叫到，就骑着车子，在穆斯林聚居的街区举着国大党候选人的海报高呼："为国大党投票！穆斯林的政党！打倒人民党！"

一周过去了。选举如期进行，结果已经宣布了。齐纳亚骑车来到国大党党部，把车子停在一边，走到门房面前说要见那位候选人。

"他现在忙得很，在这儿等一会儿吧。"门房说。他把一只手放在齐纳亚背上，"你确实帮我们在港口取得了好成绩，齐纳亚。别的地方我们都输给人民党了，但是你发动穆斯林投了我们的票！"

齐纳亚灿烂地笑了。他在党部门口等着，看着一辆辆汽车开过来，从里面走出的都是有钱人和重要人士，他们都是来见候选人的。看着他们，他心里想：我就是等着在这里收富人们的钱的。不要太多。每个来见候选人的收五卢比。这就够了。

齐纳亚的心兴奋地跳着。一个小时过去了。

齐纳亚决定到等候室里去,这样大人物出来时他就肯定能看到。等候室里有长椅也有凳子,已经有十几个人在里面等着了。齐纳亚看到有个空椅子,心想要不要坐呢。为什么不呢,难道他没为选举的胜利出力吗?他刚要坐下,门房说:"坐在地板上,齐纳亚。"

又一个小时过去了。所有在等候室里的人都被叫进去见了那位大人物,但是齐纳亚还是蹲在外面,双手托着脸,等着。

最后,门房拿着一个盒子向他走过来,盒子里装满了黄色的圆糖块。"拿一块吧。"

齐纳亚拿了一块糖,刚要放进嘴里,又放了回去。"我不是来要糖的。"他的音调陡然提高了,"我满城张贴海报!现在我想见见这位大人物!我想要份工作……"

门房给了他一记耳光。

我是世界上最傻的傻瓜,齐纳亚想。他回到了胡同:拉车的都睡在他们的车板上,鼾声如雷。

已是深夜,只有他不能入眠。我是最傻的傻瓜,我是这里最傻的狒狒。

第二天早上,在送第一趟货的时候,他在安布雷拉大街前面又遇到了堵车——这是他见过的最严重的一次堵车。

他放慢车速,每隔一小会儿就往路面上吐口唾沫,借以消磨时间。

当他终于到达了目的地时,他发现收货的是一个外国人。他一定要帮齐纳亚卸家具,让齐纳亚极为不解。外国人从头到尾都在用英语和齐纳亚交谈,好像他以为基图尔的每一个人都很熟悉这门语言似的。

最后,他伸出手和齐纳亚握了握手,还给了他一张五十卢比的钞票。

齐纳亚惶恐起来——他可怎么找钱呢？他想解释解释，可是外国人笑了笑，关上了门。

这时他才明白。他对着紧闭的房门深深地鞠了一躬。

回到胡同的时候，他手里拎着两瓶酒，大家都看着他。

"你从哪儿弄来的钱，齐纳亚？"

"不关你的事。"

他喝光了一瓶酒，接着喝第二瓶。接着他又到酒店买了一瓶烧酒。第二天早上醒来，他才发现他的钱都花在买酒上了。全部的钱。

他用手捂住脸，哭了起来。

在火车站送货时，他走到水龙头前面喝自来水，无意中听到了旁边的电动三轮车司机在聊那个撞了乘客的司机的事。

"一个人有权力做他必须做的事，"一个人说，"这里穷人的处境已经让人无法忍受了。"

但是他们自己又不是穷人，齐纳亚一边把水抹在干燥的小臂上，一边寻思，他们住在房子里，还有自己的车子。你得自己富裕到一定程度才有资格为穷人发牢骚，他想。你要是一贫如洗的话，你就没有权力发牢骚。

"看——这个城市里的富人就想把我们变成这种模样！"三轮车司机说。齐纳亚知道他指着的正是自己。"他们想把我们的钱都骗光，最后我们就会变成这般模样！"

他骑车离开了火车站，但是耳边还在回荡着他们的话。他无法停止思考，就像没有关紧的水龙头。想啊，想啊，想啊。他经过甘地的塑像，心里又思忖起来。甘地穿得像个穷人——他穿得和齐纳亚差不多。但是甘地为穷人做了些什么呢？

他甚至想，真的有过甘地这个人吗？这些东西——印度、恒河、印度之外的世界——都是真实存在的吗？

他又怎么知道呢？

只有一种人比他更卑微。乞丐。稍有差池他就得与他们为伴了。只要一个事故。他就会到那种地步。别人是怎么想的呢？他们不会。他们宁愿不想这件事。

那天晚上，在一个路口，一个老乞丐向齐纳亚伸出了手。

他扭过脸，骑车沿着大路回到了加内什·帕伊尔先生的店里。

第二天早上，他又要翻山了，车板上叠放着五个大纸箱。他想：是我们纵容他们这样的。因为我们不敢拿着一叠五千卢比的钞票逃跑——因为我们知道其他的穷人会抓住我们，把我们拖回到富人面前。我们穷人为自己修建了监狱。

晚上，他精疲力竭地躺着。别的拉车人生起了一堆火。有人会送点米饭给他。他是干活儿最卖力的，所以老板要让别人知道，他会按时地得到食物。

他看到一条狗趴在另一条狗身上交配。它们的动作没有激情，只是发泄。这就是我现在最想干的事儿，趴在什么人身上乐一乐，他想。可是，我只能躺着这里想想。

胖妓女就在外面坐着。"让我来吧。"他说。她看都没看他，只是摇了摇头。

"就一次，我下次给你钱。"

"滚开，不然我叫大哥了。"她说。她提起的这个大人物是个开妓院的，每天晚上从这些妓女手里抽成。他没敢再惹她，去买了一小瓶酒喝了起来。

我为什么要想这么多？这些想法就像是我脑袋里的刺，我得把它们拔出来。即便我在喝酒，这些想法也挥之不去。半夜醒来，我的喉咙像火烧的一样，而这些想法还在我脑袋里。

他清醒地躺着，躺在他的车板上。他清楚地知道即使在梦里，富人们还是在困扰着他，因为他满腔怒火、一身大汗地惊醒了。这时他听到附近传来了交媾的声音。他四下看了看，发现一个拉车的正趴在那个妓女身上。就在他旁边。他心里很纳闷：为什么不是我？为什么不是我？他知道那个家伙没钱，所以她是当成慈善事业和他做的。为什么不是我？

他们的每一声叹息、每一声呻吟都像是一种惩罚，齐纳亚再也受不了了。

他跳下车板，转了一圈，看到地上有一摊牛粪，他用手捧了一捧，将牛粪向那对狗男女掷去。传来一声尖叫。他冲过去，把牛粪糊在了那个婊子脸上。他把沾满牛粪的手指塞进了她的嘴里，任她怎么咬他他也不松开。她咬得越厉害，他就越觉得快活。直到别的拉车人跑过来把他拖开才罢休。

有一天，他接到一个送门框的活儿，要送到城区边上的波贾普那里，送到一个建筑工地上。

"那里原来有个大林子，"一个建筑工人告诉他，"但是现在就只有那么一点儿了。"他指着远处的一抹绿色说。

齐纳亚盯着这个人，问："那里有我可以干的活儿吗？"

在回来的路上，他绕下大路，骑车前往那片绿荫。到了之后，他把车子放在一边，随意溜达着。他看到一块高高的岩石，就爬了上去，站在上面环视着周围的树木。他很饿，因为他一整天都没吃东西，不过他感觉还好。是的，他能在这里活下去。只要有点吃的就行了，他还奢求些什么呢？他酸痛的肌肉可以得到休息。他躺在岩石上，仰望着天空。

他想起了他的母亲。接着他又想起十七岁那年从村里到基图尔来的时候，心里别提有多兴奋了。来的第一天，一个表姐带着他在城里转了一圈，指给他看几个主要的景点。他还记得她的皮肤是如此的白皙，让这个城市的魅力为之倍增。他后来就再也没见到过那个表姐。他又想起了接下来的事情：可怕的收缩，城里的日子让他的生活圈子一天比一天小。现在他明白了，在城里的第一天注定是最好的，只要你踏入城市一步，你就已经被天堂驱逐了出去。

他想，我可以做一个出家人，风餐露宿，日出而作，日落而息。起风了，附近的树叶沙沙地响着，好像在笑他。

他回去时已经是晚上了。为了快点回到店子，他抄了近路，从灯塔山走的。

刚下山，他看到前面有盏红灯，接着又看到一盏绿灯，在一个庞然大物上面，沿着马路移动。过了一会儿，他认出那是一头大象。

这就是他前几天看到的那头大象，只不过现在它屁股上驮着一串红绿灯。

"这是什么意思？"他大声地问驯象员。

驯象员说："哦，天黑了，我怕别人从后面撞到我们——这里到处黑灯瞎火的！"

齐纳亚抬头大笑了起来，这是他见过最好笑的事情：一头屁股上驮着红绿灯的大象！

"他们没付钱给我。"驯象员说。他把大象拴在路边，和齐纳亚聊了起来。他带了些花生，又不愿意一个人独享，于是很乐意地分给了齐纳亚一点儿。

"他们让我带他们的小孩骑大象,但是他们没付钱。你是没看到他们喝个没完的样子。而且他们也没付给我那五十卢比,我就要了那么多。"

驯象员在大象身上拍了一巴掌。"拉尼忙活了那么久……"

"这个世界就是这样。"齐纳亚说。

"这是个腐烂的世界,"驯象员又嚼了几粒花生,"一个腐烂的世界。"他在大象身上拍了一巴掌。齐纳亚抬头看着大象。

这个庞然大物的眼睛斜瞪着,在黑暗中放着光芒,好像是在哭一样。它也好像是在说:"不应该是这样的。"

驯象员在对着墙撒尿,他抬着头,弓着腰,如释重负地长出一口气,好像这是他今天做过的最开心的事。

齐纳亚仍然盯着那头大象,盯着它悲伤湿润的双眼。他抚摸着它的鼻子,默默地说:对不起,兄弟,我那天不该骂你的。

驯象员站在墙脚,看着齐纳亚在和大象说话,心里涌起了一股恐惧感。

冰淇淋店外面,两个小孩舔着手里的甜筒,正盯着齐纳亚看。他手足伸开地躺在车板上,又是辛苦的一天,他已经累坏了。

"你们没看到我吗?"齐纳亚很想对着路上的车流吼一声。他又累又饿,肚子已经咕咕叫了,然而离加内什·帕伊尔先生店里的泰米尔伙计送饭来的时间还有一个小时。

有一个小孩穿过马路走开了,好像他感觉到这个拉车苦力眼里的怒火变成了有形有质的东西;但是另一个男孩,一个白白胖胖的男孩,依然站在那里,伸出舌头上下舔食着手里的冰淇淋,满不在乎地和齐纳亚对视着。

你还有没有一点羞耻之心,你还有没有一点礼貌,你这个肥猪?

他在车子周围转来转去,高声地说着话,以缓解他紧绷的神经。他的目光落在了车板后面的锯子上。谁来拦着我,他大声地说,我要到马路对面把那个小孩剁成肉酱。

只是这样想想就已经让他感到自己很了不起了。

一根手指在他肩上敲了敲。如果是他娘的那个吃冰淇淋的肥猪,我就拿起这把锯把他锯成两截,我向天发誓。

是店里的泰米尔伙计。

"该你了,齐纳亚。"

他把车子推到店门口,伙计交给他一个小包裹,用报纸包着,还用一根白线扎了起来。

"还是你上次送玫瑰桌的那个地方。工程师夫人家里。我们忘了送给她奖品了,她一直唠叨个没完。"

"哦,不会吧,"他呻吟着说,"她一点小费都不给的。她是个彻头彻尾的婊子。"

"你不能不去,齐纳亚。轮到你的号子了。"

他慢慢地骑着车子去了。每次在路口等红绿灯时,他都会看看车板上的锯子。

工程师夫人亲自开的门。她说她正在打电话,叫他在外面等着。

"狮子会俱乐部的菜太油腻了,"他听到她说,"我去年胖了十公斤呢。"

他迅速地四下张望了一下。附近的房子都没有亮灯。这栋房子后面好像有个守夜人的岗亭,但是那里也是黑的。

他一把抓起锯子,走了进去。她背对着他,他看到她上衣和裙子之间的缝隙露出了白花花的肉,他闻得到她身上香水的味道。他又走近了一些。

她转过身来,用手捂住话筒。"不准进来,你这个白痴!放在地板上,滚出去。"他疑惑地站在那里。

"放在地板上!"她尖叫着说,"然后滚出去!"

他点了点头,把锯子丢在地板上,跑了出去。

"喂!别把这个东西丢在这里!哦,天哪!"

他跑回来,捡起锯子,然而走出房门,弯着腰,躲开楝树的树枝。他把锯扔回车板上:哐当一声。奖品……在哪里?他抓起小包裹,又冲进了房子,随便找个地方一放,赶快带上门出来了。

蓦地传来一声"喵"的惊叫。一只猫蹲在一根树枝上,紧紧地盯着他。他走到小猫跟前。它的眼睛是多么漂亮啊,他想。就像是王冠上跌落的珍珠,隐隐展示着一个他从未见过、从未能触碰到的美丽世界。

他伸出手,小猫跳到了他手上。

"猫咪,猫咪。"他抚摸着小猫的背。它在他手里蠕动着,已经有些不耐烦了。

我希望,某个地方会有个穷人奋起给这个世界一击。因为没有什么神在注视着我们。没有人将我们从我们自己修建的监狱里释放。

他想把这一切都告诉这只小猫,也许它会告诉另外一个拉车的、一个敢于奋起一击的人。

他靠着墙坐下来,手里还抓着小猫,抚摸着它的毛发。也许我可以把你带走,猫咪。但是他拿什么喂它呢?他要不在的话谁来照料它呢?他放走了小猫。他看到它小心翼翼地走近一辆汽车,偷偷摸摸地走到车底下。他伸长脖子,想看看它究竟在看什么,这时从头顶上传来一声怒吼。是工程师夫人,她从二楼探出头,冲着他大骂:"我知道你想干什么,你这个无赖——我还不知道你那点心思?你一分钱都别想从我这儿拿走!快滚!"

他不再生气了,他知道她没说错。他得赶快回店里去了。他的号子很快又要叫到了。他骑上车,蹬着踏板走了。

市中心车堵得厉害,齐纳亚不得不又翻了一遍灯塔山。那里的交通状况也不好,每次只能挪个几英寸。齐纳亚没办法,只好在半山腰停下车,脚蹬在地上保持车子平衡。哨子一响,他抬起屁股,继续蹬车。在他身后,汽车和巴士排着长长的队跟在后面,好像他在用一根无形的链条牵动着车流。

第四日（下午）：凉水井大转盘

据说老凉水井永远不会干涸，它现在却被封死了，只被用做一个交通大转盘。水井房周围的街道成了许多中产阶级住宅区扎堆的地方。不同种姓的职业人士——巴恩特、婆罗门、天主教徒——相互紧挨着住在一起，不过有钱的穆斯林还是选择住在港口区。城里最豪华的俱乐部——卡纳拉俱乐部——就位于这里：一栋白色的大楼，前面是草坪。周围也是这座城市的"知识分子"区：这里有一个国际狮子会俱乐部，一个"扶轮国际"分会，一个共济会会所，一个巴哈依派[1]教育群体，一个神志学[2]协会，以及本地治里[3]法语联盟的一个分支。这里数不胜数的医疗机构中，最出名的要算哈夫洛柯·亨利综合医院和沙姆布·谢蒂大夫的"幸福微笑"整牙诊所。基图尔趋之若鹜的女中——圣艾格尼斯女子高中也位于交汇处附近。凉水井大转盘区最时髦漂亮的部分是一条木槿成行的街道，名叫玫瑰巷。基图尔最富有的人工程师马伯和基图尔的国会议员阿南

---

[1] 十九世纪伊朗伊斯兰教的一个教派，从巴布教派分裂出来，强调博爱、平等及宽容异教徒等原则。
[2] 一八七五年在美国创办的神学说教体系，其学说杂糅西方神秘主义和印度婆罗门教、佛教教义。
[3] 本地治里，印度东南部港口城市。

德·库马尔都在这里有豪宅。

"天快黑的时候,将一点大麻卷在饼子中,放进嘴里咀嚼,放松一下肌肉——这我可以原谅,真的可以原谅。可早晨七点就抽这玩意儿——这个'白面',然后伸出舌头躺在角落里,这在我的建筑工地上是绝对不能容忍的。你听懂我的话了吗?是不是还要我用泰米尔语或者你们这些人说的语言再重复一遍?"

"我听懂了,先生。"

"你说什么?你说什么,你这狗……"

苏米娅手里抱着弟弟,望着工头训斥她父亲。工头年纪很轻,比她父亲小多了,可他身上穿着建筑公司发给他的卡其布制服,左手挥舞着一根铁皮竹棍。她看到工人们没有在为她父亲辩护,只是静静地听工头说着。工头坐在泥浆堤围上的一把蓝色椅子中,椅子旁边竖着一根木杆,上面有一盏汽灯嗡嗡作响。他的身后是一个大坑,坑中央是那栋拆了一半的房子。屋里到处都是碎砖头,屋顶快要塌了,窗户上的玻璃早已不见了踪影。工头手握竹棍,身穿制服,那张脸在煤油灯刺眼的灯光照耀下显得狰狞可怖,活像地狱的统治者站在自己王国的大门口。

建筑工人们在他下面围成了一个半圆。苏米娅的父亲站在一旁,偷偷望着苏米娅的母亲——她正用纱丽一角捂着嘴,不让自己哭出声来。她带着哭腔说:"我一直要他别再抽那玩意儿了。我一直……"

苏米娅不知道母亲为什么要当着大家的面埋怨父亲。拉珠捏了一下她的手。

"他们为什么全都在数落爸爸?"

她也捏了一下他的手。安静。

工头突然站起身来，从堤围上向下迈了一步，举起棍子对着苏米娅的父亲。"我说过，你们得听话。"——棍子落了下来。

苏米娅闭上眼睛，将脸转向了别处。

工人们回到了帐篷内。帐篷就搭在那座拆了一半的黑漆漆的房屋四周的空地上。苏米娅的父亲躺在蓝色的垫子上，远离其他人；他用手捂着眼睛，早已鼾声雷动。如果换了从前，她会走过去，依偎在他身旁。

苏米娅走到父亲身旁，摇晃着他的大脚趾，可他没有反应。她母亲正在做米饭。苏米娅走过去，在她身旁躺了下来。

早晨，大头锤和大锤的响声惊醒了她。嘭！嘭！嘭！她睡眼惺忪地走到屋子前，看到她父亲骑在屋顶剩下的一根黑色铁横梁上，正用手中的锯子将它锯断。两个工人挥舞着大锤，一下一下地砸向父亲下面的墙壁。一团团灰尘飞到空中，落到父亲的脸上。苏米娅的心怦怦乱跳。

她跑到母亲身旁，大声说："爸爸又在干活了！"

母亲正和其他妇女一起从屋子里走出来。她们的头上顶着一个个大铁盆，里面装满了碎砖石。"别让拉珠淋着了。"母亲从苏米娅身旁经过时说。

苏米娅直到这时才注意到天已经下起了小雨。

拉珠还躺在母亲躺过的地方。她叫醒他，将他领到一顶帐篷中。拉珠开始抽泣，说他还想再睡一会儿。她走到蓝色垫子旁，她父亲根本没碰昨晚的米饭。她就着雨水在手里将干饭捏成糊糊，一点点地塞进拉珠的嘴里。他说他不喜欢，而且每次都咬她的手指。

雨越下越大，她听到工头在吼叫："你们这些狗娘养的，快点干！"

雨刚停，拉珠就要她带他去荡秋千。"马上又要下雨了。"她说，可他根本不听。她抱着他来到了院墙旁用旧卡车轮胎做的一个秋千上，将他放在上面，推了他一下，大声喊道："一下！两下！"

就在她推着拉珠时，一个男人来到了她面前。

他那黑黝黝、湿漉漉的皮肤上落满了白色的灰尘，她一时没有认出他来。

"宝贝，"他说，"你得帮老爸一个忙。"

她的心在怦怦直跳，一句话也说不出来。她真希望他不是用现在这种口气叫她"宝贝"——仿佛这只是一个单词，只是他呼出的空气，她希望他像从前那样，发自肺腑地叫她"宝贝"，并且将她搂在怀里，紧紧拥抱她，对着她的耳朵疯狂地低声喊叫。

他继续说下去，还是用那种陌生、慢吞吞、含糊不清的语调，告诉她他要她干什么。说完后，他回屋去了。

她找到了拉珠，看到他正用一块从拆迁工地上偷来的玻璃，将一条蚯蚓切成一个个小段。她说："我们得走了。"

尽管出门干这种事带上拉珠真是个累赘，可她无法丢下他。她有一次让他独自在家，他居然吞下了一块玻璃。

"我们要去哪儿？"他问。

"去港口。"

"干什么？"

"港口旁有一个地方，一个花园，老爸的朋友正在等他过去。老爸去不了，不然工头又会打他的。你不希望工头当着所有人的面再打老爸，是不是？"

"是的，"拉珠说，"我们到了那花园后干什么？"

"我们给老爸的朋友十卢比，他们会给我们一件老爸真正需要的东西。"

"是什么？"

她告诉了他。

拉珠在钱的问题上早已变得非常精明。他问："要多少钱？"

"他说十卢比。"

"他给你十卢比了吗？"

"没有。老爸说我们得自己想办法。我们得向人乞讨。"

两个人顺着玫瑰巷向前走去时，她的眼睛紧紧盯着地面。她有一次在地上捡到过五卢比——真的，是五卢比！在有钱人住的地方，你永远不知道自己有可能发现什么。

他们走在街道一侧；一辆白色汽车在驶过一处颠簸路段时停了一下，她大声问开车人："大叔，港口在哪边？"

"离这儿很远，"他也大声喊道，"先去大马路，然后再向左拐。"

汽车后座旁的茶色车窗玻璃摇了上去，但苏米娅透过开车人的车窗看到汽车后座上的乘客手臂上戴着多个金手镯。她想敲车窗，但随即想起了工头给所有工人的孩子定下的规矩。不许在玫瑰巷乞讨，只能去大马路。她忍住了。

玫瑰巷的所有房子都在拆了之后重建。苏米娅不明白人们为什么要把这些粉刷成白色的漂亮大房子拆掉。也许房子过了一段时间后就没法住人了，就像旧了的鞋子不能再穿。

大马路上的交通灯变成红色时，她从一辆电动三轮车走到另一辆电动三轮车前，不停地张开、握紧手指。

"大叔，可怜可怜我吧，我都快饿死了。"

她的乞讨技巧很固定，是从她母亲那里学来的，路数是这样的：尽管是在乞讨，她也只会与对方对视三秒钟，然后她的眼睛就会转向下一辆电动三轮车。"大妈，我饿（一面揉着肚子），给我点吃的吧（聚拢手指，放到嘴边）。"

"大哥，我饿。"

"大爷，一个子儿也能……"

她在大马路上乞讨时，拉珠便坐在地上，一看到有衣冠楚楚的人经过就装出一副哭泣的样子。她对他并没有太多指望，至少他坐在那里时不会再去惹是生非，比如去追赶野猫，或者去亲吻那些流浪狗——它们身上可能带有狂犬病毒。

快到中午时，马路上到处是汽车。天下着雨，所有车窗玻璃都没有摇下来，她只好举起双手，像猫一样用爪子去抓车窗玻璃，试图引起车内人的注意。其中一辆车的窗玻璃摇了下来，她以为自己的运气好了一点。

车内女人的手上画着漂亮的金色图案，苏米娅瞠目结舌地望着。她听到这个女人对车里的另一个人说："城里现在到处都是乞丐，以前可不是这样。"

车内的另一个人侧过身来，盯着苏米娅看了一会儿。

"他们那么黑……都是从哪儿来的？"

"天知道。"

一小时过去了，只讨到了五十派沙。

一辆公共汽车在红灯前停了下来，她想上车去乞讨，可售票员看到她上来后站在了车门口："这里不行。"

"为什么不行，大叔？"

"你以为我是谁？像工程师先生那样的阔佬？找别人去，你这小混蛋！"

他怒视着她，将系在哨子上的红绳举到头顶上，仿佛那是鞭子一样。她赶紧下了车。

"他真是个混蛋。"她对拉珠说。拉珠有东西给她看：一张塑料包装纸，上面有一个个气泡，可以噗噗噗地按破。

她先确定售票员没有在看她，然后跪下来，将包装纸放到车轮前面的地上。拉珠蹲下身来："不对，车轮碾不到，向右边推一点。"

公共汽车再次启动时，车轮压过了塑料包装纸，里面的气泡炸了开来，把车内的乘客吓坏了。售票员将脑袋探出车窗外，看看发生了什么事。两个孩子跑走了。

天又开始下雨。他们两人蹲在一棵树下，几个椰子从树下掉下来，砸到地上。站在他们旁边的一个男人打着雨伞，被掉下来的椰子吓了一跳。他朝着那棵树骂了一声后赶紧跑了。她咯咯咯地笑了起来，但拉珠也担心椰子会砸到他们身上。

雨停了之后，她找到一根树枝，在地上画出了她想象中的城市地图。这里——是玫瑰巷。这里——是他们刚才过来的地方，仍然靠近玫瑰巷。这里——是港口。这里——是他们在寻找的港口上的花园。

"这些你都明白了吗？"她问拉珠。他点点头。那张地图让他很兴奋。

"要想去港口，"她又画了一个箭头，"我们得穿过大宾馆。"

"然后呢？"

"然后我们去港口区的花园……"

"然后呢？"

"我们找到老爸要我们去找的东西。"

"然后呢？"

其实她也不知道大宾馆是不是在去港口的路上，可是这场雨把路上的车辆全赶跑了，大宾馆现在成了她唯一可以讨到钱的地方。

"你得用英语向游客要钱，"他们向大宾馆走去时，她逗拉珠说，"你知道用英语说什么吗？"

他们在大宾馆外停住脚，望着一群乌鸦在地上的一摊积水中洗澡。太阳照在水面上，乌鸦抖动身子时水花飞溅，漆黑的羽毛油光发亮。拉珠说那是他见过的最漂亮的东西。

失去了双臂双腿的那个男人坐在宾馆前，隔着马路咒骂他们。

"走开，你们这些魔鬼的孩子！我说过你们不能再来这里！"

她也不甘示弱："你去死吧，老恶魔！是我们说过的，你不能再来这里！"

他坐在一块木板上，木板下面有轮子。只要宾馆前面的红绿灯前有汽车放慢速度，他就会推着木板过去，在汽车的这一边乞讨。她则在汽车的另一边乞讨。

拉珠坐在人行道上，打着呵欠。

"我们干吗要讨钱？老爸今天不是上班了吗？我看到他在锯那些东西……"他分开双腿，开始用手势锯他想象中的横梁。

"别说话。"

两辆出租车在红灯附近放慢了速度。没有胳膊没有腿的男子推着木板迅速靠近了第一辆出租车，她跑到第二辆出租车旁，将双手伸进打开的车窗内。车内坐着一名外国人，他张大了嘴巴凝视着她，她看到他的双唇聚拢成一个粉红色的O形。

她从出租和车内的白人那里回来后，拉珠问她："你要到钱了吗？"

"没有。站起来。"她说，把弟弟从地上拉了起来。

不过，他们走过两个红灯后，拉珠明白了过来。他指着她紧紧握着的拳头。

"你从那白人那里讨到了钱。你有钱了！"

她走到停在马路旁的一辆电动三轮车旁："怎么去港口？"

车夫打了个呵欠。"我没有钱。走开。"

"我不是要钱,只是问怎么去港口。"

"我说过了,不会给你一个子儿。"

她冲他的脸上啐了一口,然后一把抓住拉珠的手腕,两个人飞跑起来。

他们问的第二个车夫比较和善。"港口离这儿很远。你们干吗不坐公共汽车?343路汽车可以到港口。走路的话,至少得两个小时。"

"我们没有钱,大叔。"

他给了他们一个卢比,然后问:"你们的大人呢?"

他们上了一辆公共汽车,把钱递给售票员。售票员问:"你们在哪儿下车?"

"港口。"

"这辆车不去港口。你们要坐343路车,这是……"

他们下了车,开始走路。

他们现在已经到了凉水井大转盘附近。他们看到那个只有一条胳膊、一条腿的少年像往常一样在那里忙碌着,赶在她能够下手之前用剩下的那条腿从一辆车跳到另一辆车旁乞讨。今天有人给了他一根萝卜,于是他便拿着这根白色的大萝卜四处乞讨,用萝卜拍打汽车的挡风玻璃,引起车内人的注意。

"你们这些狗娘养的东西,看你们敢在这里讨钱!"他挥舞着手中的萝卜,大声威胁着他们。

姐弟俩冲着他伸出舌头,大声叫道:"疯子!讨厌的疯子!"

走了一小时后,拉珠哭了起来,不愿意再往前走一步,她只好在一个垃圾桶里翻找,看看有没有什么吃的东西。她找到了一个饼干盒,里面还有两块饼干。他们一人吃了一块。

他们继续朝前走。过了一会儿,拉珠的鼻孔呼哧呼哧地响了起来。

"我可以闻到大海的味道。"

她也闻到了。

他们加快步伐,一路上看到了许多景象:一个男人正在马路边用英语写一条标语;两只猫在一辆白色的菲亚特车顶上打斗;一辆马车装满了砍好的木头;一头大象走在马路上,背上驮着山一样高的楝树叶子;一辆汽车遭遇车祸,撞了个稀巴烂;一只死乌鸦躺在地上,爪子僵硬地收拢在胸前,破裂的肚子上聚集了一大群黑蚂蚁。

他们终于来到了港口。

夕阳低垂在海面上,他们经过一个个熙熙攘攘的市场,寻找着花园。

"港口这边没有花园,所以空气才这么糟,"一位卖花生的老穆斯林告诉他们,"你们走错方向了。"

老人看到他们脸上失望的表情后,给了他们一把花生,让他们吃着玩。

拉珠开始哼哼唧唧。他饿了……让这些花生见鬼去吧!他把花生还给穆斯林老人,老人说他是个恶魔。

拉珠听到后更加生气,丢下姐姐撒腿就跑。她追了过去,一直追到拉珠自己停下脚步。

"看!"他指着坐在一栋白色圆顶建筑前的一排人尖叫道,那些人都截了肢,伤口处裹着绷带。

他们小心翼翼地绕过了这些麻风病人。突然,她看到一个男人躺到长凳上,双手捂着脸,急促地喘着气。她走到长凳旁,看到紧挨着海边有一个郁郁葱葱的小公园,四周围着一道矮石墙。

拉珠这会儿安静了下来。

他们进了公园后,听到里面有喊叫声,一位警察正在抽打一个皮肤特别黑的男子。"你偷鞋子了没有?有没有?"

黑皮肤男子摇摇头。警察打得更重了。"狗娘养的东西,你先是吸毒,然后就是偷东西,你——狗娘养的东西,你——"

三个白发男子躲在她附近的灌木丛中,他们打手势要苏米娅过去和他们躲在一起。她带着拉珠进了灌木丛,在那里一直等到警察离开。

她小声对那三个白发男子说:"我是拉玛乾德兰的女儿,我爸爸在玫瑰巷拆那些有钱人的房子。"

他们三个人谁也不认识她父亲。

"你想要什么,小姑娘?"

她尽量按自己所记得的那个词说了一遍:"……面。"

其中一人像是他们的头,他皱着眉头说,"你再说一遍。"

她又说了一遍那个怪异的单词后,他点点头,从口袋里掏出一个用保护报纸的塑料套做的袋子,轻轻拍了拍:白色的粉末,像碾碎的白垩土。他从另一个口袋里掏出来一支香烟,将它切一个口子,倒出里面的烟丝,再将白色的粉末倒进去,然后卷紧。他将这支香烟举到空中,用另一只手向苏米娅做了个手势。

"十二卢比。"

"我只有九卢比,"她说,"只有这么多。"

"十卢比。"

她把钱递给他,从他手中接过了香烟。她突然感到一阵怀疑。

"要是你们抢我的钱,要是你们骗了我——我和拉珠会和我老爸一起回来——把你们揍一顿。"三个人蹲在一起,浑身抖了起来,原来是在哈哈大笑。他们准是疯了。她一把抓住拉珠的手腕,两个人跑了。

接下来的场景接二连三地浮现在她的心头。她会把她从那么远的地方给老爸买来的东西给他看。"宝贝,"他会说——像他原来那样叫她——然后便会将她搂在怀里,两个人会为父女之情而疯狂。

过了一会儿,她的双脚开始疼痛。她弯曲了一下大脚趾,低头盯着它们。拉珠一定要她抱,她觉得这也很公平,这小家伙今天表现不错。

天又开始下雨了。拉珠不停地哭着,她三次吓唬他,要将他丢在马路上。她有一次真的丢下他,向前走了整整一个街区,他跑着追了上来,说有一条巨龙在追他。

他们上了一辆公共汽车。

"买票,"司机大声说,但她朝他使了个眼色,说,"大哥哥,求你让我们白坐一会儿吧……"

他脸上的神情软了下来,他让他们待在公共汽车的后面。

他们回到玫瑰巷时,天已经黑得伸手不见五指。他们看到一栋栋豪宅里的灯都亮了起来。工头坐在汽灯下,正和一个工人聊着什么。那栋房子又小了一些:所有的横梁都锯掉了。

"你们是在这周围讨钱的吗?"工头看到他们时大声问道。

"不是。"

"别对我说谎!你们去了一整天——能干什么呢?在玫瑰巷讨钱!"

她轻蔑地噘起上嘴唇。

"你责备我们之前为什么不问问我们在这儿讨过钱没有!"

工头怒视着他们,但没有再说什么。那姑娘的逻辑弄得他哑口无言。

拉珠跑在头里,尖叫着找妈妈。他们看到母亲已经独自一人睡着了,身上还穿着被雨水打湿的纱丽。拉珠跑到她身旁,像小猫一样将头顶着母亲的一侧，开始蹭她的身体，想以此取暖。睡梦中的母亲哼了一声，翻了个身，将脸转向了另一边，并且用一只手将拉珠推开。

"阿妈，"他摇晃着她说，"阿妈！我饿！苏米娅一整天都没有给我东西吃！她老是要我走啊走，不停地坐车，就是不给我吃的！一个白人给了她一百卢比，可她不给我买吃的，也不给我买喝的。"

"别说谎！"苏米娅呵斥他道，"那块饼干呢？"

可他仍然不停地摇晃着母亲。"阿妈！苏米娅一整天都不给我吃的，也不给我喝的！"

两个孩子扭打了起来。突然，一只手轻轻拍了拍苏米娅的肩膀。

"宝贝。"

拉珠看到父亲后脸上露出了假笑，然后转身向母亲那里跑去。苏米娅和父亲走到一旁。

"宝贝，拿到了吗？拿到那东西了吗？"

她吸了口气。"在这儿。"她说着便将那包东西放到父亲的手中。他将东西举到鼻子前闻了闻，然后放进衬衣里；她看到他将双手伸进纱笼，一直伸到腹股沟那里，然后抽出一只手来。她知道接下来她要接受他的抚摸。

他一把抓住她的手腕，手指扎进了她的肉里。

"白人给你的那一百卢比呢？拉珠的话我都听到了。"

"爸爸，谁也没有给我一百卢比。我可以发誓。拉珠是在说谎。"

"别骗我。那一百卢比在哪儿？"

他举起胳膊，她开始尖叫。

她回来在母亲身旁躺下时，拉珠还在抱怨自己一整天没有吃东西，被强迫从这里一路走到那里，再从那里走到另一个地方，最后再走回到这里。他看到姐姐脸上和脖子上的红印后不再做声了。她倒在地上，进入了梦乡。

基图尔：基本情况

总人口（一九八一年人口普查数据）：193,432 居民

种姓和宗教分类（占总人口的百分比）

印度教：
上等种姓：
婆罗门：
　操卡纳达语的：百分之四
　操孔坎尼语的：百分之三
　操图鲁语的：不到百分之一
伯恩特：百分之十六
其他上等种姓：百分之一

下等种姓：
霍伊卡：百分之二十四
其他下等种姓和部落：百分之四

达利特（以前也被称为"不可接受的贱民"）：百分之九

少数人群体：
穆斯林：

逊尼派：百分之十四

什叶派：百分之一

阿玛迪亚派、博赫拉派、伊斯玛仪派：不到百分之一

天主教徒：百分之十四

新教徒（英国圣公会，五旬节派，耶和华见证人派，摩门教）：百分之三

耆那教徒：百分之一

其他宗教（包括帕西教、犹太教、佛教、梵志会、巴哈依派）：不到百分之一

八十九人声称自己没有宗教信仰，也没有种姓。

第五日（上午）：瓦伦西亚
（去第一个十字路口的方向）

　　瓦伦西亚是天主教徒区，最初只有一座斯坦因神父顺势疗法医院，是以在这里创建了一家临终关怀医院的一位德国耶稣会传教士命名的。瓦伦西亚是基图尔最大的社区，这里的大多数居民都受过教育，有工作，也有自己的住宅。在瓦伦西亚买了地的几位印度教徒和穆斯林从来没有遭遇过任何麻烦，但那些想在这里居住的新教徒有时会遭到石头和标语的袭击。每个星期天上午，这里的男男女女会穿上最好的衣服，拥进瓦伦西亚圣母大教堂做弥撒。到了圣诞节前夜，几乎所有的人都会聚集到大教堂中，参加午夜弥撒；圣诞颂歌和赞歌会一直唱到凌晨。

　　只要一提起人这辈子见过的不幸和经历过的苦难，社会平等拥护者家的厨娘杰雅玛就会说，谁也无法与她相比。她那亲爱的母亲在短短的十二年里生了十一个孩子，其中九个都是女儿。没错，是九个！这就是不幸。杰雅玛排行老八，她来到世上时，母亲的乳房已经再也没有了奶水——他们只好用一个塑料瓶给她喂驴奶。没错，是驴奶！这就是不幸。父亲攒下的金子只够将六个女儿嫁出去，最小的三个女儿只能一辈子当处女。没错，一辈子。整整四十年了,她被送上这辆或那辆公共汽车,从一座城市被打发到另一座城市,在别人家做饭干家务。把别人家的孩子喂得胖胖的。她甚至都不知道自己下一家会去哪里;总是在某个晚上,她在起居室里和侄子——胖乎乎的小布里珠——一起玩,然后听到嫂子在对某个陌生人说:"那就这么说定了。她要是待在这里,除了吃饭外什么也不干;所以说你是在给我们帮忙。这是实话。"第二天,杰雅玛便会再次坐上公共汽车,几个月后才能再见到布里珠。这就是杰雅玛的生活,像一个由不幸和苦难构成的分期付款计划。这个世界上还有谁比她有更多的不满呢?

可至少有一个苦难即将结束。杰雅玛就要离开社会平等拥护者的家了。

杰雅玛五十七八岁,个子不高,弯腰驼背,一头亮闪闪的银发仿佛在发光。左眉毛上方的一颗大黑痣在她小时候曾被视为吉祥的标志,眼睛下面有着蒜瓣一样的深色眼袋,那双眼睛则因为长期失眠和焦虑而充满了黏液。

她已经收拾好了行李:一个棕色大皮箱,就是她来这里时随身带着的那只箱子。没有多出任何东西。没有从主人家偷走一个派沙,尽管家里有时乱得一团糟,完全有那种机会。可她很诚实。她将箱子拎到正门门廊上,等待着主人那辆绿色的大使牌汽车。主人答应过送她去汽车站。

"再见了,杰雅玛。你真的要离开我们吗?"

夏伊拉在咧嘴嘲笑她。夏伊拉出生在低种姓家庭,是主人家的小女佣,在过去八个月里总是不断折磨杰雅玛。她虽然已经十二岁了,一年后就可以嫁人,可看上去只有七八岁大。她那张黝黑的脸上扑了厚厚的一层强生牌婴儿爽身粉,这会儿正讥讽地朝杰雅玛眨巴着眼睛。

"你这低种姓的魔鬼!"杰雅玛呵斥道,"注意你的举止!"

一小时后,主人的汽车开进了车库。

"你还不知道吗?"杰雅玛拎着箱子向他走去时,他说,"我告诉你嫂子我们可以再用你一段时间,她同意了。我还以为有人通知你了呢。"

他砰的一声关上车门,进去洗澡,杰雅玛只好把她那只棕色的旧皮箱拎回厨房,开始准备晚饭。

"黑天神啊,我是不是永远不会离开这里了?"

第二天早晨,杰雅玛站在厨房的煤气炉旁,搅拌着锅里炖着的扁豆。她边搅拌,边嘶嘶嘶地大口吸着空气,仿佛她的舌头着了火一样。

"黑天神啊,整整四十年了,我一直住在婆罗门种姓的好人家,就连那些人家的蜥蜴和蛤蟆前生也都是婆罗门。可你现在看到我的命运了,困在这个陌生的城市里,周围都是基督徒,人人都吃肉。我每次以为自己可以一走了之的时候,我那嫂子就让我再待一阵子……"

她擦了一下额头上的汗珠,接着问道:她前生究竟干了什么——难道她杀过人,与人通奸,吞噬过孩子,不尊重圣人和圣徒?——居然命中注定要来这里,要来到社会平等拥护者的家,与一个低种姓的人生活在一起?

她煎着洋葱,把香菜切碎后扔了进去,然后再把小塑料包里的红色咖喱粉和味精倒进去。

"哈伊!哈伊!"

杰雅玛吃了一惊,手中的长勺掉进了汤里。她走到主人家屋后的铁栅旁,偷偷向外望去。

夏伊拉正坐在院子的外墙上拍手，而隔壁那位基督徒家的后院里，长着厚嘴唇的罗茜手中拿着一把切肉刀，正在追赶一只公鸡。杰雅玛慢慢拨开门闩，悄悄走进后院，想看清楚一点。"哈伊！哈伊！哈伊！"夏伊拉开心地喊叫道。公鸡咯咯叫着，跳到了水井上方的绿色网罩上。罗茜终于抓住了那可怜的东西，开始割它的脖子。公鸡的舌头伸在外面，眼睛几乎要跳出来。"哈伊！哈伊！哈伊！"

杰雅玛穿过厨房，直接跑进了漆黑的祈祷室，并且插上了门闩。"黑天神啊……我的黑天神啊……"

祈祷室既是存放大米的地方，也是杰雅玛的卧室。这个房间只有九平方米，神龛和米袋之间的小空间刚好够她在晚上曲起身子睡觉，而这是杰雅玛对主人的唯一要求（主人最初建议她和那低种姓的用人合住，可她断然拒绝了）。

她将手伸进神龛，取出一个黑匣子，慢慢把它打开。里面有一个银制的童子模样的神像——赤身裸体地趴在那里，撅着亮闪闪的屁股——这就是黑天神，是杰雅玛唯一的朋友和保护人。

"黑天神啊，黑天神啊，"她低声念叨着，双手捧着神像，手指抚摸着它那银光闪闪的屁股，"你都看到我周围发生了什么——我，一个高贵的婆罗门女子！"

祈祷室靠墙并排放着三个米袋，她坐到其中一个米袋上，周围是一道道黄色的DDT[1]。她曲起双腿，搁到米袋上，头靠着墙壁，大口大口地呼吸着DDT的气味——那怪异、令人陶醉、令人上瘾的芳香。她叹了口气，用深红色的纱丽边擦了擦额头。一束束阳光透过

---

[1] 模拟分子结构示意图 DDT，Dichlorodiphenyltrichloroethane 的缩写，又叫滴滴涕，二二三，化学名为双对氯苯基三氯乙烷。是有效的杀虫剂。但由于其对环境污染过于严重，目前很多国家和地区已经禁止使用。

外面的芭蕉树照进来，在小屋的天花板上移动着。

杰雅玛闭上眼睛。DDT 的芳香让她变得昏昏沉沉，她身子一软，手脚一松，立刻睡着了。

她醒来的时候，主人的儿子——胖乎乎的小卡尔蒂克——正用手电照着她的脸。他总是用这种方法把她从瞌睡中叫醒。

"我饿了，"他说，"有没有什么吃的？"

"兄弟！"杰雅玛立刻跳了下来，"有人在后院施黑魔法！夏伊拉和罗茜杀了一只鸡——她们在施黑魔法。"

男孩关上手电筒，半信半疑地望着她。

"你在说什么，你这老妖婆？"

"跟我来！"老厨娘兴奋地睁大了眼睛，"来！"

她哄着小主人穿过长长的过道，来到了用人居住的地方。

他们站在金属栅栏旁，在这里可以看到后院的景色。后院里有几棵矮小的椰子树，一根晾衣服用的绳子，黑色的围墙外便是他们那基督徒邻居的家。院子里没有人。一阵劲风刮来，吹得椰子树不停地晃动，一张破纸像一个狂舞托钵僧一样在院子里飞旋。男孩看到晾衣绳上的白色床单也怪异地摇晃，仿佛也在怀疑厨娘所怀疑的一切。

杰雅玛向卡尔蒂克做了个手势：安静，千万别说话。她推了推用人卧室的门，门闩着。

她开了门后，一股头油和婴儿爽身粉的臭味向他们迎面扑来，男孩立刻捏住了鼻子。

杰雅玛指着地面。

地上用红粉笔画着一个方框，方框里面又用白色的粉笔画了一个三角形，三角形的每一个角上放着干椰子肉。一个圆圈内撒落着已经枯萎、发黑的花朵。正中央放着一颗闪亮的蓝色玻璃球。

"这是施黑魔法用的。"她说,男孩点点头。

"探子!探子!"

夏伊拉挡在了门口。她冲着杰雅玛伸出一根手指。

"你——你这老妖婆!难道我没有告诉你,不许你在我房间里探头探脑吗?"

杰雅玛脸上的肌肉抽动了一下。

"兄弟啊!"她提高了嗓门,"你看到这下贱的东西是怎么对我们这些婆罗门说话的了吗?"

卡尔蒂克冲着夏伊拉挥了挥拳头。"嗨!这是我家,我想去哪里就去哪里,你听到了?"

夏伊拉怒视着他。"别以为你可以像对待动物那样对待我,行吗……"

外面三下响亮的喇叭声打断了这场口角。夏伊拉飞跑出去,打开大门;卡尔蒂克冲进自己的房间,打开课本;杰雅玛惊惶失措地跑进餐厅,将不锈钢盘子摆放到桌上。主人在门厅脱了鞋,将它们朝鞋架方向扔去,夏伊拉会把鞋子重新放好的。他走进自己的专用卫生间,匆匆洗了一下后来到了餐厅。主人个子很高,留着小胡子,长长的鬓角属于十年前的式样。他在餐桌旁总是露着胸膛,只是在他那松松垮垮的躯干上围了一条代表婆罗门种姓的细绳。他吃得很快,也不说话,只是有一次停下来,凝视着天花板的一个角落。主人嘴巴的一张一合就让屋里恢复了秩序。杰雅玛站在一旁伺候,卡尔蒂克和父亲一起吃饭,夏伊拉在车棚里用水管冲洗主人那辆绿色的大使车,再将它擦干净。

主人在电视间看了一个小时的报纸,然后卡尔蒂克走了过去,在房间中央的檀木桌上寻找黑色的遥控器——桌上乱七八糟地堆满了报纸和书籍。杰雅玛和夏伊拉凑了进来,蹲在一个角落里,等待着卡尔蒂克打开电视。

十点钟时,屋里所有的灯都灭了。主人和卡尔蒂克在各自的房间里睡觉。

黑暗中,下人们住的房间里不停地传出一个恶毒的声音:

"巫婆!巫婆!搞黑妖术的下贱巫婆!"

"婆罗门妖婆!婆罗门老疯婆!"

在此后的一个星期里,冲突一刻也没有停止过。夏伊拉每次从厨房经过,婆罗门老厨娘都会将无数个复仇之神撒在那油头粉面的低种姓姑娘的头上。

"这都是什么世道啊?婆罗门居然把这些低种姓的姑娘带进自己家。"早晨,她边搅着锅里的扁豆边嘟哝着:"黑天神啊,种姓和宗教的规矩如今都落到什么地步了呀?"

"老处女,又在一个人自言自语了?"夏伊拉的脑袋探进了厨房。杰雅玛拿起一个没有剥皮的洋葱朝她扔去。

午饭。休战。夏伊拉将自己的不锈钢盘子放在下人们住的房间外,蹲坐在地上。杰雅玛将满满一大勺扁豆汤浇在盘子里堆成小山似的白米饭上。她一边干活一边嘟哝着,她可不会让别人挨饿,哪怕是不共戴天的死敌也不行。对,哪怕是不共戴天的死敌也不行。那可不是婆罗门的做事方式。

午饭过后,她戴上眼镜,在下人们住的房间外摊开一张报纸,大口大口地喘着气,大声念着报纸上面的文章。她念得很慢,将字母拼成一个个单词,然后再将单词拼成一个个句子。夏伊拉经过时,她会猛地把报纸递到她面前。

"给——你会读会写,是不是?给,你念念这报纸!"

夏伊拉立刻火冒三丈,回到自己的房间,砰的一声把门重重关上。

"你这霍伊卡小蹄子，你以为我忘了你对主人耍的花招吗？他心地善良，所以那天晚上你那下贱的脸上挤出一丝笑容，你走到他身旁对他说：主人，我不识字，也不会写字。我想识字，我想写字。他不是立刻开车去了雨伞街的谢诺尔书店，花了很多钱给你买了那些读书写字的书？这都是为了什么？低种姓的人应该会读书写字吗？"杰雅玛冲着紧闭的房门嚷道，"你那不是给主人设的套吗？"

果不其然，夏伊拉对那些书完全失去了兴趣，任由它们堆在她房间的角落里。有一天，杰雅玛趁她和隔壁那厚嘴唇的基督徒聊天时把那些书全都卖给了收废纸的穆斯林。哈！给她一点厉害看看！

就在杰雅玛说着这段读书写字的不光彩往事时，房门突然开了，夏伊拉探出头来，扯足了嗓子冲着杰雅玛尖叫起来。

那天晚上，主人在吃饭时说："我听说这个星期家里每天都闹哄哄的……家里必须保持安静。卡尔蒂克马上要考试了。"

杰雅玛正要把炖好的扁豆端走。炖锅太烫，她用纱丽边裹着锅子。听到主人这番话后，她将炖锅放到了桌上。

"主人，闹事的不是我，是那霍伊卡姑娘！她根本不懂我们婆罗门的习惯。"

"就算她是个霍伊卡……"主人舔着粘在手指上的几粒米饭，"可她很干净，活也干得不错。"

饭后收拾桌子时，杰雅玛还在为主人责备她的话气得浑身发抖。

直到屋里关了灯，她在祈祷室里躺在熟悉的 DDT 气味中，并且打开了那黑色的小盒子后，她才平静下来。黑天神在冲着她微笑。

哦，黑天神啊，说到苦难和不幸，有谁见过杰雅玛见过的那些苦难和不幸呢？她开始跟这位耐心聆听的神讲述自己的遭遇：她当初是怎么来基图尔的，她嫂子给她下了命令："杰雅玛，你得离开我们去那里。主人的妻子病了，住在班加罗尔的医院里，总得有人照顾小卡尔蒂克吧。"——那本该只是一两个月的事，可她现在已经整整八个月没有见到小侄子布里珠了，也一直没有能将他抱在怀里，没有能和他一起打板球。是啊，黑天神，这就是苦难。

第二天，她手中的勺子再一次掉进了扁豆汤中。卡尔蒂克用手指从背后捅了一下她的上腹部。

她跟着他出了厨房，进了下人们住的房间。她在一旁看着，卡尔蒂克望着地上的图案，望着图案中央的蓝色玻璃球。

她在他的眼睛里看到了灵光——正是她在主人的眼睛里看到过无数次的那种透着占有欲的灵光。

"你看，"卡尔蒂克说，"那姑娘居然敢在我家画这东西……"

两个人猫着腰，在黄色栅栏旁坐下来，望着夏伊拉顺着后院的端墙向基督徒家走去。他家的后院挖了一个很宽的水井，上面蒙着绿色的网罩，在地面上隆起了一块。院墙挡住了他们的视线，但他们可以听到公鸡和母鸡在水井旁跑来跑去，不停地咯咯叫着。罗茜站在院墙旁。夏伊拉和她聊了一会儿。天气不错，太阳时隐时现，光与影不停地快速交替，椰子树的绿色树冠像突然绽放的焰火一样，时而一片闪亮，时而一片阴暗。

罗茜走了之后，夏伊拉漫无目的地四处游荡。他们看到她在茉莉花旁弯下腰，摘了几朵花，插在头发中。过了一会儿，杰雅玛看到卡尔蒂克开始一下一下地抓挠他的大腿，就像熊在抓挠树皮一样。他的手指慢慢从大腿向上抓挠到了他的腹股沟那里。杰雅玛在一旁厌恶地看着。如果这孩子的母亲看到他这样会怎么说？

夏伊拉来到了晾衣绳旁。太阳从云朵后出来时，晾在绳子上的薄薄的棉布床单变成了耀眼的白色，活像一道道银幕。夏伊拉躲在一条耀眼的床单中，黑色的身影圆圆地鼓在那里，像子宫里的某个东西。雪白的床单里传出了一个嘤嘤的声音，她唱了起来：

> 星星在低声诉说
> 我心头的渴望
> 渴望再看你一眼，
> 我的孩儿、我的宝贝、我的王。

"我知道这首儿歌……我嫂子总是唱给布里珠听……就是我的小侄子……"

"别说话。她会听到的。"

夏伊拉从晾晒的衣服后走了出来，慢慢向后院尽头走去，那里的椰子树中还夹杂着几棵楝树。

"不知道她是不是也常常想念她的母亲和姐妹……"杰雅玛小声说，"一个姑娘家远离自己的家人，这算是什么样的生活呢？"

"我已经不想再等下去了！"卡尔蒂克抱怨说。

"兄弟，等一等！"

可他已经进了下人们住的房间，然后便是一声得意的尖叫：卡尔蒂克拿着那颗蓝色玻璃球出来了。

晚上，杰雅玛坐在厨房门槛上，簸着稻米。她眉头紧锁，眼镜在鼻梁上向下滑了一半。她将目光转向下人们住的房间，房门从里面闩上了，而且还传出了抽泣声。她大声吼道："别哭了。你得坚强一些。像我们这样的下人，既然要伺候人，就得学坚强一点。"

夏伊拉抽泣了一声，隔着房门大声喊道："闭嘴，你这自怜自艾的婆罗门老妖婆！是你告诉卡尔蒂克我在搞黑妖术的！"

"别这样说我！我从来没有告诉他你在搞黑妖术！"

"骗子！骗子！"

"别叫我骗子，你这霍伊卡！如果不是搞黑妖术，你干吗要在地上画几个三角形？你一刻也别想骗过我！"

"你看不出来吗？那些三角形只是一个游戏。你疯了吗，你这老妖婆？"

杰雅玛啪的一声放下手中的簸箕，稻米在门槛周围撒了一地。她走进祈祷室，关上了房门。

她醒来的时候听到有人在一边抽泣一边独自说着什么。声音是从下人们住的地方传来的，很响，穿过了祈祷室的墙壁。

"我不想待在这里……我不想离开我的朋友、我们的田地、我们的牛来这里。可我母亲说，'你必须去城里，必须去潘金纳利家干活，不然的话你怎么能有金项链呢？要是没有金项链，有谁会娶你呢？'可我来到这里之后，根本没有看到什么金项链，只看到苦难、苦难、苦难！"

杰雅玛立刻嚷了起来："苦难、苦难、苦难——说话像个老太婆一样！你这点苦难算什么？我见过真正的苦难！"

抽泣声停了。杰雅玛给那低种姓的姑娘讲了几件自己的苦难。吃晚饭时，杰雅玛端着一大盆米饭来到了下人们住的地方，用力捶打房门，可夏伊拉没有开门。

"啊，多么高傲的娇小姐啊！"

她不停地拍门，直到门被打开。然后，她给了那姑娘米饭和炖扁豆，看着她把这些都吃下去。

第二天早晨，两个仆人一起坐在了门槛上。

"我说，杰雅玛，这世界有什么新闻？"

207

夏伊拉的脸上挂着灿烂的笑容，头上插着鲜花，脸上也再次扑了强生婴儿爽身粉。杰雅玛从报纸上抬起头来，不屑地看了她一眼。

"你干吗问我呀？你不是会读会写吗？"

"得了，杰雅玛，你知道我们这些低种姓的天生就不该读书写字……"夏伊拉讨好地笑着说，"要是你们婆罗门不念给我们听的话，我们能从哪里学到东西呢？"

"坐下。"老太婆得意扬扬地说。她慢慢翻着报纸，念着那些她感兴趣的新闻。

"报纸上说，在图穆库尔区，有一个圣徒靠意志力学会了飞行，可以飞到十七英尺高的空中，然后再落下来。"

"真的吗？"小姑娘将信将疑，"有人亲眼见过还是大家就这么相信他？"

"他们当然亲眼看到过！"杰雅玛反驳道，一面用手轻轻拍了拍报纸，算是证据，"你从来没有看过魔术？"

夏伊拉歇斯底里地傻笑起来，然后冲进后院，跑到了椰子树下。不一会儿，杰雅玛听到她又唱起了那首歌。

她等夏伊拉回来后对她说："要是你丈夫看到你这副鬼样子，他会怎么想？你的头发全乱了。"

于是，夏伊拉坐到了门槛上，杰雅玛给她的头发上了油，再梳成一个个乌黑发亮的小发卷，足以让任何男人欲火中烧。

晚上八点，这一老一少一起去看电视，一直看到十点。卡尔蒂克关上电视后，她们各自回房。

半夜时，夏伊拉突然被惊醒了。她看到有人推开了自己的房门。

"妹妹……"

夏伊拉在黑暗中看到一个满头银发的脑袋探了进来。

"妹妹……今晚让我睡你这儿吧……仓库外面有鬼,是的……"

杰雅玛几乎是爬着进来的,而且呼吸急促,浑身大汗淋漓。她背靠着墙,将头埋在膝盖之间。夏伊拉出去看看仓库那里究竟出了什么事,回来时咯咯笑着。

"杰雅玛……不是什么鬼怪,只是两只猫在隔壁基督徒家打架……没有什么……"

可老太太已经睡着了,满头的银发散落在地上。

从那天起,杰雅玛只要一听到那两只猫在她房间外哀叫,就会过来睡在夏伊拉的房间里。

这是九夜祈祷节的前一天。老家也好,主人也好,仍然只字不提她什么时候可以回家。粗糖又涨了价,煤油的价格也涨了。杰雅玛在报纸上看到,喀拉拉的一位圣徒已经学会了在树林里从一棵树飞到另一棵树上——但必须是槟榔树。明年将会有一次日偏食,有可能就是地球末日。联合内阁的一位成员——V.P.辛格——指控总理腐败。政府随时会垮台,德里将会陷入混乱之中。

那天晚上,杰雅玛在饭后向主人建议圣日那天带卡尔蒂克去火车站附近的基塔马德维女神庙。

"他母亲不在了,但他不应该坏了祈祷的习惯,对不对?"她小心翼翼地说。

"这是个好主意……"主人拿起报纸。

杰雅玛猛吸了一口气,给自己鼓劲。

"要是您能给我几卢比雇一辆人力车……"

她敲开了夏伊拉的房门,得意扬扬地松开紧握着的拳头。

"五卢比!主人给了我五个卢比!"

杰雅玛在下人们用的卫生间里洗澡，用檀香皂把自己彻底洗了个干净。她换上一件朱红色的纱丽，走进卡尔蒂克的房间，仍然陶醉在自己皮肤散发出的芳香中，觉得自己俨然成了一个要人。

"快把衣服穿上，兄弟，不然就赶不上五点钟的礼拜了。"

男孩坐在床上，正在按着一个手持小电子游戏机上的按钮——哔噗！哔噗！哔噗！

"我不去。"

"兄弟——那是个寺庙。我们应该去！"

"不。"

"兄弟……要是你母亲还在的话，她会怎么说？"

男孩放下手中的游戏机，走到门口，当着杰雅玛的面砰的一声把门关上了。

她躺在储藏室里，靠 DDT 的气味以及黑天神银光闪闪的臀部安慰自己。门吱呀一声开了，一张扑了强生婴儿爽身粉的小黑脸在冲着她微笑。

"杰雅玛——杰雅玛——带我去寺庙吧……"

她们两个人静静地坐在一辆电动三轮车上。

"你在这儿等着。"杰雅玛在寺庙门口说。她用自己的钱——五十派沙——买了一束鲜花。

"给。"她们走进寺庙时，她领着夏伊拉将花束放到祭司的手中。

一群信徒聚集在一个银质的男性生殖器前。一些小男孩跳起来去击打神像周围的庙钟，跳了几次没有够着后，他们的父亲把他们举了起来。杰雅玛看到夏伊拉也跳起来去击打一个钟。

"要我抱你起来吗？"

五点钟开始礼拜。一个青铜大盆，樟脑块扔进去后火苗立刻腾了起来。两个女人吹响了巨大的海螺,有人开始敲打一面铜锣,而且越敲越快。一个婆罗门端着一个铜盘跑了出来,铜盘一头有火焰在燃烧。杰雅玛朝里面扔了一枚硬币,夏伊拉则伸出手,用手掌去接触圣火。

她俩坐在寺庙的游廊上,墙上挂着一面面大鼓,都是供举行婚礼时用的。杰雅玛看到一个女人穿着无袖衬衣,正向寺庙大门走去。她说那简直是太不要脸了,但夏伊拉却认为那种无袖款式的衣服很"酷"。一个孩子在不停地哀号,她父亲正拉着她向寺庙的正面走去。杰雅玛和夏伊拉一起开始哄那女孩,她终于不哭了。

两个下人依依不舍地离开了寺庙。她们在等电动三轮车时,一群群鸟儿从树上飞到了空中。太阳快要落山了,一条条彩云相互叠加在一起,像部队里的条纹绶带。杰雅玛就回家的车费和车夫讨价还价,夏伊拉一直在旁边咯咯地傻笑,把杰雅玛和车夫都气得够呛。

"杰雅玛,你听到大新闻了吗?"

老太太正在看报,报纸摊在门槛上。她抬起头,挪了挪眼镜,朝夏伊拉眨了眨眼。

"是粗糖的价格吗?"

"不,不是的。"

"是卡萨尔格德一个男人生孩子的事?"

"不,也不是这个。"夏伊拉腼腆地笑了笑,"我要结婚了。"

杰雅玛惊讶得张开了嘴。她低下头,取下眼镜,揉了揉眼睛。

"什么时候?"

"下个月。结婚的日子已经定好了。主人昨天告诉我的。他将把我的金项链直接寄到我的村子里。"

"所以你就觉得自己是个王后了，对吗?"杰雅玛厉声说，"就因为你要嫁给某个乡巴佬!"

她看到夏伊拉跑到院墙那里，把这消息告诉那厚嘴唇的基督徒。"我要结婚了，我要结婚了。"那姑娘一整天都在兴高采烈地念叨着。

杰雅玛从厨房给她泼了一盆冷水："你觉得结婚是件了不起的大事？难道你不知道我姐姐阿姆比卡的遭遇？"

可那姑娘已经忘乎所以，根本听不进去。她一整天都在念叨着："我要结婚了，我要结婚了!"

于是到了晚上，只有黑天神聆听了阿姆比卡的不幸故事，听到了她为前世的罪孽所受到的惩罚：

阿姆比卡是家里的第六个女儿，也是最后一个嫁出去的女儿。她是家中的美人，一位有钱的医生想要她当自己的儿媳。真是天大的好消息! 新郎来看阿姆比卡时不停地去卫生间。"瞧他多么害羞。"家里的女人都笑着说。新婚之夜，他躺在床上，背对着阿姆比卡，咳了整整一晚。天亮的时候，她看到了床单上的血迹。他告诉她他已经是肺结核晚期，他本不想骗她，可他母亲不让他说出实情。"可怜的姑娘，有人给你们家施了黑魔法。"他说，一阵阵的猛咳让他死去活来。一个月后，他死在了医院的病床上。他母亲告诉全村的人，这个姑娘以及她所有的妹妹都受到了诅咒。从此谁也不愿意再娶她们家别的孩子。

"就这样，我就一直保持了处女身。"杰雅玛想告诉黑天神。"其实，我的头发这么密，我的皮肤是这么漂亮的金色，我当时也是美女一个，这你知道吗?"她学着电影明星的样子扬起了眉头，仿佛怀疑这童子天神不太相信她的话似的，"我有时候感谢天上的神灵，一直没有让我结婚。万一我也像阿姆比卡那样被人骗了呢?

一辈子不结婚也比当寡妇强呀，随便哪天……可是那下贱的小蹄子一上午都在念叨不休……"杰雅玛躺在黑暗中，模仿那低种姓姑娘的声音，说给童子天神听："我要结婚了，我要结婚了……"

终于到了夏伊拉走的那一天。主人说他要亲自开着绿色的大使牌汽车送她回家。

"我要走了，杰雅玛。"

老太太坐在门槛上，正在梳着满头的银发。她觉得夏伊拉在说她名字时故意带了一点讥讽的味道。"我要结婚了。"老太太梳着头发。"有空的时候给我写信好吗，杰雅玛？你们婆罗门个个都是写信的高手，无人能比……"

杰雅玛把塑料梳子扔进储藏室的一个角落里。"见鬼去吧，你这下贱的小混蛋！"

几个星期过去了，现在连夏伊拉的活也落到了她的头上。等到吃过晚饭、洗完盘子，她已经是精疲力竭。主人没有提再请一个仆人的事。她知道，这现在起，她还得干那低种姓人干的活。

每天晚上，她都会在后院里漫无目的地散步，长长的银发披散在肩膀旁。有天晚上，那位厚嘴唇的基督徒罗茜招手叫她过去。

"夏伊拉怎么啦？她结婚了吗？"

杰雅玛一时不知该如何回答，只好咧嘴一笑。她开始注意罗茜。这些基督徒多么自由啊，想吃什么就吃什么，想结婚就结婚，想离婚就离婚。

那两只恶魔有天深夜又回来了。她一动不动地躺在床上，听着那两个再次将自己装扮成猫的幽灵在尖叫。她紧紧握着童子黑天神的塑像，摸着它那银质的屁股，坐在米袋上，周围是一道DDT。她唱了起来：

星星在低声诉说
我心头的渴望
渴望再看你一眼，
我的孩儿、我的宝贝、我的王。

第二天晚上，主人在用餐时告诉她，他收到了夏伊拉母亲的来信。

"他们说那金项链太小，他们不高兴。那玩意儿花了我两千卢比，你能相信吗？"

"有些人永远不会知足的，主人……有什么法子呢？"

他用左手挠了挠赤裸的胸脯，打了个嗝。"人哪，今生今世就是自己仆人的仆人。"

她那天晚上急得怎么也睡不着。万一主人也克扣了她的工钱怎么办？

"你的！"一天早晨，卡尔蒂克将一个信封扔到了稻米簸箕中。杰雅玛抖掉信封上的稻谷，手指颤抖着将它打开。这个世界上只有一个人给她写信——她嫂子，住在盐市村。她把信摊在地上，一个字一个字地将念着。

"主人已经通知我们了，他打算搬到班加罗尔去。你当然得回到我们身旁。别以为可以在这里常住，我们已经在找个人家把你送过去。"

她慢慢把信折好，塞进纱丽的腰间。这消息就像当面给了她一记耳光：主人居然没有把这消息告诉她。"算啦，我在他眼里算什么呢？只是一个女仆。"

一星期后，主人走进储藏室，站在门槛旁。杰雅玛赶紧起身，忙着把头发捋顺。"你的工钱已经寄给你嫂子了，就是住在盐市村的那一位。"他说。

不管杰雅玛在哪里干活,工钱的支付方式通常都是这样说定的。她从来没有直接拿到过工钱。

主人停了一下。

"这孩子需要有个人照顾……我在班加罗尔有亲戚……"

"我祝您和卡尔蒂克主人一切顺利。"她郑重其事地慢慢给他鞠了一躬。

那个星期天,她将自己在过去一年中的所有物品装进了来这里时拎着的那个箱子里,唯一令她难受的是与童子黑天神告别。

主人不打算送她,她得自己步行去汽车站。她坐的是下午四点的汽车,这会儿只好在院子里漫无目的地走一走,四周是晾衣绳上被风吹得不停晃动的衣服。她想起了夏伊拉——那姑娘曾在这后院里奔跑,披散着头发,像一个无忧无虑的顽童。她现在已经结婚,成了某个家庭的女主人。她想,每个人都在改变,日子过得越来越好,只有我一个人还是老样子,还是个老姑娘。她闷闷不乐地转身向屋里走去:我在这里住了一年多,这将是我最后一次看看这房子。她记得自己在过去四十年里去过的每一家,为的是可以把别人的孩子喂得胖胖的。可她没有从这些人家得到任何东西。她还是没有结婚,还是没有孩子,还是身无分文。她的生活就像一个杯子,里面干净的水被人喝光了。岁月的流逝没有留下任何痕迹——只是她的身体变老了,她的视力差了,她的膝关节开始疼痛了。杰雅玛想,我到死都不会再有任何变化了。

突然,她心头的阴霾一扫而光。她看到了一个蓝色的橡胶球,被后院里的一棵木槿遮住了一半,像是卡尔蒂克玩的那种板球。是因为破了才被扔在那儿的?杰雅玛拿起来,凑到眼前仔细察看着。她虽然没有看到上面有小孔,可当她对着自己的脸颊捏了一下橡胶球时，她感到一股小气流吹到她的皮肤上，痒痒的。

老厨娘像所有仆人一样，本能地小心扫视了一下花园。她深吸一口气，将蓝色的橡胶球扔向墙壁。橡胶球噗的一声撞到墙上，然后一下就反弹到了她的身旁。

没有坏呀！

杰雅玛转动着橡胶球，仔细察看着球的表面。球虽然褪了色，却仍然泛着美丽的蓝色光泽。她闻了闻。有它就够了。

她来到卡尔蒂克的房间。男孩坐在床上：哔噗！哔噗！哔噗！他皱着眉头全神贯注玩电子游戏的样子非常像照片中他母亲的神情，眉头之间的皱纹就像那已经作古的女人留在那里的书签。

"兄弟……"

"嗯？"

"我今天要回我哥哥家去了……我要回我的村子去了，不再回来了。"

"嗯。"

"愿你母亲的祝福永远照耀你。"

"嗯。"

"兄弟……"

"什么事？"他的声音带着一丝恼怒，"你干吗总是烦我？"

"兄弟……花园里那个蓝色的球，那个破了的球，你不要了吧？"

"哪个球？"

"我可以把它带去给我的小布里珠吗？他喜欢打板球，可有时候没有钱买球……"

"不行。"

男孩头也不抬地继续按着游戏机的按钮。

哔噗!

哔噗!

哔噗!

"兄弟……你给了那低种姓的姑娘一条金项链……难道就不能把这蓝色的球给我,让我带给布里珠吗?"

哔噗!

哔噗!

哔噗!

杰雅玛惊恐地想起了自己给这肥仔喂的那些食物。自己忍着小厨房里的酷热,眉头上的汗珠滴进了扁豆汤里,把他喂养成了现在这副模样——圆鼓鼓、胖乎乎的,就像某个基督徒家后院养的动物。她幻想着自己握着一把切肉刀在追赶这胖小子,看到自己抓住他的头发,对他的苦苦哀求充耳不闻,高高举起了刀子。砰!她砍了下去——他的舌头伸了出来,整个脸变了形,他成了……

老太太打了个寒战。

"你是一个婆罗门,而且没有了妈妈。我不会把你往坏里想……再见了,兄弟……"

她拎着箱子走进花园,最后看了一眼那个橡胶球。她走到大门口,停下脚步,眼睛里噙着委屈的泪水。太阳从树木之间照过来,仿佛在嘲笑她。

就在这时,罗茜从基督徒家走了出来。她站在那里,望着杰雅玛手中的箱子,开口对她说话。杰雅玛一个字也听不懂,但那基督徒所说的话随即在她的心里变得响亮而清晰:

拿上那个球,你这婆罗门傻瓜!

椰子树在风中摇晃,不停地从车窗外掠过。杰雅玛坐上了回盐

217

市村的汽车,身旁是一个刚从圣城贝拿勒斯回来的女人,正喋喋不休地说着她刚刚看过的那些宏伟的寺庙……杰雅玛根本没有在听,她的心思全都集中在她藏在纱丽里的一个东西,就塞在她的腹部……那个蓝色的小球,上面还有一个小洞……就是她刚刚偷的那个球……她不敢相信自己居然会做出这样的事,她可是盐市村一个婆罗门好人家的女儿杰雅玛呀!

坐在她身旁那位去朝觐的女人终于睡着了。杰雅玛听着她的鼾声,开始为自己的灵魂感到担心。汽车嘎吱嘎吱地行驶在土路上,她在不停地琢磨着神会怎样惩罚她,琢磨着她来世将变成什么。可能会变成一只蟑螂、一条生活在旧书里的蠹虫、一条蚯蚓、一堆牛粪中的一条蛆或者更肮脏恶心的东西。

她突然有了一个奇怪的念头:如果她在今生今世罪孽深重,或许来世会变成基督徒……

一想到这一点,她兴奋得有些头昏目眩,几乎立刻进入了梦乡。

第五日（晚间）：瓦伦西亚圣母大教堂

尽管最近几年人们无数次尝试完成瓦伦西亚圣母大教堂的修建工程，而且在科威特打工的人为此捐献了那么多钱，可这一工程仍然没有完成，这确实很难解释。原先的巴洛克结构始建于一六九一年，在一八九〇年全部重建。只有一座钟楼一直没有完工，并且一直保持到今天。钟楼的背面自一九八一年以来几乎始终搭建着脚手架，可整个工程时断时续，不是因为缺乏资金就是因为某位关键神父去世。虽然尚未完工，这座大教堂仍然被视为基图尔最重要的旅游景点。令人尤为兴趣盎然的是教堂天花板上绘制的圣弗朗西斯·夏维耶的尸体被完美保存的画面，以及祭坛后面名为《欧洲的阿里高利将科学和启蒙带到东印度》的巨幅壁画。

灭蚊工乔治·德苏萨给自己找了一位公主。等到大教堂的活在日落时结束，这一说法就会真相大白。在那之前，乔治只能啃着西瓜，给他的朋友们一些暗示，然后咧嘴傻笑。

他这会儿正好坐在大教堂前院子里金字塔似的花岗石堆上，背着金属喷雾桶，手持喷雾枪。

水泥搅拌工在大教堂的两边吼叫着，将花岗石块和泥块捣碎，倾倒出小山似的黑色砂浆。在一个脚手架上，工人们正将砖头和水泥吊到北面的钟楼顶上。乔治的朋友古鲁和迈克尔将一升装塑料瓶里的水倒进搅拌机里。机器里的水滴进院子里的红土中，一道道血红的水也像小瀑布一样从大教堂上流淌下来，仿佛那是一颗放在报纸中沥水的心脏。

乔治吃完西瓜后，一支接一支地抽着手卷小烟卷。他闭上眼睛，建筑工人的孩子们立刻开始拿着他的喷雾枪，相互喷射起来。他将他们赶走后重新回到石堆旁，坐在上面。

他个子瘦小，身体灵活，皮肤黝黑，看上去像四十刚出头——可由于体力活会加速人的老化，他的年纪可能要小一些，甚至或许不到三十岁。他的左眼下有一道长长的伤疤，布满麻子的脸表明他最近刚刚出过水痘。他的二头肌又长又结实，不是在昂贵的健身房里练出来的亮闪闪、凹凸有致的那种，而是干活的穷人出于必要，因一辈子都必须为他人提东西蚀刻而成的，像石头一样坚硬的肌肉。

日落时分，乔治的石堆前堆起了木块，生起了火，黑色的锅子里煮着米饭和咖喱鱼。有人打开了收音机。蚊子开始嗡嗡飞舞。四个人围坐在摇曳的火堆旁，抽着烟卷。火光映红了他们的脸庞。乔治的周围都是他以前的同事——古鲁、詹姆士和维内，在他被炒鱿鱼前都和他一起在建筑工地上干活。

他从口袋里掏出一个绿色笔记本，将它翻到中间，那里夹着一个粉红色的东西，就像他刚刚逮住并且剥了皮的动物的舌头。

那是一张二十卢比的钞票。维内惊讶地用手指玩弄着那张钞票，甚至在古鲁轻轻从他手中将它抽走后，仍然死死盯着它。

"就因为在她家喷灭蚊剂，你就得到了这个？"

"不，不，不。她看到我在喷药水，我估计我给她留下了不错的印象，因为她要我在花园里帮她干一些活。"

"既然她真的有钱,怎么没有请一个花匠?"

"她请了一个花匠,可那家伙总是喝得醉醺醺的。我就干了他的活。"

乔治给大家说自己在那里都干了些什么——把后院阴沟里一根挡道的木头拉出来搬到几码外,清理掉阴沟里滋生蚊虫的淤泥,再用一把大剪刀修剪前院的树篱。

"就这些?"维内张开嘴,"就为这个给你二十卢比?"

乔治放浪地吐了个烟圈,把那张二十卢比的钞票放进笔记本里,再把笔记本放回口袋中。

"所以我才说她是个公主。"

"整个世界都是有钱人的,"维内叹了口气,一半是不满,一半是无奈,"二十卢比对他们来说算什么?"

古鲁是印度教徒,通常话不多,朋友们都认为他比较"深沉"。他最远去过孟买,还看得懂英语路标。

"大家听我说说有钱人的事,听我说说吧。"

"好吧,你说给我们听听看。"

"我给你们说说有钱人的事。孟买的纳里曼海角有家奥贝罗伊大饭店,里面有道菜叫'温达鲁牛肉',要五百卢比呢。"

"不可能!"

"真的,五百卢比!这是星期天的英文报纸上登的。你们现在知道这些有钱人了吧。"

"万一你点了这道菜,发现自己弄错了,不喜欢它,那该怎么办?他们把钱退给你吗?"

"不会。不过对有钱人来说,这算不了什么。你知道有钱人和我们这样的人之间最大的区别是什么吗?有钱人可以一而再、再而三地犯错误,我们只要犯一个错误,这辈子就完了。"

吃过晚饭后,乔治请大家去亚力酒店[1]喝酒。自从被建筑工地开除后,他就一直靠大家的恩赐吃喝:古鲁通过自己在市政公司的关系给他找的这份喷灭蚊药水的活也只是一周干一次。

他们一直喝到半夜。从亚力酒店出来时,维内醉醺醺地说:"下个星期天,我要来看你和公主上床。"

"我不会告诉你她住在哪里,"乔治大声说,"那是我的秘密。"大家有些气恼,但没有追问他。看到乔治心情这么好,大家都很高兴,因为他总是牢骚满腹,很少有开心的时候。

大家回到大教堂工地后面的帐篷里睡觉。现在是九月,天仍然随时会下雨,可乔治还是睡在了露天,望着满天的星星,想着那个大方的女人——是她让他这一天过得这么开心。

又到了星期天,乔治背上金属喷药桶,将一个喷嘴接到喷雾枪上,出了工地,走进了瓦伦西亚区。一路上,他只要看到有房子,就会停下脚步;只要看到有阴沟或者积水,只要发现一个下水孔,他就会打开喷嘴:嗞……嗞……

他从大教堂出来,走了半公里路,然后向左拐,进了一条小巷,是那种从瓦伦西亚向山下延伸的小巷。他朝山坡下走去,一路上不停地对着路旁的阴沟喷着药水:嗞……嗞……嗞……

雨已经停了,再也没有一条条浑浊的水流哗哗地向山下流去,但路旁树木在阳光下闪烁的那些树枝,以及一栋栋房屋倾斜的屋顶,仍然有水滴落到路面上,而路面上松动的石块又将这些积水汇聚成一条条亮晶晶的小水流,带着轻柔悦耳的响声注入阴沟。阴沟里长着厚厚的青苔,宛如聚集了一层胆汁;阴沟底部长出了一丛丛

---

[1] 亚力酒,一种用椰子汁、蜂蜜、米或枣酿制的烈酒。

芦苇，一汪汪臭水在角落和裂缝中泛着亮光，像一颗颗用水做成的翡翠。

十来个妇女穿着五颜六色的纱丽，头上裹着绿色或淡紫色的头巾，正在路边割草。她们唱着怪异的泰米尔歌曲，身体随着歌曲有节奏地摇晃。这些都是季节性工人，站在阴沟里，正忙着铲除青苔或者用力将杂草从石缝里拔出来，仿佛要将杂草从孩子们手中抢过来一样。另外一些人则用手从阴沟底部挖出一团团乌黑的淤泥，堆成一个个小堆——脏水正从这些淤泥堆中流淌出来。

他轻蔑地看着她们，心想：可我自己也已经沦落到了跟这些人一样的地步！

他的心情越来越郁闷。他开始小心翼翼地喷药，甚至故意避开了几处积水的地方。

他一步一步地来到了10A号，意识到自己已经站在了公主家的大门外。他打开红色的大门，走了进去。

窗户关着，不过走近屋子时，他可以听到里面嘶嘶的流水声。他想，她正在进行午间沐浴。有钱的女人可以干这样的事。

他上星期看到那个女人时立刻就猜到她丈夫不在家。这些女人的丈夫在海湾国家工作，和她们待上一会儿你就能知道这一点：她们身上甚至带着很久没有男人做伴的味道。她丈夫为自己长期不在她身边做了很好的补偿：瓦伦西亚唯一配有专职司机的私家车——一辆白色的大使牌汽车，就停在车道上；整条巷子里唯一的空调——就挂在她卧室外花园的茉莉花之上，不停地嗡嗡作响，滴着水。

白色大使牌汽车的司机不见踪影，准是又到什么地方喝酒去了。乔治上次来的时候曾经看到后面有一个上了年纪的厨子。一个老太太和一个玩忽职守的司机——眼下跟她做伴的就只有这两个人。

一条阴沟从花园一直通往后院,他开始沿着阴沟喷药:嗞……嗞……阴沟又堵住了。他下到堵塞的阴沟中,仔细地从不同角度对着阴沟里的污秽物喷药,时不时地停下来检查一下自己的工作。他将喷嘴紧贴着阴沟两侧,喷药的声音停了下来,一种白色的泡沫慢慢盖住了蚊子幼虫,就像人们提取蛇毒时强迫毒蛇咬玻璃杯后排出的毒液一样。然后,他拧紧喷雾枪上的按钮,咔的一声将枪管插进背后药桶上的一个槽里,再次拿着一个本子去找她——她得在上面签字。

"嗨!"窗口有个女人在向外张望,"你是谁?"

"我是打灭蚊药的,上星期来过这里!"

窗户关上了,屋里几个不同的地方传来了响声,门闩被打开的声音,接着是砰的关门声,然后便是她再次站在他的面前——他的公主。10A号的女主人戈梅斯太太个子很高,年龄不到四十,涂着鲜红的唇膏,穿着一件欧式长裙,胳膊露出了十分之九。在这世上的三种女性中——"传统型的""现代派的""打工类的",戈梅斯太太显然属于"现代派的"。

"你上次的活干得不好。"她说着给他看了她手上被蚊虫叮咬后留下的几个红色小包,然后又后退一步,撩起绿色长裙的下摆,露出她那让人销魂荡魄的脚踝。"你喷的药根本不管用。"

他羞愧得满脸通红,但也不敢将目光从她给他看的地方移开。

"不是我喷药的问题,而是你们家的后院,"他反驳道,"又有树枝堵住了阴沟,而且我觉得还有一只动物尸体堵住了水流,或许是一只獾还是什么,所以蚊子才会重新在那里繁殖。你要是不信,可以跟我一起去看看。"他建议道。

她摇摇头。"后院太脏,我从来不去那里。"

"我可以帮你再疏通一次,"他说,"这样的效果比灭蚊药还要好。"

她皱起了眉头。"疏通一次要多少钱?"

她的语气让他感到很不舒服,于是他说:"不要钱。"

他走到后院,跳进阴沟,开始清除里面的淤泥。这些人居然认为他们能够像买牲口一样买我们!——你干这要多少钱?干那要多少钱?

半小时后,他用沾满污泥的双手按响了门铃。不一会儿,他听到她大声说:"到这边来。"

他顺着声音来到了一扇紧闭的窗户旁。

"打开它!"

他把脏手插进窗户上两扇木头百叶窗之间的一个小缝隙中,将百叶窗拉开。戈梅斯太太正坐在床上看书。

他把铅笔夹在笔记本中递给她。

"你要我拿这本子做什么?"她问,刚刚洗过的头发散发着清香,随着她一起飘到了窗口。

他用脏兮兮的拇指指了指本子中的一行。10A号:罗杰·戈梅斯先生。

她模仿丈夫的笔迹在本子上签了字,然后问:"你要喝点茶吗?"

他一时不知道说什么好,干这一行后还从没有人请他喝过茶。他说可以,其实主要是害怕这位阔太太被拒绝后干出什么事来。

一位上了年纪的仆人——大概是厨娘——来到了后门口,戈梅斯太太让她端一些茶水过来时,她满腹狐疑地打量着他。

老厨娘几分钟后走了回来,手中端着一杯茶。她轻蔑地望着乔治,然后把水杯放在门槛上,让他自己端起来。

他走上门槛前的三级台阶，端起水杯，回到原地后又后退了三步，然后才开始喝茶。

"这干这一行多久了？"

"六个月。"

他慢慢喝着茶，灵机一动，开口说道："我老家有一个妹妹，我得养她。玛丽亚。她是个好姑娘，夫人，而且做得一手好菜。您需要厨师吗，夫人？"

公主摇摇头。"我已经有了一个非常不错的厨师。很抱歉。"

乔治喝完了茶，把杯子放到最下面一级台阶上，多握了一秒钟，以免松手后杯子倒下来。

"我们家后院的问题还会再次出现吗？"

"那当然。蚊子可不是好东西，夫人。它会引起疟疾和丝虫病。"他说，然后给她说起了村子里露西妹妹的事——她得了脑疟疾。"她说她要像蜂鸟那样扑打她那已经成了废物的胳膊，一直到圣城耶路撒冷。"他挥舞双臂，围着停在那里的汽车转圈，演示给她看。

她突然放声大笑。他看似很严肃、很正经，因此她没有料到他会有这样滑稽的举动，她以前也从未见识过下层社会的人会如此搞笑。她从头到脚打量着他，觉得自己像是第一次见到他。

他注意到她在开怀大笑，也注意到她像农妇一样喘气。他也没有料到这一点；有教养的女人不应该当着人面这么粗俗地放声大笑，她的举止也让他不解，这毕竟是一个有钱的女人。

她又补充了一句，声音里透着厌倦："马修应该清理后院的，可他连该开车时都不常来，更不用提后院的事了。老是在外面喝酒。"

突然，她有了一个主意，脸色也好了许多。她说："你来干。你可以兼职给我当园丁，我付钱给你。"

乔治正准备说好，但内心有什么东西在抵触。他不喜欢她给他这份工作时那种随意的态度。

"清理人家的后院，我可不干那种活。不过我可以给你干，夫人。你要我干什么都可以，因为你是个好人。我可以看到你的心灵。"

她再次放声大笑。

"下星期开始。"她说着关上了屋门，脸上仍然挂着一丝残留的笑容。

他走了之后，她打开通往后院的屋门。她很少去那里，院子里杂草丛生，肥沃的黑土散发着浓烈的气味，还夹杂着下水道的臭味。她嗅着灭虫剂的气味，正是这气味吸引她走出了家门。她听到了一个声音，意识到灭蚊员仍然在附近某个地方。

嗞……嗞……她的心追随着那在邻近的街区间回荡的声音——先是蒙特罗家，然后是卡尔卡达医生家，接着是瓦伦西亚耶稣会教师学院和神学院。

嗞……嗞……她最后再也听不到了。

乔治坐在石堆上，等着其他人。他们对于自己的工作感觉和他一样。然后，大家一起去附近的一家酒馆，开始喝酒。

"你这是怎么啦？"其他人过了一会儿问他，"你连一句话都没有。"

他最初和大家一起谈笑风生，但很快就沉默了下来。他在想着那个男人和那个女人，就是他在公主所读的那本小说封面上看到的那两个人。那两个人坐在汽车里，风吹散了女人的头发，男人面带微笑。背景中还有一架飞机。英文书名，银色的字母在这场景上飘舞,就像上帝在祝福人们过上美好的生活。

他想起了那个女人,居然有钱整天舒舒服服地待在家里,终日开着空调,看着这样的书籍。

"兄弟们,有钱人就知道伤害我们。总是这样。给,拿上这二十卢比,亲吻一下我的双脚。下到阴沟里,把我拉的屎清理掉。总是这样。"

"又来了,"古鲁忍不住笑了,"你当初就是因为这些疯话才被开除的,可你居然一点都没有变,还是这么刻薄。"

"我为什么要变?难道我是在说谎吗?"乔治大声反驳道,"有钱人躺在床上看书,一个人住在大房子里,吃着五百卢比的菜肴……那道菜叫什么来着?温杜?温迪鲁?"

那天晚上他怎么也睡不着。他出了帐篷,走到建筑工地上,久久地凝视着仍然没有完工的大教堂,想着住在10A号的那个女人。

其后那个星期,他意识到她在等他。他来到她家时,她伸出胳膊,不停地转动着,直到他从各个角度将她的肌肤看了个遍。

"没有叮咬,"她说,"上星期好多了。你喷的药终于起了作用。"

他开始处理她家的后院。他首先伸出喷雾枪,左手转动了背后喷药桶上的一个开关,蹲下身,将杀菌剂喷到阴沟里。然后,他在她的注视下开始收拾她家早已荒废的院子:他又是挖又是喷,又是砍又是用水冲,整整忙了一个小时。

那天晚上,建筑工地上的其他人都不敢相信他带来的消息。

"现在是全职工作了,"乔治说,"公主认为我活干得不错,要我留在那里,就睡在后院的棚子里。她给我的工钱比我现在挣的多一倍,而且我不必再给别人喷药灭蚊了。这太好了。"

"我敢打赌,我们再也不会见到你了。"古鲁说着将烟蒂扔到地上。

"绝对不会,"乔治反驳道,"我每天晚上都会过来和大家一起喝酒。"

古鲁哼了一声:"那可不。"

一切都被他言中了:他们此后很少见到乔治。

每个星期一,一位身穿印度北方宽松裤和齐膝长袍的白种女人会来到大门外,用英语问:"夫人在家吗?"

他打开大门,深鞠一躬,说:"在,她在家呢。"

她是英国人,来给夫人上瑜伽和吐纳课。空调关上了,乔治可以听到卧室传来的深呼吸声。半小时后,白人女子走了出来。"真是不可思议,是不是?居然要我教你瑜伽。"

"是啊,真是可悲。我们印度人已经把自己的文化忘得一干二净了。"

然后,白人女子和夫人会围着花园走一走。每个星期二上午,马修两眼通红,满嘴酒气,开车送夫人去玫瑰巷的女子狮子会俱乐部开会。这似乎是戈梅斯太太唯一的社交活动。他们开车出门时,乔治会打开大门;汽车从他身旁经过时,他看到马修转过头来瞪了他一眼。

乔治回花园修剪那里种的花花草草时心想:他这是怕我。他是不是觉得我有朝一日会取代他当上司机?

他在这之前还从来没有产生过这个念头。

汽车开回来后,他望着它不停地摇头:车身太脏了。他用水管冲洗车身,然后用一块脏布将它擦干,再用一块干净的破布将车内擦干净。他在干着这一切时突然想到,洗车可不是他的活。他是园丁,这会儿正干着份外的活——当然,夫人是不会注意的。这些有钱人从来就不懂得感激,不是吗?

"你把车擦得很干净,"戈梅斯太太那天晚上说,"我很感激。"

乔治为自己感到害臊。他想:这个有钱的女人真的与其他有钱人不同。

"你要我干什么都行,夫人。"他说。

他和夫人说话时总是与她保持五六英尺的距离。有时候,两个人在说话的过程中,这距离会缩短,香水的气味会让他的鼻孔放大,他会主动一点一点地后退,重新保持女主人与仆人之间的适当距离。

厨娘每天晚上都会给他送茶,然后和他聊很久。他还没有进过屋,但他从老厨娘的话语中意识到,这家人的好东西远不止一台空调机。后门每次打开时,他都会看到一个巨大的白色箱子。老厨娘告诉他,那其实是一台自动洗衣服——而且能把衣服烘干——的机器。

"她丈夫要她用那机器,可她就是不用。他俩在什么事情上都说不到一块儿去。还有,"她密谋似的压低嗓门说,"没有孩子。这向来是麻烦的根源。"

"他们究竟为什么分开呀?"

"是因为她笑起来时的样子,"老厨娘说,"他说她笑起来像个魔鬼。"

他也注意到了:声音很尖,很粗野,就像孩子的笑声或动物的尖叫声,洋洋得意,肆意淫荡。每当她的房间里回荡着这种笑声时,他都会停下手中的活,侧耳聆听。他也常常在其他地方听到类似的声音,比如门打开时发出的嘎吱声,或者某种奇特的鸟儿鸣叫时的抑扬顿挫。他明白了她丈夫的意思。

"乔治,你念过书?"戈梅斯太太有一天问他,语气中带着一丝惊讶。她看到他在读报。

"算是念过也算是没有念过,夫人。我一直念到十年级,可我没有通过中学毕业证书考试。"

"没有通过?"她笑着问,"怎么会有人连这个考试都没有通过?那太简单了……"

"数字计算没有问题,夫人。我通过了数学考试,一百分得了六十分。我只是社会科学课没有及格,因为我不知道怎样在他们给我的印度地图上标出马德拉斯和孟买。有什么法子呢,夫人?我们上课时从来没有讲过那些东西。社会科学课我得了三十四分——离及格只差一分!"

"那你为什么不再考一次呢?"她问。

"再考一次?"他重复了一遍,仿佛听不懂这句话的意思。"我开始干活,"他说,因为不知道该如何回答她,"我干了六年活,夫人。去年遭了洪水,粮食绝收。我们听说基督徒可以在建筑工地找到工作——我是说那大教堂,于是我们村的一帮人就来到了这里。我原来在那里干木匠活,夫人。哪里还有时间看书呢?"

"那你为什么要离开那建筑工地?"

"我的腰不好。"他说。

"那你还怎么干这种活?"她问,"不会伤你的腰吗?然后你就会说是我伤了你的腰,拿这件事找茬!"

"我的腰现在没事,夫人,真的没事。你不是看到我每天都弯着腰干活吗?"

"那你为什么要说你的腰不好呢?"她责问道。他没有吭声,她摇摇头说:"哦,真是无法理解你们这些乡下人!"

第二天,他一直在等她。她洗完澡后走进花园,用一条毛巾擦干头发。乔治走到她跟前说:"他给了我一巴掌,夫人,我也给了他

231

一巴掌。"

"你在说什么,乔治?谁给了你一巴掌?"

他解释说他和工头打了起来。乔治比画着他和工头之间的巴掌之战,希望能给她留下一个印象,让她知道工头出手有多快、他的反应又有多快。

"他说我在朝他老婆挤眉弄眼,夫人,可那不是真的。我们家都是老实人,夫人。我们在家时经常需要犁田,夫人。"他说,"然后就会发现一些铜币,都是提普苏丹时期的,有一百多年了。他们把硬币从我手中拿走,熔化后变成铜。我很想留下几个,可我还是把它们都交给地主科尔洛先生了。我很诚实。我不偷东西,也不会看别人的女人。这是真话。你可以去我们村子问一问科尔洛先生,他会告诉你的。"

她听了这番话后笑了。像所有乡下来的人一样,他为自己辩护的方式非常天真、非常拐弯抹角,也非常可爱。

"我相信你。"她说着就进了屋,没有关门。他偷偷瞥了一眼屋里的情形,看到屋里有钟、红地毯、盆景、青铜和银制品,墙上还挂着木制奖牌。然后,门关上了。

她那天亲自给他端来了茶水。她把杯子放在门槛上,他低着头,快步跑上台阶,拿起杯子后又快步退了回去。

"啊,夫人,你们什么都有,而我们什么都没有。这不公平。"他喝着茶说。

她笑了笑,没有料到穷人说话会如此直截了当,很是可爱。

"这不公平,夫人,"他又说了一遍,"你甚至都有一台从来不用的洗衣机。你真是太有钱了。"

"你是想要我加工钱?"她竖起了双眉。

"不,夫人,我干吗要提这要求?你给我的工钱已经不少了。我也不是那种拐弯抹角的人，"他说，"要是我想要钱，我会直接开口的。"

"乔治，我有我自己的麻烦事，只是你不知道罢了。我也有麻烦事。"她笑着进了屋。他站在外面，徒劳地希望她能给他一个解释。

不一会儿，天下起了雨。那位外国瑜伽老师打着伞，冒着大雨过来了。他赶紧跑到大门口开门，然后坐在车库内，挨着汽车，偷听夫人卧室里传出的深呼吸声。瑜伽课结束时，雨已经停了，阳光下的花园异常美丽。两个女人看到太阳后似乎特别高兴，令她们高兴的当然还有被精心照料过的花园。戈梅斯太太的一条胳膊搭在腰上，和她的外国朋友说着话。乔治注意到自己的雇主与那位欧洲女人不同，仍然保持着少女的体形。他估计这是因为她没有孩子的缘故。

六点半左右，她的卧室里亮起了灯，然后便是流水的响声。她在洗澡，每天晚上都要洗澡。其实没有这个必要，因为她早晨还会洗澡，再说她身上散发着香水的奇妙芳香；可她仍然每天洗两个澡——他相信她用的是热水，浸泡在肥皂泡中，放松自己的躯体。她是那种干什么事都只是为了自己享乐的女人。

星期天，乔治上山去大教堂做弥撒，回来时看到空调机还在呜呜作响。"她不去教堂。"他想。

每隔一周的星期三下午，"理想流动图书馆"会由一辆雅马哈摩托车搭载着来到她家。车的主人兼图书管理员在按了门铃之后会取下绑在摩托车后面的一个装有书籍的金属箱，将它放在摩托车后座上，让她挑选。戈梅斯太太会察看那些书籍，挑选一本。她选完书并付了钱后就会回屋。图书管理员兼开车人将金属箱重新绑到雅马哈摩托车上，乔治走过去轻轻拍拍他的肩膀。

233

"夫人都选了一些什么书?"

"小说。"

图书管理员停下手中的活,朝他使了一个眼色。"黄色小说。我每天都会见到十来个像她这样的女人,丈夫都在外国。"

他曲起一根手指,摆了摆。

"那里还痒着呢,只能靠读英文小说排解。"

乔治笑了。可当那辆雅马哈卷起一团尘土,转了一圈后开出花园时,他跑到大门口,大声喊叫道:"你这混蛋,不能这样说夫人。"

晚上,他躺在床上,怎么也睡不着。他悄无声息地在后院里散步,不发出任何声响。他在思考。他回顾自己这一生,觉得构成他这一生的不是对他说"不"的事,就是他无法说"不"的事。SSLC考试[1]没有对他说"过",他又不能对他妹妹说"不"。比方说,他无法想象让妹妹自生自灭,自己回学校去完成SSLC考试。

他出了大门,沿着小巷走到了大马路上。没有完工的大教堂在海边蔚蓝的夜空衬托下变成了一个黑影。他点燃一支卷烟,绕着乱糟糟的建筑工地走了一圈又一圈,以陌生的眼光望着熟悉的一切。

第二天,他一直在等着她,然后郑重其事地告诉她:"我戒酒了,夫人。我昨晚做了决定,永远不再喝亚力酒了。"

他想让她知道:他现在有能力想怎么生活就怎么生活。那天傍晚,他在花园里给一棵玫瑰树修枝,马修打开大门走了进来。他瞪了乔治一眼,然后走到后院,进了自己的屋子。

半小时后,戈梅斯太太要坐车去参加女子狮子会俱乐部的会。哪里都没有马修的身影。她冲着后院喊了六声,可仍然不见马修的

---

[1] 印度的中学毕业考试。

身影。

"我来开车吧,夫人。"乔治说。

她半信半疑地望着他:"你会开车吗?"

"夫人,如果你生在穷人家,那你什么事都得学,不管是种田还是开车。你干吗不上车,亲眼看看我的车技?"

"你有驾照吗?不会送了我的命吧?"

"夫人,"他说,"我绝对不会干任何给你带来危险的事,哪怕是最小的危险也不会。"过了一会儿,他又补充了一句,"我为你哪怕献上生命也在所不惜。"

她听到后笑了,但看到他说这句话时真诚的态度,她脸上的笑容消失了。她上了车,他发动引擎,成了她的司机。

"你车开得很好,乔治。你干吗不全职当我的新司机?"她到达目的地时问他。

"你要我干什么都行,夫人。"

马修那天晚上被开除了,厨娘过来对乔治说:"我一直不喜欢他,不过我很高兴你能留下来。"

乔治向她鞠了一躬。"你就像我的大姐。"他说,然后望着她开心地微笑。

每天上午,他先洗车,然后盘腿坐在马修的凳子上,快乐地哼着歌,等待夫人叫他开车送她外出。他开车将她送到女子狮子会俱乐部开会后,便会在俱乐部面前的旗杆周围闲逛,望着公共汽车在市立图书馆旁驶过。他现在望着公共汽车和图书馆的眼神与以前不同,不再是一个下到阴沟里掏淤泥的体力工人,倒像是很多东西他都有份的家伙。他有一次开车送她到了海边。她走向大海,坐在岩石上,望着银色的波浪。他在车内等着,注视着她。

她到家下车时,他咳嗽了一声。

"什么事，乔治？"

"我妹妹玛丽亚。"

她微笑着看着他，鼓励他说下去。

"夫人，她会做饭。她很干净，能吃苦，是个好基督徒。"

她的脸一沉。

"你以为我不知道你想干什么吗？想霸占我的家！你先是赶走了我的司机，现在又想赶走我的厨娘！"

她下了车，砰的一声重重地关上了车门。他笑了。他并不担心。他已经在她心里播下了种子，这种子要不了多久就会发芽。他现在知道这女人心里是怎么想的了。

那年夏天，由于停水，乔治向戈梅斯太太证明了他是多么不可或缺。他去山顶，等着送水车过来；他亲自拎着一桶桶的水下山，给她的抽水马桶和洗脸池装满水，免得她像周围邻居那样不得不屈辱地限制冲马桶的水量。他只要一听到市政公司限时供水（有时候每两三天供水半小时），他就会跑回家，大声喊着："夫人！夫人！"

她给了他一套后门钥匙，让他一听到供水就能进屋，给所有桶子接满水。

多亏了他的辛勤努力，在大多数人甚至每隔一天都洗不上一次澡的时候，夫人仍然能每天快快乐乐地洗两次澡。

"真是荒唐。"她有天晚上说。她来到后门口，湿漉漉的头发披散在肩膀上。她用一条白毛巾使劲揉擦着头发。"这个国家有那么多雨水，可我们仍然缺水。印度究竟要到什么时候才会改变？"

他微笑着，尽量不去看她优美的身材和湿漉漉的头发。

"乔治，我给你涨工钱。"她说着便进了屋，牢牢地把门关上。

还有别的好消息在等着他。几天后的一个傍晚，他看到老厨娘胳膊下夹着一个包走了。她和他相遇时看了他一眼，眼睛里充满了怨恨。她压低嗓门说："我知道你想对她干什么！我告诉她你会毁了她的名声！可她已经中了你的邪毒。"

一星期后，玛丽亚来到了10A号。乔治在拨弄汽车发动机时，戈梅斯太太来到了他身旁。

"你妹妹做的咖喱虾味道好极了。"

"我们家的每个人干活都很卖力，夫人。"他说话时非常激动，猛一抬头，脑袋撞到了汽车的引擎罩上。很痛，可戈梅斯太太已经放声大笑起来——那种尖利刺耳的动物般的笑声。他一边揉着脑袋上撞出的红色的小包，一边想跟着她一起大笑。

玛丽亚身材矮小，非常胆小，来的时候只带了两个包。她不会说英语，对于村子以外的生活一无所知。戈梅斯太太喜欢上了她，允许她睡在厨房里。

"她们在屋里都聊什么？夫人和那个外国女人？"玛丽亚端着他的晚饭来到他住的房间时，乔治问她。

"我不知道。"她用勺子给他浇上咖喱鱼。

"你怎么会不知道？"

"我根本没留意。"她说，声音很小，像往常一样很怕她哥哥。

"那你就留点意，别像一个布娃娃那样坐在那里，只知道'是，夫人'或者'不，夫人'！主动一点！眼睛睁大一点！"

星期天，他带玛丽亚去大教堂做弥撒。建筑工地上的活在上午都停了下来，为的是让人们进教堂，可他们赶到那里时仍然能够看到承包商准备晚上继续干活。

"夫人为什么不来做弥撒？她不也是基督徒吗？"他们离开教堂时，玛丽亚问。

他深吸一口气。"有钱人想怎么着都行，还轮不到我们去责问他们。"

他注意到了戈梅斯太太和玛丽亚说话时的态度：坦诚，落落大方，没有贫富之间的区别。她对玛丽亚的态度不是一个女主人的，而像是一个好朋友，这正是他所希望的。

到了晚上，他会怀念亚力酒，可他用别的方法来打发时间，或者四处走走，或者听收音机然后再胡思乱想。他想：玛丽亚明年就可以结婚了。她现在有了地位，在一个富婆家当过厨子。等她回到村子里后，男孩们会排着队来求婚。

他想，然后就该轮到他自己的终身大事了。由于他对什么事都愤愤不平，也由于贫穷和羞耻，他的终身大事已经一拖再拖，不能再等了。是的，该结婚生孩子了。与这个富婆接触后，他仍然时时感到后悔，他本可以更好地利用自己这一生。

"乔治，你真幸运，"戈梅斯太太有天傍晚对他说，他当时正用一块湿布擦车，"你有一个这么好的妹妹。"

"谢谢您，夫人。"

"你干吗不带玛丽亚一起去城里转转？她还没到基图尔城里去过，是不是？"

他认定这是自己主动出击的一个好机会。"夫人，我们干吗不三个人一起去呢？"

他们三个人一起驱车来到了海滩上。戈梅斯夫人和玛丽亚沿着沙滩散步，他从远处望着她们。她们回来时，他正等着她们，手里握着一个纸筒，里面装着给玛丽亚买的炒落花生。

"不给我一点吗？"戈梅斯太太说。他赶紧倒出一些，她从他手里接过了落花生——这是他第一次与她进行肌肤接触。

瓦伦西亚又迎来了雨季。他意识到自己在这里已经干了快一年了。一天，新的灭蚊员来到了后院。乔治将那家伙领到阴沟以及屋后的主下水道旁，以确保所有地方都喷了药。戈梅斯太太在一旁望着。

那天晚上，她把他叫进屋，对他说："乔治，你应该亲自动手。请你像去年那样亲自给阴沟喷药。"

她说话的声音很甜美，尽管还是那个能让他为她移山的声音，他这一次却惊呆了。他为她仍然要他干这种活而感到受到了伤害。

"为什么不呢？"她生气地提高了嗓门，尖叫了起来，"你在我家干活！我要你干什么就干什么！"

两个人都怒视着对方，然后他咕哝着，在心里咒骂着她，走了出去。他漫无目的地瞎转悠了一圈，决定再去大教堂转转，看看他那些老伙计们怎么样了。

大教堂工地没有太大变化。他得知，由于教区首席神父去世，工程又临时停了下来，不过很快将重新开工。

他的其他朋友都走了——离开工地回村子去了——但古鲁还在。

"你既然来了，我们干吗不……"古鲁做了一个把酒瓶里的酒倒进喉咙的动作。

他们去了一家亚力酒店，像以前那样痛痛快快地喝了一通。

"你和你那位公主怎么样了？"古鲁问。

"哦，那些有钱人全都一个样，"乔治的话语里充满了怨气，"我们在他们的眼里只是垃圾。有钱女人绝对不会把一个穷小子当男人看，只会把他当作仆人。"

他想起了以前那些无忧无虑的日子。那时候的他没有被某个人家拖累，也没有被什么夫人拖累。他开始为自己失去自由而愤愤不平。他在午夜前早早地走了，说夫人家还有一些事要他处理。他摇摇晃晃地往回走，一路上醉醺醺地唱着一首孔卡尼语歌曲，可这首轻松愉快的电影歌曲诱发了另一根神经的跳动。

快到大门口时，他的声音慢慢低了下来，最后陷入了沉默。他意识到自己走路时过于谨慎了。他琢磨着这是为什么，同时为自己感到害怕。

他悄无声息地打开大门门闩，向屋子的后门走去。钥匙已经在他的手中握了一会儿。他弯腰凑近门锁，眯起眼睛望着锁孔，将钥匙插了进去。他小心翼翼地打开门，进了屋。硕大的洗衣机在黑暗中像一个守夜人。她的卧室关着门，门缝里钻出了一丝清凉的冷风。

乔治慢慢喘着气，跟跟跄跄地向前走去。他只有一个念头——绝对不能撞到洗衣机上。

"哦，上帝啊。"他突然说道。他意识到自己的膝盖撞到了洗衣机上，那该死的机器发出的响声在屋里回荡。

"哦，上帝啊。"他又说了一遍，隐隐约约地意识到自己说话的声音太响。

里面有动静。她卧室的门开了，一个女人站在那里，长长的头发披散在肩膀上。

空调吹出的凉风让他浑身一震。女人将一条纱丽的下摆裹到肩膀上。

"乔治？"

"是我。"

"你想干什么？"

他没有吭声。这个问题的答案一时变得非常含糊却又蕴含着那么多内容，难以表述却又那么实实在在，就像她本人一样。他依稀知道自己想说什么；她什么也没有说。她既没有尖叫也没有按响报警器。也许她也想要。他感到现在的问题只是将它说出来，甚至将它付诸行动。别傻站着。会发生的。

"出去。"她说。

他等待的时间太久。

"夫人，我……"

"出去。"

现在为时已晚；他转身快步走了出去。

门刚在他身后关上，他就感到自己太愚蠢。他握紧拳头，使劲捶着门，手都捶痛了。"夫人，请听我解释！"他越来越用力捶打着屋门。她误解他了——完全误解他了！

"别敲了。"他听到了一个声音，是玛丽亚，正从窗口望着他，眼睛里写满了恐惧，"求你快别敲了。"

这时，乔治突然意识到自己的所作所为会有什么样的后果。他意识到邻居们可能会看到这一切。夫人的名誉危在旦夕。

他跌跌撞撞地走到建筑工地，倒在那里睡着了。他第二天早晨醒来时，看到自己像几个月前那样，睡在花岗碎石堆顶上。

他慢慢走了回来。玛丽亚在大门旁等着他。

"夫人。"她进屋大声喊道。戈梅斯太太走了出来，一根手指夹在正在阅读的小说书中。

"玛丽亚，你到厨房去。"戈梅斯太太命令道。乔治走进了花园，心中为她这样安排感到高兴。这么说，她想保护玛丽亚，不让她看到即将发生的事。他感激她这样善解人意。她与其他有钱人不同；她很特别。她会原谅他的。

他把后门钥匙放在地上。

"没关系的。"她说。她的态度很冷淡。他意识到他们之间的距离在拉大，他站在那里的每一秒钟，这种距离感都在推着他往后退。他不知道自己该后退多少，只是觉得如果再往后退就听不到她说什么了。她的声音显得很遥远，很细小，很冷淡。不知为什么，他的眼睛怎么也离不开她手中那本小说的封面：一个男人开着一辆红汽车，车内坐着两个白种女人，都穿着比基尼。

"我不是生气，"她说，"我应该更加防范一些。是我犯了一个错。"

"我把钥匙放在这里了，夫人。"他说。

"没有关系，"她说，"今天晚上就会换锁的。"

"我能待下去吗？一直到你找到别的仆人为止？"他脱口说道，"花园怎么打理？谁给你开车？"

"我会有办法的。"她说。

他一直都在为她着想——她在邻居中的名声，她平静的心情，她被人背叛的感受——可他现在明白了：她并不需要人照顾。

他想对她说出自己的心里话，把一切都告诉她，可她先开了口。

"玛丽亚也得离开。"

他张开了嘴，呆呆地望着她。

"她今晚睡哪儿？"他的声音很细小，透着绝望，"夫人，她丢下村里的一切，来这儿和您住在一起。"

"我想她可以睡在教堂里，"戈梅斯太太平静地说，"我听说教堂里的人会让人在里面过夜的。"

"夫人，"他双手合十，"夫人，您和我们一样都是基督徒，我以基督徒仁慈的名义请求您，请让玛丽亚……"

她关上了屋门，随即他便听到了落锁的响声，然后是双重上锁的响声。

他在道路尽头等着他的妹妹，眼睛向未完工的大教堂望去。

第六日（上午）：苏丹炮台

  苏丹炮台是一个黑色的长方形大要塞，您从基图尔去往盐市村时，它就高高地耸立在您的左边。要想去这个要塞探个究竟，最佳的办法是请基图尔的某个人开车送你过去，东道主会把车停在大马路旁，然后你们两个步行半小时上山。一旦穿过拱门，您会看到要塞早已破烂不堪。虽然印度考古调查局在那里立了一块牌子，宣布它是一处受保护的遗址，并且提到了它在"缅怀爱国者提普苏丹——迈索尔之虎"中所起的作用，你却看不到任何迹象能够证明有人在保护这古建筑，不让其深受爬山虎、风雨和食草动物之害。巨大的榕树已经在要塞的墙壁上生根，树根像插进老鼠洞里的扭曲多瘤的手指一样在石缝中挣扎。您只要避开那里的荆棘和一堆堆的羊粪，就应该能走到要塞城墙上的一个观察孔旁，在这里想象自己手中握着枪，然后闭上一只眼睛，假装您就是提普本人，在向下面的英国军队开枪。

  他快步向圣陵的白色圆顶走去，一只胳膊下夹着一个木马扎，另一只胳膊背着一个红色的袋子，里面装着他的相册和七瓶满满的白色药片。他来到圣陵后顺着墙继续往前走，对那些排成一行的乞丐视而不见——他们当中有坐在破布上的麻风病人，有缺胳膊少腿的残疾人，有坐着轮椅或者眼睛上蒙着绷带的可怜虫。还有一个可怜的家伙，本该长着胳膊的地方只有一对短肉柱，活像海豹的鳍状肢。他的左腿倒是很正常，可另一条腿只剩下了一截软乎乎的棕色残肢。他用左半身侧卧在地上，不停地扭动着臀部，像被电打过的动物一样。他眨巴着那双空洞无神的眼睛，用单调的声音一直在念叨着："阿拉！阿——拉！阿拉！阿——拉！"

他从这展示人性悲哀一面的队伍旁经过，来到了圣陵的背后。

他的面前出现了半英里长的摊贩街，这里的小贩们一个个蹲在地上。他经过了一排排的婴儿鞋、胸罩、印有"该死的纽约城"标志的T恤衫、假冒的雷朋太阳镜、假冒的耐克鞋和阿迪达斯鞋，以及一堆堆乌尔都语和马拉亚拉姆语的杂志。他看到卖假耐克鞋的摊贩和卖假古驰鞋的摊贩之间有一小块空地，便打开小马扎，将一张油光发亮的黑纸放在上面，黑纸上写着一些金色的文字：

拉特纳卡拉·谢蒂
特邀嘉宾
第四届泛亚性学大会
新德里新山颠宫殿饭店
一九八七年四月十二日至十四日

来这里的小伙子有的是为了去圣陵祈祷，有的是为了在某家穆斯林餐馆吃烤羊肉串，还有的只是为了看看大海。他们陆陆续续在拉特纳的四周围了一个半圆，望着他将相册和七瓶白色药片一一摆放到马扎上。他郑重其事地将那些瓶子的位置摆好，仿佛他只有在那些瓶子完全摆放到位后才能开始工作一样。他其实是在等待更多的围观者。

围观者聚拢了过来。那些小伙子有的独自站在那里,有的与朋友勾肩搭背,像是用人摆出来的巨石阵[1]。也有几个人蹲在地上,像落下来的巨石。

拉特纳突然开了腔。小伙子们围过来的速度更快,人群转眼间变成了里外两三圈,站在后面的人必须踮起脚才能勉强看到这位性学家。

他打开相册,让小伙子们看塑料夹袋里的照片。围观者发出一片惊呼声。

拉特纳指着那些照片,说起了各种恶习和性变态。他向大家描述罪恶带来的后果;他摸着自己的乳头、眼睛和鼻孔,向大家演示性病病菌在人体内扩散的过程,然后闭上了眼睛。太阳已经高挂在空中,圣陵的白色圆顶更加熠熠生辉。围观的小伙子们相互推搡着,都想凑近一点去看看那些照片。拉特纳这时使出了关键一招:他合上相册,双手捧起一瓶白色药片,开始摇动药瓶。

"每一瓶药片都有德里达拉甘吉大学哈基姆·巴格万达斯出具的鉴定证书。这个人是一位经验丰富的医生,研究过埃及法老的智慧之书,运用自己的科研设备研制出了这些神奇的白色药片,能够治疗所有疾病。每瓶药只需四卢比五十派沙!对,这是大家弥补罪过、今生今世获得第二次生命所需要付出的全部代价!四卢比五十派沙!"

傍晚,他又累又热,拎着红色的袋子和马扎上了34b路公共汽车。这个时候的公共汽车总是拥挤不堪,他紧紧抓牢拉手吊带,慢慢喘着气。他默默数到十,恢复一点体力,然后将一只手伸进红色的袋子里,掏出来四本封面印有三只大老鼠的绿色小册子。他一手

---

[1] 英国南部索尔兹伯里附近的一处史前巨石建筑遗址。

高举这些手册，就像一个赌徒高举手中的纸牌那样，扯足了嗓子喊道：

"女士们，先生们！大家都知道我们生活在一个充满竞争的时代，就业机会不多，求职的人却不少。你们的孩子将如何生存，他们将如何得到你们现在所拥有的工作呢？当今的生活就是一场名副其实的竞争。只有这本小册子能够给您提供成千上万个非常有用的综合知识数据，而且全部以问答的形式排列，都是您的儿子和女儿希望通过那些竞争激烈的公务员考试、银行就业考试、警察就业考试以及许多其他考试时需要的。例如……"他飞快地吸了一口气，"莫卧儿帝国曾经有两个首都，一个是德里，另一个呢？欧洲有四个首都建造在同一条河流沿岸，这条河叫什么？德国的第一位国王是谁？安哥拉的货币名称是什么？欧洲有座城市曾经是三个不同帝国的首都，究竟是哪座城市？有两个人参与了刺杀圣雄甘地，其中之一是南度拉姆·高德西，另一个人是谁？埃菲尔铁塔高多少米？"

他用右手握着小册子，摇摇晃晃地向前走。汽车驶过路面上的一个小坑时颠了一下，但他牢牢地站稳了脚。有位乘客买了一本小册子，递给他一个卢比。拉特纳走回原处，在下车门旁等着。公共汽车放慢速度时，他向售票员微微一点头，默默地表示谢意，然后就下了车。

他看到有一个男人在公共汽车站等车，便试着向他兜售一套六支彩色钢笔，先是开价一支笔一个卢比，然后是两支笔一个卢比，最后是三支笔一个卢比。虽然对方说不要，拉特纳还是从他的眼睛里看到了希望。他掏出一个能让孩子们开心地玩很久的大发条，以及一套能够在纸上画出奇妙图案的几何工具。对方花三卢比买了一套几何工具。

拉特纳离开了苏丹炮台，向盐市村走去。

他进村后来到了大市场，掏出一把小钱，边走边在手掌上将它们一一分好。他把几枚硬币放在一家店铺的柜台上，要了一包工程师牌的卷烟，将它装进手提箱里。

"你还在等什么？"店里的伙计是新来的，"卷烟不是给你了吗？"

"我通常买一包烟还会获赠两包扁豆，向来是这样。"

拉特纳进屋前用牙咬开了一包扁豆，将里面的豆子倒在门前的地上。附近七八条狗跑了过来，他望着它们嘎嘣嘎嘣地嚼着扁豆。等它们开始用爪子在地上刨挖时，他用牙齿撕开第二包扁豆，将里面的豆子也倒在地上。

他没有等着看那些狗抢夺第二包扁豆，而是直接进了屋。他知道那些狗仍然很饿，可他没有钱每天给它们买第三包扁豆。

他把衬衣挂在门旁的挂钩上，抓挠着腋窝和毛茸茸的胸膛。他坐到椅子上，长吁了口气，低声咕哝道："啊，克利须那，啊，克利须那。"然后伸直了双腿。他的女儿们虽然在厨房里，却立刻知道他回来了——他那双臭脚发出的刺鼻气味像一发报警炮弹一样弥漫在整个屋子里。她们丢下手中的女性杂志，开始忙自己的活。

妻子端着一大杯水从厨房走了进来，他抽起了卷烟。

"她们都在干活吗——那些公主？"他问她。

"都在干活。"三个女儿在厨房里齐声嚷道。他不相信她们的话，于是亲自过去查看。

小女儿阿蒂提蹲在煤气炉旁，正用纱丽的一角擦拭着相册的每一页。大女儿鲁克米妮坐在一堆小山似的白色药片旁，数着药片，将它们装进一个个瓶子里。拉姆尼卡将在鲁克米妮之后出嫁，此刻正忙着将标签贴到瓶子上。妻子在厨房里忙碌着，盘子和锅子叮当作响。他抽了第二支卷烟后，身体明显放松了许多，妻子鼓足勇气走到他跟前："占星家说他九点钟来。"

"嗯。"

他打了个饱嗝，抬起一条腿，等着屁打出来。收音机开着，他把它架在大腿上，手掌轻轻拍着另一条大腿，跟着收音机里的音乐打着拍子，嘴里不停地哼着旋律，遇到熟悉的歌词便跟着唱上几句。

"他来了。"她低声说。他关上收音机，占星家行着合十礼走了进来。

占星家坐到椅子上，脱下衬衣，拉特纳的妻子将它挂在拉特纳衬衣旁的挂钩上。家里的女人们在厨房等着时，占星家拿出一些男孩的照片来，让拉特纳挑选。

拉特纳打开相册，里面是一张张黑白照片。他们一个接一个地盯着那些男孩的脸看，而照片中那些神情紧张、没有笑容的男孩也在凝视着他们。拉特纳用拇指点了点其中一张照片，占星家将照片从相册里取了出来。

"这孩子看上去还可以，"拉特纳盯着它看了一会儿后说，"他父亲靠什么为生？"

"在雨伞街有一家烟花爆竹店，生意非常好。这孩子会继承那店铺。"

"有自己的店铺，"拉特纳惊呼道，心中十分满意，"这是在激烈竞争中唯一的出路，当推销员只是死路一条。"

妻子在厨房里打翻了什么东西，咳嗽了几声，又打翻了别的什么东西。

"出什么事了？"他问。

一个胆怯的声音说了句"星座"什么的。

"闭嘴！"拉特纳吼道。他用手中的照片朝厨房做了个手势——"我有三个女儿要嫁出去，这该死的婊子以为我还能挑三拣四？"——然后把照片扔到了占星家的大腿上。

占星家在照片背面画了个"X"。

"女孩家的父母总得准备一些东西，"他说，"算是一点表示。"

"嫁妆，"拉特纳低声说出了那邪恶的名称，"好吧。我为这个女儿攒了点钱。"他呼出了一口气：「我上哪儿给剩下的两个女儿弄到嫁妆，那只有天知道。"

他咬牙切齿地转身冲着厨房吼了一声。

接下来的星期一，男孩家的人来了。拉特纳夫妇坐在客厅里，两个年纪小一点的女儿端着一盘柠檬汁招待大家。鲁克米妮的脸上扑了厚厚一层强生牌婴儿爽身粉，显得白皙了很多，她的头发上还盘了几束茉莉花环。她轻轻拨动维纳琴的琴弦，唱了一首宗教歌曲，眼睛却望着窗外远处的某个东西。

准新郎的父亲——也就是那位鞭炮商——坐在鲁克米妮正对面的垫子上。他块头很大，上身穿了一件白衬衣，下身则是一条白色的棉布纱笼，一簇簇亮闪闪的浓密银发从他的耳朵里伸出来。他的脑袋随着歌声的节奏左右摇晃，拉特纳认为这是一个好兆头。未来的婆婆也是个大块头，皮肤白皙，眼睛不停地扫视着天花板和屋子的各个角落。准新郎的长相和白皙的皮肤很像他父亲，但块头却远不及他的父母，与其说是这个家庭的后裔，还不如说更像这个家庭的宠物。鲁克米妮刚唱到一半，他就俯身过去，在他父亲那毛茸茸的耳朵旁低声说了些什么。

鞭炮商点点头。男孩起身走了出去。他父亲竖起小手指，让屋里的每个人都看到。

大家全都笑了。

男孩回来后挤着坐到了父母之间的座位上。两个小女儿又端了一盘柠檬汁走了过来,肥胖的鞭炮商和他妻子各拿了一杯。男孩也拿了一杯,仿佛只是在学父母的样子,可他的嘴唇刚碰到柠檬汁,又轻轻拍了拍他父亲,再次凑近父亲那毛茸茸的耳朵,低声说了句什么。他父亲这次脸色一沉,可他已经跑了出去。

鞭炮商似乎要转移大家的注意力,用他那刺耳的声音问道:"兄弟,你有卷烟吗?"

拉特纳在厨房寻找自己那包卷烟时,隔着窗户格栅看到准新郎正在后院对着一棵阿育王树的树干痛痛快快地撒尿。

这小子太紧张了。拉特纳想到这里后脸上露出了笑容。他觉得这很正常,并且已经对这个即将成为自己家庭成员的家伙有了一丝感情。每个人在自己的婚礼之前都会感到紧张。男孩好像尿完了;他摇了摇阴茎,后退了几步。可就在这时,他仿佛惊呆了一样,站在那里一动不动。过了一会儿,他的头往后一仰,像一个快要被水淹死的人那样大口喘着气。

那天傍晚,媒人回来报告说,鞭炮商似乎对鲁克米妮的歌声很满意。

"早点定个日子,"他对拉特纳说,"再过一个月,婚礼大厅的租金就会开始……"他用手掌做了一个上涨的手势。

拉特纳点点头,但似乎有些心不在焉。

第二天上午,他坐公共汽车来到了雨伞街,经过家具铺、扇子铺,来到了鞭炮商的店铺。有着毛茸茸耳朵的胖店主坐在一张高凳上,纸做的炸弹和火箭在他面前堆得像一堵墙,而他那样子活像火与战争之神的一个使者。准新郎也在店里,只见他坐在地上翻看着一个账簿,还时不时地用手指沾一下口水。

胖店主轻轻踢了踢儿子。

"这是你未来的岳父，你不向他问好吗？"他朝拉特纳笑了笑，"这孩子很害羞。"

拉特纳边喝着茶边和胖店主聊着，眼睛却始终没有离开过那男孩。

"你跟我来，孩子，"他说，"我给你看一样东西。"

两个人顺着马路往前走，谁也没有说话。他们来到了雨伞街猴王庙旁一棵榕树下，拉特纳示意他们在树荫下坐一会儿。他让男孩背对着街上的车水马龙，面朝猴王庙。

拉特纳任由男孩一个人说话，自己只是观察他的眼睛、耳朵、鼻子、嘴巴和脖子。

他突然用力抓住男孩的手腕。

"和你睡觉的那个妓女，你是在哪里找到的？"

男孩想起身，但拉特纳加大了握住他手腕的力量，让他明白根本逃不了。男孩将脸转向马路，似乎想向人求救。

拉特纳更加用力地握紧男孩的手腕。

"你在哪儿和她干的？在路旁？在旅店？还是在某个房子背后？"

他的手又加了点力。

"在路旁，"男孩脱口而出，然后眼泪汪汪地望着拉特纳，"你是怎么知道的？"

拉特纳闭上眼睛，长吁一口气，松开了男孩的手腕。"专门勾引卡车司机的野鸡。"他给了男孩一巴掌。

男孩哭了起来。"我只和她干过一次。"他强忍着哭声说。

"一次就够了。你小便的时候有灼痛感吗？"

"有。"

"恶心吗？"

251

男孩先问这个词是什么意思,弄明白后便说是的。

"还有什么症状?"

"总感到两条大腿之间有什么东西又大又硬,就像一个橡皮球。我有时候还会感到头昏眼花。"

"你能勃起吗?"

"能……不能。"

"你给我说说你那玩意儿的样子。是黑色的还是红色的?阴茎的开口处是否肿大?"

半小时后,两个人仍然坐在榕树下,面对着寺庙。

"我求您……"男孩双手合十,"我求求您了。"

拉特纳摇摇头。

"我只能取消婚约,还能怎么着呢?我怎么能让我的女儿也染上这种病呢?"

男孩死死盯着地面,仿佛已经用完了所有求情的招数。他鼻尖上的一滴水珠闪着银光。

"我要毁了你。"他低声说。

拉特纳在自己的纱笼上擦了擦手。"怎么个毁法?"

"我会说你女儿和别人睡过觉,会说她不是个处女,还会说你就是因为这个才不得不取消婚礼的。"

拉特纳飞快地一把抓住男孩的头发,猛地往后一拉,握了一会儿后将它狠狠地向榕树上撞去。然后,他站起身,啐了男孩一口。

"我以面前这座寺庙里的神发誓,你只要敢那么说,我就亲手杀了你。"

那一天,他在圣陵旁满怀激情。小伙子们聚拢过来后,他用雷鸣般的声音抨击着罪孽和性病,并且说到病菌如何从生殖器上升到乳头、嘴巴、眼睛和耳朵并最终达到鼻孔。然后,他给他们看了他的那些照片：溃烂红肿的生殖器，其中一些已经发黑或者肿大，有些甚至像被强酸灼过一样漆黑。每张照片的上方都有受害者的脸部照片，只是一个黑色方框遮住了他的眼睛，仿佛他是酷刑或强奸的受害者。拉特纳解释说，这就是罪孽带来的后果，救赎和改过自新的唯一途径就是这些神奇的白色药片。

三个月过去了。一天早晨，他又在圣陵白色圆顶后面的老地方对着一圈忧心忡忡的小伙子大声地摇唇鼓舌。突然，他看到了一张脸，足以让他的心脏停止跳动。

后来，当他结束自己的演说时，他又看到了那张脸，就在他的面前。

"你想干什么？"他低声问，"太晚了。我女儿已经嫁人了。你现在来这儿干什么？"

拉特纳把马扎折叠起来，夹在腋下，然后把药瓶扔进红色袋子里，快步离开。一串慌乱的脚步尾随着他。那个男孩——鞭炮商的儿子——说话时气喘吁吁。

"情况一天比一天糟。我只要一撒尿，那里就像火烧一样。您必须帮帮我。您必须给我一些您的药片。"

拉特纳咬牙切齿地说："你犯下了罪孽，你这混蛋。你和妓女鬼混，现在必须付出代价！"

他加快了步伐，越走越快，身后的脚步声终于听不到了，周围只剩下了他一个人。

可是第二天傍晚，他又看到了那张脸，快速的脚步声一直尾随他来到公共汽车站。那个声音一遍遍不停地哀求着："让我买一点你的药片吧。"可拉特纳连头都没有回一下。

他上了公共汽车，数到十，掏出那些小册子，开始向乘客们宣传激烈的社会竞争。炮台的黑色轮廓渐渐远去，公共汽车放慢速度后停了下来。他下了车。有人跟着他一起下了车。他向远处走去,有人一直跟在他身后。

拉特纳猛地转过身来,一把抓住跟踪者的衣领。"难道我没有告诉过你吗?别来烦我。你这究竟是怎么回事?"

男孩推开拉特纳的手,整了整衣领,低声说:"我快要死了。您得给我一些白药片。"

"听我说,我卖的那些东西治不了那些青年的病。你不明白吗?"

片刻的沉默过后,男孩说道:"可您参加了性学大会……那个英文牌子上是这么说的……"

拉特纳将双手高举到空中。

"那是我在火车站站台上捡来的。"

"可是德里的哈基姆·巴格万达斯……"

"哈基姆·巴格万达斯,那都是屁话!这些药片只是白色的糖丸,是我从雨伞街一个药剂师那里批发来的,就在你父亲店铺的隔壁。我女儿在家里把它们装到瓶子里,然后再贴上标签!"

为了证明这一点,他打开皮箱,拧开一个药瓶盖,像播种一样将里面的药片倒在地上。"它们什么用都没有!我没有任何东西可以帮你,孩子!"

男孩坐在地上,捡起一粒白色的药片,一口吞进了肚子里。他四肢着地,将白色的药片捡起来,不顾上面是否粘着泥土,疯狂地将它们吞掉。

"你疯了?"

拉特纳蹲下身,使劲摇晃着那男孩,一遍遍地重复着同一个问题。

这时,他看到了男孩的眼睛,与他上一次仔细观察到的情形完全不同。那双通红的眼睛里噙满了泪水,就像某种腌菜。

他松开抓着男孩肩膀的双手。

"如果我帮你,你得付我钱,好吗?我可不是慈善家。"

半小时后,两个人在火车站附近下了公共汽车,步行穿过一条条越来越窄、越来越昏暗的街道,最后来到了一家店铺前。店铺的雨棚上标有一个巨大的红十字图案,里面有一台收音机,正在大声播放着一首流行的卡纳达语电影歌曲。

"你在这里买点药,以后就不要再来烦我了。"

拉特纳想一走了事,可男孩紧紧抓住了他的手腕。

"等等,你帮我选一些药,然后再走。"

拉特纳快步向公共汽车站走去,但他听到身后又传来了脚步声。他回头一看,又是那男孩,怀里抱着一堆绿色的瓶子。

拉特纳后悔自己带男孩来这里,于是加快了脚步,可他仍然能听到那带着绝望的轻轻的脚步声,仿佛一个幽灵在尾随着他。

那天晚上,拉特纳躺在床上,难以入眠。一连几个小时,他在床上辗转反侧,搅得妻子也没有能睡好。

第二天傍晚,他坐公共汽车来到了城里,回到了雨伞街。他来到鞭炮店附近后,交叉着双臂站在远处,等着那男孩看到他。两个人默默地走一会儿,在一个卖甘蔗汁的小摊外的长凳上坐了下来。机器开始转动,榨出甘蔗汁。拉特纳说:"去医院吧,他们会帮你的。"

"我不能去医院。他们认识我,会告诉我父亲的。"

拉特纳的眼前浮现出了那个大块头的形象,耳朵里长着一簇簇白色的毛发,坐在一堆鞭炮和纸制炸弹前。

第二天,拉特纳正在收拾马扎,把其他东西装进箱子里。他意识到前面的地上有个人影。他绕着圣陵走了一圈,经过了排成长队、等着进尤素夫·阿里陵墓祈祷的那些朝觐者，经过了一排排的麻风病人，经过了那个独腿男子——他还躺在地上，不停地扭动着屁股，念叨着："阿——拉，阿拉！阿—拉！"

幸福生活诊所

咨询专家：M.V.卡马特大夫

MBBS（迈索尔），B.Mec.（阿拉哈巴德），DBBS（迈索尔），M.Ch.（加尔各答），G.Com.（瓦拉纳西）

保您满意

"你看到他名字后面的那些字母了吗？"拉特纳在男孩的耳朵旁低声说，"他才是真正的医生，他可以救你一命。"

候诊室的黑椅子上坐着六七个瘦男人，一个个神情紧张，角落里还有一对已婚夫妇。拉特纳和男孩在这些男人和那对夫妇之间坐了下来。拉特纳好奇地打量着那些男人，正是以前找过他的那些人，只是他们现在比以前更苍老、悲伤。这些人多年来一直想摆脱性病之痛，吃了一瓶又一瓶白药片仍然不见效后，现在终于走到了这条绝望之旅的终点。这条漫长的旅途将他们带到了他在圣陵后的摊位前，带到了一长串其他小贩跟前，带到了这位医生的诊所——他们最终将在这里得知真相。

这些形容枯槁的男人一个接一个进诊室，医生会随手关上房门。拉特纳望着那对已婚夫妇，心中暗想：至少这两个人在经历这场磨难时并不孤独，至少他们还能相依为命。

这时，那个男的起身去看医生，而那女的还坐在原处。男人离开诊所后，她才进去。拉特纳恍然大悟，他们当然不会是夫妻。人只要得了这种病，这种性病，他在这茫茫宇宙中就会变得形单影孤。

"你和病人什么关系?"医生问。

他们终于坐到了医生的问诊桌前。医生背后的墙上挂着一张巨大的图画,上面是男性泌尿生殖器官的剖面图。拉特纳盯着它看了一会儿,为它绘制得那么精美而惊叹。他说:"我是他叔叔。"

医生让男孩脱掉衬衣,然后坐到他身旁,要他伸出舌头给他看一看。医生检查了男孩的眼睛,将听诊器放到男孩的胸口,先是左胸,然后是右胸。

拉特纳心想:第一次嫖妓就得这种病!这公平吗?

医生检查完男孩的生殖器后走到了洗手池旁,洗手池的上方挂着一面镜子。他扯了一下拉绳,镜子上方的灯管亮了起来。

他打开水龙头,让水流进洗手池中。他漱了漱口,将水吐掉,然后关了灯。他用手掌擦拭着洗手池的一角,拉下窗帘,仔细查看绿色塑料垃圾桶里的东西。

再也没有别的事可做之后,他回到了问诊桌旁,低头望着自己的脚,喘了一会儿气。

"他的肾脏坏死了。"

"坏死了?"

"坏死了。"医生说。

他转身望着男孩,男孩坐在那里,浑身颤抖。

"你是同性恋?"

男孩用双手捂着脸,拉特纳替他回答了这个问题。

"听我说,他是从一个妓女那里染上这个病的。他不是同性恋,只是对我们生活的这个世界不够了解。"

医生点点头,转身对着墙上那幅图画,用手指着肾脏说:"坏死了。"

第二天早晨六点钟,拉特纳和男孩一起来到了公共汽车站,准备坐车去曼尼帕尔。他听说那里的医学院有一位医生,专门治疗肾病。车站的长凳上坐着一个男人,穿着一条蓝色的纱笼。这个人告诉他们,去曼尼帕尔的汽车总是晚点,也许晚点十五分钟,也许晚点三十分钟,甚至更长。

"自从甘地夫人遇刺后,这个国家的一切都崩溃了,"穿蓝色纱笼的男人伸直了双腿说,"汽车晚点,火车晚点。一切都崩溃了。依我看,我们还不如把这个国家交还给英国人或者俄国人或者其他什么人。我们天生无法掌握自己的命运。"

拉特纳让男孩在汽车站等他一会儿就走开了,回来时手里多了一个纸包,是他花了二十派沙买的花生。他说:"你还没有吃早饭呢。"可男孩提醒他,那位医生说他不能吃任何辛辣的东西,会刺激他的阴茎。于是,拉特纳回到小贩那里,换了一包没有加盐的花生。他们嘎嘣嘎嘣地吃了一会儿,男孩突然跑到墙根那里,呕吐起来。拉特纳站在他身旁,轻轻拍着他的后背。男孩一次又一次地干呕。穿蓝色纱笼的男人饶有兴趣地看着这一切,然后走到拉特纳身旁,小声问:"这孩子得的什么病?很严重是不是?"

"胡说,他只是得了流感。"拉特纳说。公共汽车晚点一小时后,终于驶进了车站。

他们回来的时候,汽车同样晚点。他俩在拥挤不堪的汽车过道里站了一个多小时,身边才有两个座位空了出来。拉特纳赶紧坐到了靠窗的座位上,并且示意男孩坐在他身旁。

"你看这汽车有多挤,我们算是运气不错。"拉特纳微笑着说。

他轻轻松开了男孩的手。

男孩也明白过来了。他点点头,掏出钱包,将五卢比面值的钞票一张一张地放在拉特纳的大腿上。

"这是什么意思?"

"你说过帮我是要回报的。"

拉特纳把钱塞进男孩的衬衣口袋里。"别这样和我说话,伙计。我一直在帮你,难道是为了图什么回报?记住,这对我来说纯粹是义务服务。我们不是亲戚,我们之间没有任何血缘关系。"

男孩没有作声。

"听我说!我无法陪你去看一个又一个的医生。我还有女儿要嫁人,我都不知道从哪里去弄到嫁妆……"

男孩转过身,把脸埋在拉特纳的锁骨处,抽泣起来。他的嘴唇碰到了拉特纳的锁骨,立刻开始吸吮起来。车上的乘客睁大了眼睛望着他们,拉特纳惊惶失措,不知该说什么好。

又过了一个小时,远处的地平线上终于出现了要塞那黑黝黝的轮廓。拉特纳和男孩一起下了车。男孩擤了一下鼻子,将手上的鼻涕甩掉。拉特纳站在大马路上,等着。他望着黝黑的长方形要塞,突然感到一阵绝望:他——拉特纳卡拉·谢蒂——怎么会承担起帮助鞭炮商的儿子与疾病抗争这个责任的?这一切是如何决定的?是谁决定的?是什么时候决定的?为了什么?他依稀在那黝黑的长方形要塞的映衬下看到了一个白色的圆顶,也仿佛听到了一群残疾人在齐声颂咏。他把一支卷烟塞进嘴里,划着一根火柴将它点燃,深深地吸了一口。

"我们走吧,"他对男孩说,"从这儿到我家要走很长的路呢。"

第六日（晚间）：波贾普

波贾普是基图尔的最后一块林地，由这座城市的缔造者们专门划出来，充当城市"清理污染的肺"。正是由于这个原因，整整三十年来，尽管房地产开发商们对此垂涎三尺，却一直没有能得手。广袤的波贾普森林从基图尔一直延伸到阿拉伯海边，与城市相邻处坐落着加纳帕迪印度男童学校以及旁边那座规模不大的甘尼许庙[1]。寺庙旁边是主教街，也是这附近唯一准许建房的地方。这条街道过去是一大片荒地，再过去便是纵横交错的林立树木——森林。每当有住在市中心的亲戚来访，主教街的居民们通常会带他们上露台或者阳台，尽情享受傍晚从森林吹来的阵阵凉风。主人和客人们一起注视着白鹭、老鹰和鱼鹰在光线逐渐暗淡的森林中飞进飞出，宛如各种思绪在一个巨大的大脑周围盘旋。太阳此时已经落到了森林背后，却仍从枝叶间投下橙色和赭色的阳光，仿佛仍要从树木背后向外窥视。所有的人只要看到这一幕都会觉得自己也是大自然观看的对象。每当到了这一刻，客人们便会说波贾普的居民是世界上最幸运的人，同时又会认定在主教街建房的人肯定有想远离文明的理由。

---

1 甘尼许是印度教中的象头神。

吉利达尔·拉奥和卡米妮夫妇无儿无女，住在主教街，所有朋友都说他们是基图尔市隐藏在人世的珍宝。难道他们不是吗？这对夫妇住在远离城市的波贾普，住在荒野边缘，仍然保持着早已名存实亡的婆罗门待客之道。

又是一个星期四的傍晚，拉奥夫妇密友圈的六七个成员正穿行在泥泞的主教街上，赶着去参加他们每周一次的聚会。走在队伍最前面的哲学家阿南塔·墨瑟先生，此刻正大步向前。他的身后是希尔塔蒂太太，她丈夫在印度人寿保险公司任职。再往后是帕伊太太和巴特先生，最后是阿伊塔尔太太——她总是最后一个从她那辆绿色的大使牌汽车上下来。

拉奥夫妇家位于主教街的尽头，旁边就是一望无际的森林。房子的外观像一个远离文明世界的逃亡者，随时准备冲入到荒野中。

"大家都听到了吗？"

阿南塔·墨瑟转过身来，将一只手挡在耳朵后，同时皱起了眉头。

一阵凉爽的和风从森林吹来，几位密友停下脚步，试着聆听墨瑟先生听到的声音。

"我觉得是一只啄木鸟，就在树林里！"

一个恼怒的声音从头顶上传了下来："你们还是先上来，过一会儿再听啄木鸟的声音吧！花了那么多心思做了那么多吃的，都快凉了！"

说话的是拉奥先生，正从自家阳台俯身望着他们。

"好的，好的。"阿南塔·墨瑟先生嘀咕道，小心翼翼地沿着泥泞小道继续往前走。"但不是每天都能听到啄木鸟的声音啊。"他回头对希尔塔蒂太太说，"夫人，我们一旦住在城里，就会把所有重要的事忘得干干净净，是不是？"

她应了一声。她正竭力不让泥巴粘到身上那件纱丽上。

哲学家领着这帮密友先在椰子壳纤维做的垫子上擦掉凉鞋和其他鞋子上的泥巴，然后进屋，结果迎面见到年迈的沙拉达·巴特正眯着眼睛望着他们。她是房子的主人，寡居多年，唯一的儿子住在孟买。大家都明白，拉奥夫妇之所以要住在这狭窄拥挤的地方、远离市中心，一部分的原因就是要照顾巴特太太——她是拉奥夫妇的远房亲戚。老太太身上透着浓厚的宗教气息。客人们听到她房间里的一个黑色小录音机正在播放 M.S.苏巴拉克西米演唱的拜赞颂歌。她盘腿坐在木床上，左手手掌和掌背随着圣乐的节奏交替拍打着大腿。

有几位客人仍然记得她丈夫——一位著名的南印度卡纳蒂克音乐老师，曾经在全印度电台上演出过。他们礼貌地向她点头致意。

向这位老太太表达完敬意之后，他们匆匆上了通往拉奥家的宽楼梯。这对无儿无女的夫妇居住的空间小得可怜，生活区的一半为客厅，沙发和椅子将里面塞得满满的。一个角落里靠墙放着一把锡塔琴，琴身向下滑落后与墙壁构成了一个四十五度角。

"啊！又见到我们的密友了！"

吉利达尔·拉奥身材匀称，为人谦和，毫不做作。大家一眼就能看出他在银行上班。自打从他的故乡乌都毗调到这里来之后，他一直是市政银行凉水井支行的副经理，已经快十年了。（这些密友知道，拉奥先生如果不是一再拒绝被调到孟买去的话，早就可以被提升到更高职位上去了。）他那头鬈发抹了椰子油后平整地贴在头上，梳向一边。与他那张庄重严肃的脸唯一格格不入的是两道八字胡，梳得整整齐齐，末端微微上翘。拉奥先生又在背心外套了一件短袖衬衣。衬衣的布料很薄，在深色的丝绸面料里面，厚厚的背心像 X 光下的人体骨骼一样闪烁。

"你还好吗,卡米妮?"阿南塔·墨瑟冲着厨房的方向问道。

客厅里的家具五花八门——银行废弃的绿色金属椅,一张破烂的旧沙发,三张磨损的藤椅。密友们各自走向自己最喜欢的座位。大家的交谈开始后时断时续,或许是因为大家又一次感到自己这群人像这些家具一样只是随意拼凑在一起,相互之间没有任何血缘关系。阿南塔·墨瑟先生白天是一位注册会计师,为基图尔的有钱人忙碌。到了晚上,他便成了一位忠实的不二法门学派哲学家。他发现拉奥先生愿意(尽管是默默地)倾听他讲述他的印度教生活理论,结果他便成了这个圈子的一部分。希尔塔蒂太太的丈夫很忙,通常都是她一个人来。她在印度东南部的马德拉斯读过大学,非常赞同一些"开放的"观点。她的英语好得出奇,能给人一种听觉上的享受。拉奥先生几年前曾请她在银行做过有关查尔斯·狄更斯的讲座。阿伊塔尔太太和丈夫去年五月在一场小提琴音乐会上认识了卡米妮。这对夫妇最初来自维扎格。

这些密友知道拉奥夫妇选中他们是因为他们个个出类拔萃,而且格调高雅。他们意识到自己一踏进这舒适的小阁楼就承担起了一份责任。有些话题绝对不能涉及。在他们可以涉及的话题范围内——包括国际新闻、哲学、银行政策、基图尔城疯狂的扩张、今年的降雨——他们可以任意发表意见。来自森林的阵阵凉风从阳台吹进屋,一架收音机岌岌可危地放在矮墙的边缘,喋喋不休地播报着BBC的晚间新闻。

姗姗来迟的是卡瓦尔太太,她在大学教维多利亚时期的英国文学。她的到来让整个屋子闹翻了天。她那活泼好动的五岁女儿拉丽塔一路尖叫着跑上了楼。

"快来瞧瞧,卡米妮,"拉奥先生冲着厨房高声喊道,"卡瓦尔太太把你的暗恋对象偷偷带来了!"

卡米妮立刻从厨房走了出来。她皮肤白皙，身材优美，可以算一个美人（她的额头向外凸出，前面的头发略嫌稀少）。她那双"丹凤眼"可是闻名遐迩：弯弯的厚眼睑下有几条窄窄的细纹，就像提前绽放的莲花花苞。她向来是个"现代派"女人，头发像西方人那样剪得很短。女人们都羡慕她的臀部，从来没有因为生孩子而变宽，仍然保持着少女般的苗条。

她跑到拉丽塔跟前，将小女孩举到空中，亲吻了她几次。

"听我说，等我丈夫转过身去，我们就坐上我的电动自行车离开这里好吗？我们可以丢下那坏家伙，一路开到孟买我姐姐家去，好不好？"

吉利达尔·拉奥双手叉腰，冲着那咯咯笑着的女孩吹胡子瞪眼。

"你准备把我太太偷走吗？你真的是她的'暗恋对象'？"

"嗨，接着听你的BBC吧。"卡米妮回应了一句，然后牵着拉丽塔的手进了厨房。

看到夫妇俩的这番表演，密友们个个开怀大笑。拉奥夫妇确实有办法逗孩子开心。

BBC的声音仍然从屋外的收音机中传来，时不时地在谈话出现冷场时成为新的谈资。阿南塔·墨瑟先生打破冷场，说阿富汗的局势正在失控。苏联人总有一天会在早晨高举红旗冲进克什米尔，然后印度便会后悔失去了一九四八年与美国结盟的机会。

"你不这么看吗，拉奥先生？"

主人像往常一样，只是和善地一笑，不做评论，不过墨瑟先生也不介意。他承认拉奥先生"不善言辞"，却时刻很有"见解"。如果你想知道世界历史的任何一个小细节，比如说那位在广岛扔原子弹的美国总统——不是罗斯福，而是那位戴着眼镜的小个子，你只需问吉利达尔·拉奥。他什么都知道，可什么都不说。他就是这样的人。

"拉奥先生，BBC每天都在播报这样那样的混乱和杀戮事件，你怎么能仍然保持平静呢？你的秘诀是什么？"希尔塔蒂太太问——这个问题她已经问过多次了。

银行经理笑了笑。

"夫人，如果我需要心灵的平静，我就去我的私人海滩。"

"你是藏而不露的百万富翁吗？"希尔塔蒂太太不依不饶，"你老是挂在嘴边的这个私人海滩究竟是什么？"

"哦，其实没什么，"他用手指着远方，"只是一个小湖，周围有一些石子，非常宜人。"

"那怎么还没有邀请我们去那里呢？"墨瑟先生问。

客人们一个个坐直了身子。仪态万方的拉奥太太端着一个塑料托盘进了客厅，托盘的每一格里都装满了那天晚上的第一道美食：核桃仁（看上去像一个个萎缩的大脑）、汁多味美的无花果、无核葡萄干、碎杏仁、一片片的菠萝干……

客人们还没有从惊愕中回过神，下一个惊喜又接踵而来："晚餐已经准备就绪！"

他们走进餐厅——屋里剩下的另一个房间（连着凹室里的一个小厨房）。餐厅中央有一张大床，上面堆满了坐垫。大家并没有假装对这夫妻的恩爱之地视而不见，因为它就在那里，肆无忌惮地等着他们去观看。床边支起了一张小桌，三位客人犹豫不决地坐到了床上。不过他们的尴尬之情几乎立刻消失得无影无踪。主人的随意外加屁股下柔软的床垫让他们的紧张心情放松了下来。一道道美味佳肴流水般地从卡米妮的小厨房里端了出来：西红柿汤、黑绿豆米饼、酸奶饼——全都是那美食工厂的杰作。

卡米妮的主菜——里面裹着辣椒粉的蓬松的北印度飞饼——上桌时，阿南塔·墨瑟先生说："这样的厨艺就连孟买的人也会自叹不如。"卡米妮喜笑颜开地反驳说：他说错了，她的厨艺还有许多不尽如人意之处，就像她为人之妻一样！

客人们饭后起身时，发现自己的屁股在床上留下了宽大、温暖、深深的印迹，如同大象在黏土上留下的脚印。吉利达尔·拉奥根本不听他们道歉的话："我们的客人就像我们的神，不会做错事的。这是我们家的待客之道。"

大家在卫生间外排起了队伍，卫生间的水是从一根绿色橡胶管里流出的，管子在水龙头周围弯成了一圈。然后，大家回到客厅，等待着那天晚上的高潮——杏仁甜点。

卡米妮将甜点端了出来，杯子大得出奇。这种奶昔按照每位客人的喜好做成了热的和冷的两种，里面的杏仁太多，客人们纷纷抱怨他们不是喝奶昔，而是要嚼奶昔！他们低头望着眼前的大杯子时，惊讶得屏住了呼吸：亮闪闪的冰晶和一撮撮真正的藏红花漂浮在一片片杏仁之间。

他们听从拉奥先生的请求，悄无声息地离开了他家，没有惊动已经入睡的沙拉达·巴特（他们走的时候，老太太不停地在木床上翻着身；宗教音乐仍然在嗡嗡地响着）。

"下个星期一定要再来啊！"拉奥先生在露台上对他们说，"下个星期是萨蒂亚纳拉亚纳祷告周！我可以保证卡米妮的饭菜一定会有所改进，不像今晚的这场灾难！"他转身冲过屋里提高了嗓门："你听到了吗，卡米妮？下一次的饭菜最好有所改进，不然就和你离婚。"

屋里传出了笑声，随即是尖叫声："你要是不闭嘴的话，我就把你给离了！"

几位密友一来到拉奥夫妇听不到的地方就放声大笑起来。

真是一对绝配!两个人在各方面都截然相反!他"平淡无味",她"热情似火";他"保守",她"现代";她"机敏",他"深沉"。

他们在泥泞的道路上左躲右闪,开始议论起那禁忌的话题,而且带着第一次议论这一话题的人所特有的兴奋和急迫。

"很显然,"一个女人的声音,不是阿伊塔尔太太就是希尔塔蒂太太,"要怪就得怪卡米妮,是她不愿意做手术的。难怪她有一种负疚感。大家难道没有看见吗?她只要一见到孩子就会扑上去,充分表现她那无法施展的母爱,又是亲吻他们又是给他们塞满巧克力。如果说这不是负疚感,还能是什么呢?"

"那她为什么拒绝做手术?"阿南塔·墨瑟先生问。

固执呗。几位女士对此深信不疑。卡米妮硬是不愿意承认是她的问题。有一点可以肯定,卡米妮的固执一部分来自她那名门望族的家庭背景。她是四姐妹中的老四,姐妹几人个个如花似玉,都是希莫加一位著名眼科医生的掌上明珠。她小时候肯定被宠坏了!她的三个姐姐都嫁得不错,一个嫁给了律师,一个嫁给了建筑师,一个嫁给了外科大夫,而且全都住在孟买。吉利达尔·拉奥是几个连襟中最穷的。你可以肯定,卡米妮一定会时时向他抱怨这一点。难道你们没有看到她骑着那辆本田电动自行车在城里转悠时那副神气的样子?仿佛她是他们家的当家人一样。

阿南塔·墨瑟先生提出了反对意见。为什么所有女人都怀疑是卡米妮的错呢?这种思想自由的人很难见到!要怪就要怪拉奥先生。你们没有见到他一次次地拒绝提升吗?只是因为一旦提升就得搬到孟买去。这说明什么?这个人的人生态度很消极。

"只要他能稍微……主动一点,没有孩子这个问题就很容易解

267

决……"墨瑟先生说,他那光秃秃的脑袋意味深长地摇了摇。

他甚至说他曾经把孟买几位医生的名字告诉过拉奥先生,那些人能够解决他缺乏主动性的问题。

阿伊塔尔太太愤愤不平地对他进行了反驳。拉奥先生有足够的"活力"!大家难道没有看到他脸上的汗毛又浓又密吗?他不是每天早晨骑着一辆男子气十足的红色雅马哈摩托去银行上班吗?

几位女士喜欢把拉奥先生理想化。希尔塔蒂太太说这谦和的银行经理其实也是"一位哲学家",可她这句话惹恼了墨瑟先生。希尔塔蒂太太说她有一次曾看到拉奥先生在阅读《印度报》末版上的《当日宗教问题》专栏。被她看到后,他显得有些不好意思,用几个笑话和双关语回避了她的问题。可她越来越觉得在他那幽默风趣的外表下,他无疑非常"具有哲学思维"。

"不然的话,他怎么能在无儿无女的情况一直这样平静?"阿伊塔尔太太反问道。

"我相信他一定有自己的秘密。"墨瑟先生说。

卡瓦尔太太干咳一声,说:"我有时候担心拉奥太太可能想着和他离婚。"大家一时个个面露关切之情。那个女人很"现代",想那种事也不足为怪……

不过,他们已经来到了汽车停靠的地方。大家散了开来,一个个开着车走了。

但是,那个星期晚些时候,大家看到拉奥夫妇坐着那辆雅马哈摩托,围着凉水井大转盘兜风。卡米妮坐在后面,紧紧抱着丈夫,两个人在那一刻真像一对恩爱夫妻,让所有看到的人感到惊讶。

第二周的星期四,密友们来到拉奥家时给他们开门的竟然是沙拉达·巴特。老太太的满头银发披散着,她怒视着她房客的客人。

"她在和吉米闹别扭。她儿子在孟买当建筑师,她多次问儿子是否可以和他一起生活,可儿媳妇不同意。"卡米妮领他们上楼时小声告诉他们。

由于早就料到这天晚上会有一顿丰盛大餐,希尔塔蒂先生也难得地陪妻子一起来了。他喋喋不休地说着今天的孩子多么不懂得感恩,并且说他有时真希望自己没有孩子。希尔塔蒂太太如坐针毡——她丈夫差一点就越过了那道无形的忌讳话题界限。

卡瓦尔太太带着拉丽塔到了,然后便是卡米妮和她的"暗恋对象"之间例行公事式的尖叫和呼唤。

冰镇果子露过后,阿南塔·墨瑟先生请拉奥先生证实一个谣传——他是否再次拒绝被调往孟买?

拉奥先生点点头。

"吉利达尔·拉奥,你为什么不去呀?"希尔塔蒂太太问,"你不想在银行里得到晋升吗?"

"我在这里很开心,夫人,"拉奥先生说,"我有自己的私人沙滩,晚上有BBC做伴。一个人还能有什么所求呢?"

"吉利达尔先生,你真是完美的印度教徒,"墨瑟先生已经对晚餐急不可待了,"也就是说,你算是对自己今生今世的命运完全满足了。"

"我说,要是我带着拉丽塔离家出走的话,你还会这么满足吗?"厨房传来了卡米妮的声音。

"亲爱的,要是你离家出走,我就真的心满意足了。"他回嘴道。

她装着生气的样子尖叫起来,大家一起鼓掌欢笑。

"拉奥先生,你总是挂在嘴边上的这个私人沙滩呢?我们究竟什么时候能去看看?"希尔塔蒂太太问。

拉奥先生还没有来得及回答,卡米妮就冲出了厨房,将身子探到了楼梯栏杆外。

重浊的喘气声越来越响,沙拉达·巴特正吃力地爬上楼来,一次一级台阶。

卡米妮立刻慌张起来。

"要我扶你上楼吗?要我帮你吗?"

老太太摇摇头。她来到楼梯顶上后,上气不接下气地一屁股坐到一张椅子上。

大家的交谈立刻停了下来。这是老太太第一次参加他们每周一次的聚餐。

几分钟后,大家便学会了不再去搭理她。卡米妮端着开胃小吃出来时,阿南塔·墨瑟先生鼓起掌来。

"我听说你准备学游泳,这是真的吗?"

"如果是真的呢?"她一手叉腰,反问道,"这有什么不对吗?"

"我希望你不会像西方女人那样穿比基尼。"

"为什么不呢?既然美国人可以穿,我们为什么就不能穿呢?我们在哪方面不如他们吗?"

卡米妮说她计划立刻给自己和拉丽塔各买一件那种袒肩露背的泳衣,拉丽塔听到后发疯似的咯咯笑个不停。

"如果吉利达尔·拉奥先生不喜欢,那我们两人就离开这个家,去孟买生活,好不好?"

吉利达尔·拉奥不安地瞥了老太太一眼,老太太眼睛盯着自己的脚趾。

"沙拉达姨妈,我们这些'现代'话题不会让您觉得不安吧?"

老太太呼哧呼哧地喘着气,卷起脚趾,眼睛盯着他。

阿南塔·墨瑟先生大着胆子将卡米妮端出来的盘子里的椰子软糕与孟买最佳咖啡馆里卖的椰子软糕做了比较。

老太太突然开了腔,声音非常嘶哑。"经书上写着呢……"她停下来喘口气,大家立刻安静了下来,"一个男人……一个男人要是没有儿子就不会进入天堂。"她呼了口气,"要是一个男人进不了天堂,他老婆也进不去。你们却还在这里谈着比基尼和维基尼,还有'现代派'的人寻欢作乐,而不是向神祈祷,求他宽恕你们的罪孽!"

她又重重地喘了口气,然后起身,一步一瘸地下了楼。

那天晚上,大家早早地就走了。他们离开的时候,看到老太太待在屋外,坐在一只皮箱上,箱子里塞满了衣服。她正对着森林大声喊叫。

"死神啊,来把我带走吧!我儿子已经把我忘了,我活着还有什么意思呢?"

她一面呼唤着死神,一面用掌根拍打着额头,手镯叮当作响。

吉利达尔·拉奥把手放到老太太的肩膀上,她感觉到后放声大哭。

密友们看到吉利达尔·拉奥做手势要他们离开。

老太太已经不再装腔作势,而是将头埋在卡米妮的胸前,不停地抽泣着。

"原谅我吧,妈妈……神已经惩罚了我们,让你变成一个石女,让我儿子变成铁石心肠……"

夫妻俩把老太太扶到床上后,拉奥先生让妻子先上楼。他上楼后看到她躺在床上,背对着他。

他走到游廊上,关掉了收音机。

他拿起头盔下楼时,她没有吭声。摩托车发动机的轰鸣声打破了主教街的寂静。

几分钟后,他沿着道路,穿过森林,向大海驶去。摩托车向前疾驰，左右两边密密麻麻的椰子树在海边蓝色的夜幕映衬下露出清晰的侧影。明亮的月儿低垂在树梢上，右上角仿佛被人用斧头砍去了一块，又仿佛是在演示"三分之二"这一概念。一刻钟后，雅马哈摩托车下了公路，拐进了一条泥泞的小道，一路轰鸣着驶过石头和碎石。然后，发动机停了。

眼前出现了一个小湖。吉利达尔·拉奥在森林中这一泓湖水旁停了车，将头盔放在摩托车座上。渔民们在湖周围清理出了一段小沙滩，远处是更加茂密的椰子树。这个时候湖上本该到处都是渔网，可眼前连个人影都没有，唯一有生命的东西是一只白鹭，正在湖边的浅水中觅食。吉利达尔多年前某个夜晚驾驶摩托车穿过森林时偶尔看到了这个小湖。他不明白为什么没有人来这里，可小镇常常是这样，有着许多不为人知的财富。他在湖边走了一会儿，然后在一块石头上坐了下来。

波光粼粼的水面泛起一个个漆黑的涟漪，像一块块熔化的玻璃叠加在一起。

白鹭拍打着翅膀，飞到了空中。现在，这里只剩下他一个人。他低声哼着一首他在班加罗尔打光棍时学会的一首歌。他打了一个呵欠，脸上的肌肉扩散了开来。他抬头望着天。一朵白云渐渐散去，露出三颗星星，与三分之二的月亮一起组成了一个四边形。拉奥先生细细品味着夜空中的这个结构。我们这个世界中的各种元素并非随意扔在一起，它们的背后有一道法则——秩序。想到这里，他感到非常高兴。

他又打了个呵欠，坐在石头上伸了个懒腰。

他的宁静被打破了。天开始下起了毛毛细雨。他不知道自己是否记得关上床上方的窗户，雨水有可能会落到她的脸上。

他丢下属于他的沙滩，快步走到摩托车旁，戴上头盔，用力一踮脚，发动机轰鸣了起来。

一九八七年的一个早晨，主教街的居民们都听到了斧头砍树的沉闷的砰砰声。几天后，这里响起了链锯的呜呜声，挖掘机铲起一堆堆黑色的泥土。广袤的波贾普森林从此不复存在。一块巨大的牌子上用卡纳达语和印地语写着："这里将成为萨达尔·帕特尔印度铁人运动馆。基图尔梦想成真"。喧闹声从此再也没有停息过，尘土像间歇泉喷出的蒸汽一样从地基坑中盘旋到空中。重返波贾普的外地人觉得这里的温度高了七八度。

第七日：盐市村

如果您想找一个信得过的仆人、一个不会偷食糖的厨子或者一个不喝酒的司机，那您就去盐市村。盐市村虽然自一九八八年起就成了基图尔市的一部分，它的大部分地区却仍然是乡村，而且比基图尔其他地区穷很多。如果您在四月或五月去那里，一定得留下来观看当地的一个传统节日"赶鼠节"。这是一个夜间进行的活动，郊区的妇女们会一手高举火把走在稻田中，边走边用另一只手中的曲棍球棒或者板球棒击打地面，还会一直高声喊叫。老鼠、猫鼬和鼩鼱被这喧闹声吓坏了，会纷纷跑到田地中央，妇女们再将这些被包围的啮齿动物打死。盐市村唯一的旅游景点是一座废弃的耆那教千柱建筑，诗人哈里哈拉和拉格胡维拉曾在这里写下卡纳达语的早期史诗。一九九〇年，美国犹他州的摩门教会买下了这座耆那教千柱建筑的一部分，将其改建成了摩门教传教士的办公室。

穆拉利在配餐室里等着茶煮开。他向右边迈出一步，朝门口瞥了一眼。

蒂玛坐在一张宣传画下，已经开始盘问起了那老太太。

"你明白我们这个党 A 派和 B 派之间理论上的本质区别吗？"

穆拉利想，她当然不明白。他回到配餐室，关上了电热水壶。

这个世界上没有人明白。

他把手伸进一个铁盒，里面装满了饼干。不一会儿，他端着盘子来到了外面的待客区，盘子里放着三杯茶，每个杯子旁边还放了一块饼干。

蒂玛望着对面的墙壁，那上面有一扇窗户。落日的余晖照亮了窗户上的格栅，地面上出现了一块亮处，宛如一只栖息在窗户格栅上的发光鸟的尾巴。

蒂玛的态度表明，鉴于这老太太对各种理论一窍不通，她根本不配得到他们党派在基图尔分部的资助。

老太太弱不禁风，面黄肌瘦。她丈夫两星期前在她家的天花板上吊死了。

穆拉利将第一杯茶放在蒂玛同志面前，蒂玛端起来喝了一口，脸色缓和了一点。

蒂玛再次将目光转向闪亮的窗户格栅，说："我得给你说说我们的辩证法，如果你能接受，我们再谈经济资助的事。"

农妇点点头，仿佛完全听懂了"辩证法"这个英文单词一样。

蒂玛仍然望着窗户格栅，咬了一口饼干，饼干屑掉在了他的下巴周围。穆拉利把茶端给老太太后，走到蒂玛身旁，擦掉了他手指上的饼干屑。

蒂玛在讲解他的深奥理论时，总是难以抑制心中的激动，他那双炯炯有神的小眼睛也总是会抬起来望着远方。这让他看上去多了一份预言家的味道，而穆拉利则像大多数预言家的随从，形体上更胜一筹：个子更高，肩膀更宽，额头上布满了一道道大皱纹，脸上挂着和善的微笑。

"把我们阐述辩证法的小册子给这位女士一本。"蒂玛直接冲着窗户格栅说。

穆拉利点点头，若有所思地向其中一个碗柜走去。他们党在基图尔分部的接待室配有一张粘有茶水污渍的旧桌、几个破旧的碗柜，以及负责人用的一张写字桌。写字桌后面挂着一张巨幅宣传画，还是当初革命时的产物。穆拉利在两个碗柜里翻了一遍后，终于找到了那本小册子。他用衬衣一角擦拭了一下，将它拿到老太太面前。

"她不识字。"

这个柔和的声音来自老太太的女儿，她坐在老太太旁边的椅子上，端着茶杯和那块碰也没有碰一下的饼干。穆拉利犹豫了一下，将小册子交给了老太太的女儿。她的左手仍然端着茶杯，右手的两根手指夹住小册子，仿佛那是一条粘了泥土的手帕。

蒂玛冲着窗户格栅露出了微笑，不知这是不是他对刚才几分钟内所发生之事的反应。他很瘦，秃头，皮肤黝黑，凹陷的双颊上面是一双炯炯有神的眼睛。

"我们这个党在印度最初只有一个，而且是纯粹的，决不向任何势力妥协。可这个党的领袖们被资产阶级民主所诱惑，决定参加竞选。这是他们所犯的第一个错误，也是致命的错误。没过多久，这个党开始分裂，新的分支一一出现，都试图恢复最初的精神，但这些分支也一个个变得腐败了起来。"

穆拉利擦着碗柜架子，试着把碗柜门上松动的铰链重新安好。他不是勤杂工，这里没有勤杂工，因为蒂玛绝不允许雇用无产阶级劳工，对他们进行剥削。穆拉利当然不是无产阶级——他是一个颇有影响力、拥有土地的婆罗门家族的子弟——所以让他干各种粗活没有关系。

蒂玛深吸了一口气，摘下眼镜，用白色棉衬衣的一角将眼镜擦干净。

"只有我们还坚持信念。我们是这个党的 B 派。只有我们仍然坚持辩证法。你知道我们有多少党员吗？"

他戴上眼镜，满意地吸了口气。

"两个。我和穆拉利。"

他凝视着窗户格栅，懒洋洋地一笑。他像是说完了，于是老太太将双手放在女儿的头上，说："她还没有嫁人，先生。我们求您给点钱，把她嫁出去，就这点要求。"

蒂玛转过脸来，盯着那女儿，女孩低头望着地面。穆拉利皱起了眉头。他想：我真希望他有时能稍微收敛一些。

"没有人帮我们，"老太太说，"我家里的人都不愿意和我说话。我自己的种姓……"

蒂玛同志啪的一声用手掌击打自己的大腿。

"这个种姓问题只是阶级斗争的一种表现形式；马祖姆达和舒克拉在一九三八年明确了这一点。我不允许在我们的交谈中提及'种姓'这个词。"

老太太望着穆拉利，他点点头，似乎在鼓励她说下去。

"我丈夫说只有你们党会关心我们这样的人。他说要是你们党掌权，穷人就不会再受苦受难，先生。"

这似乎让蒂玛和缓了一些。他盯着老太太和她女儿看了一会儿，然后吸了吸鼻子。他的手指上似乎少了点什么东西。穆拉利明白了。他去配餐室再烧一杯茶时，听到蒂玛在他身后继续说道："我们不是穷人的党，而是无产阶级的党。我们在讨论资助或抵抗之前必须明白这两者之间的区别。"

穆拉利再次打开电热水壶的开关后，正准备把茶叶放进去，突然开始想那女儿为什么一直没有喝茶。他怀疑自己茶叶放多了——他用了近二十五年的煮茶方式可能错了。

穆拉利在盐市村站下了67c路公共汽车，沿着大马路向前走，在地上的淤泥中左躲右闪，几头猪在他周围的泥地上嗅闻着。他像摔跤手扛着狼牙棒那样将雨伞扛在肩膀上，免得雨伞的金属伞尖沾上淤泥。他向一群在村子中央玩弹子的男孩问路，终于找到了那房子：房子的规模和气派出乎他的意料，波纹铁皮屋顶上压着石块，以免下雨时被风刮走。

他打开大门，走了进去。

门旁的墙壁上有一个挂钩，上面挂着一件土布棉衬衣。他估计衬衣是那已故丈夫的，仿佛那家伙还活着，正在屋里睡午觉，随时会出来穿上它，迎接客人。

正面墙壁上贴着十来张彩色神像，还有一幅当地一位大腹便便的精神领袖的画像——他的头上有一个巨大的光环。屋外还有一张小床，上面的纤维已经磨破了，大概是给客人们坐的。

穆拉利在屋外脱了凉鞋，拿不定主意是否应该敲门。不敲门就进这样的地方显得太唐突，尤其是死神刚刚光顾过这里。于是，他决定等里面有人出来再说。

两头白色的奶牛躺在院子里，偶尔动一下时脖子上挂着的铃铛便会叮当作响。奶牛的面前有一摊水，里面浸泡着稻草，算是给它们准备的稀粥。一头黑色的水牛站在一旁，凝视着院子对面的墙壁。它那湿漉漉的鼻子上沾满了绿色的新鲜草屑，前面的地上倒了整整一麻袋青草。穆拉利想：这些动物倒是不用关心世间的事情。即便是在这户人家，丈夫刚刚自杀身亡，仍然有人给它们吃的，把它们喂养得肥肥胖胖的。它们顺顺当当地变得比这村子里的男人们还要重要，仿佛人类文明在这里颠倒了主仆关系。穆拉利感到一阵恍惚。他的目光停留在水牛那肥胖的躯体上，还有它那鼓鼓的肚子和它那油光发亮的毛皮上。他闻到了牛粪的味道，就粘在水牛的臀部，原来它一直卧躺在自己的粪堆上。

穆拉利已经有几十年没有来过盐市村了。他上一次来这里还是二十五年前，为的是寻找视觉上的细节，给自己正在撰写的一篇讲述乡村贫穷生活的短篇小说润色。二十五年过去了，这里没有多少变化，只有那些水牛喂肥了。

"你怎么没有敲门？"

老太太从后院走了出来，满脸堆笑。她绕过穆拉利，进屋后大声喊道："嗨，你！快端茶过来！"

不一会儿，女孩端着一大杯茶走出来，穆拉利接了过来，碰到了她湿漉漉的手指。

他赶了这么长时间的路，这茶在他嘴里简直像甘露。他虽然已经为蒂玛煮了近二十五年的茶，可一直没有能学会煮茶这门艺术。他想，也许这又是一件只有女人才能干好的事。

"你找我们有什么事？"老太太问。她的态度谦卑多了，仿佛已经猜到了他这次来访的目的一样。

"来看看你说的是不是实话。"他平静地说。

老太太叫来了邻居，让他进行调查。邻居们蹲在小床四周。他要他们和他平起平坐，可他们仍然蹲在那里没有动窝。

"他是在哪里上吊的？"

"就在这里，先生！"说话的是一位上了年岁的村民，满嘴都是被槟榔染红的烂牙。

"你说就在这里是什么意思？"

老人指了指房梁。穆拉利无法相信：那个人居然会当着所有人的面上吊自杀？还当着那两头奶牛和那头水牛的面。

大家给他说起了那个人——他的衬衣还挂在挂钩上。庄稼绝收。借了高利贷，百分之三的月息。

"大女儿的婚事把他给毁了,他知道自己还有一个女儿要嫁出去,就是这个姑娘。"

女儿一直在前院的一个角落里徘徊。他看到她痛苦地转过了脸去。

他走的时候,一个村民跑着追了上来:"先生……先生……我是说我的一个姨妈两年前自杀了……我是说一年前,先生。她待我像亲生母亲……能不能……"

穆拉利一把抓住这个村民的胳膊,用力捏着。他死死盯着对方的眼睛:"那女儿叫什么名字?"

他慢慢向汽车站走去,任由雨伞尖拖在地上。上吊自杀的那个人的凄惨故事、那些膘肥的水牛、那美丽女儿脸上的痛苦表情——这些细节不停地在他的脑海里翻腾。

他想起了二十五年前的事。他当年来到这个村子时带着一个笔记本,也带着成为印度莫泊桑的梦想。他沿着弯弯曲曲的街道向前走。一群群顽童在街头你推我搡地玩着游戏,白天干活的人疲惫不堪地睡在阴凉处,地面上仍然有一摊摊厚厚的积水。他想到印度每个村子都有这种极其美丽和极其污秽的东西混合在一起——也想到了从他第一次来这里时他心中就被激起的那种同时又想歌颂又想批判的欲望。

他像以前一样,感到有必要将这一切记下来。

他上一次连着一个星期每天都来盐市村,不厌其烦地记下对一切的详细描述——农妇、公鸡、公牛、猪、猪仔、下水道、儿童游戏、宗教节日,打算将这些全都添加进他晚上在市立图书馆的阅览室里创作的那些短篇小说中。他不知道自己的党会不会赞同他的这些小说,于是用了一个化名——"寻找正义的人"——将它们一起寄给了迈索尔一家周刊的编辑。

一周后，他收到了编辑寄来的一张明信片，要他从基图尔赶过去见一面。他坐火车来到迈索尔，等了半天才被编辑叫进他的办公室。

"啊，是的……基图尔的天才。"编辑在桌上寻找到自己的眼镜后，从信封里将穆拉利那些折叠起来的短篇小说抽了出来。年轻作者的心怦怦直跳。

"我想见你，"编辑把那些作品放到桌上，"因为你的文字很有才华。你去过乡村，亲眼看到过那里的生活，不像我们今天百分之九十的作家那样。"

穆拉利心花怒放。这是第一次有人在说他时使用"天才"这个词。

编辑拿起一个短篇，默默地看了几页。

"你最喜欢哪个作家？"他咬着眼镜腿问。

"莫泊桑。"

编辑说："莫泊桑笔下的每个人物都是这样的……"他曲起食指，轻轻摆动了一下，"他想要这个，想要那个，直到生命的最后一天仍然在想要东西。金钱，女人，名声，更多的女人，更多的钱，更大的名声。你的人物……"他伸直了手指，"……对生活没有任何要求。他们只是行走在你准确描写出的村庄背景中，有着深邃的思想。他们行走在奶牛、树木和公鸡之间思考，然后再行走在公鸡、树木和奶牛之间继续思考。仅此而已。"

"他们的确想改变世界，让世界变得更美好……"穆拉利反驳道，"他们渴望一个更好的社会。"

"他们没有任何欲望！"编辑提高了嗓门，"我不能刊登描写一群没有欲望的人的作品。"

他把那些短篇小说扔还给穆拉利。"等你找到有欲望的人后再来找我！"

穆拉利从此再也没有写那种短篇小说。他在等着回基图尔的公共汽车时，开始回忆那些短篇小说是否还在他家中的什么地方。

穆拉利下了车，走回到办公室时发现蒂玛正和一个外国人在一起。办公室里来一些陌生人也不是什么稀罕事。比方说，精疲力竭、眼睛里带着惊恐的瘦男人，由于邻近省份例行镇压激进分子而来这里躲避。这些避难的人会连着几个星期睡在办公室里，在这里喝茶，直到事态平息下来、能够回去时才离开。

可是这个人不是那些被追捕的对象，他有着金色的头发和怪异的欧洲口音。

他坐在蒂玛身旁，而蒂玛正在向他倾吐心声，眼睛仍然盯着远处窗户格栅上的亮光。穆拉利坐下来，听他说了半小时。蒂玛真是了不起。他在试图向那位欧洲人证明，即便是在基图尔这样的小城，大家仍然熟悉辩证法的最新理论。

那位外国人频频点头，将蒂玛说的一切都记了下来。最后，他套上圆珠笔的笔帽，说："我发现基图尔几乎没有你们的党员。"

蒂玛使劲拍了一下大腿，眼睛怒视着窗户格栅。他说，在印度南方的这个地区，社会党人的势力太大。乡间的封建主义问题还没有解决，农民们还没有分田到户。

"那个叫德夫拉吉·乌尔斯的家伙成了国会领袖后在这里搞了某种形式的革命，"蒂玛说，"当然只是假革命，而且又是伯恩斯坦式的假革命。"

穆拉利自己家的土地已经成了政府中社会党人政策的处理对象。父亲失去了土地，政府给了他一定的补偿。父亲去市政府办公室领取补偿，却发现有人——某个官员——伪造了他的签名，带着他的钱逃走了。穆拉利听到这消息后心想：父亲这是罪有应得，我也是罪有应得。这是对那些被我们剥削的穷人再恰当不过的补偿。当然,他意识到他家的补偿款并没有被穷人偷走,而是被某个腐败的公务员卷走了。不管怎么说,这也算是一种正义。

穆拉利开始着手一天的收尾工作。他先是清扫了配餐室。正当他将扫帚伸到洗涤池下面时,他听到那位外国人正在那儿高谈阔论。

穆拉利爬到洗涤池下,去清扫那些旮旯。蒂玛的声音在洗涤池下这封闭的空间里听上去有些怪异:"你完全误解了!"

他停下手中的活,在洗涤池下等待着蒂玛想出一个更好的答案。

他清扫了地板,关上碗柜,关上不需要的电灯(节省电费),关紧水龙头(节省水费),然后去公共汽车站,等待56b路汽车带他回家。

家。一扇蓝色的屋门,一盏日光灯,三个没有灯罩的灯泡,一万册书。到处都是书;他进屋时,门两侧的书籍像忠实的宠物一样等着他。餐桌上的书落满了灰尘,有些书靠墙堆放,像是在支撑屋子的结构。这些书籍占去了屋里最好的地方,只给他留下了一小块正方形的区域,让他放一张小床。

他打开带回家来的那包东西:"他们这个党派在基图尔地区的负责人蒂玛·斯瓦米——学士(基图尔),硕士(迈索尔)——的手记。"

他要将这些添加到他所收集的蒂玛思想录笔记中,目的是有朝一日将它们出版成书,分发给下班的工人们。

今天晚上,穆拉利不会写太久;蚊子不停地叮咬他,他也不停地拍打着蚊子。他点燃一盘蚊香,想把蚊子赶跑。即便这样,他也仍然写不下去。他随即意识到让他分心的不是蚊子。

而是她转过脸去的样子。他必须为她想点办法。

她叫什么来着？——对了，苏洛察娜。

他开始在床铺周围乱七八糟的东西中寻找，终于找到了自己多年前写下的那些短篇小说。他吹掉上面的灰尘，看了起来。

死者的照片挂在墙上，旁边仍然挂着那些没有能救他一命的众神的画像。那位大腹便便的精神领袖大概要为此承担所有责任，因此他的画像被拿走了。

穆拉利站在门口，等待着，慢慢敲了敲门。

"他们都去田里干活了。"牙齿被槟榔染红的那位年迈邻居大声说。

院子里已经没有了奶牛和水牛的踪影，肯定是卖掉后换成了现钱。穆拉利想到这是多么可怕。那姑娘长得那么漂亮，却要像普通劳工一样在田里干活？

他想，我来得正是时候。

"快去叫她们回来！"他大声对那邻居说，"现在就去！"

穆拉利让那寡妇坐到小床上，向她解释说中央政府有一个方案，专门向那些被逼自杀的农夫的遗孀提供补偿。这是那种用心良苦的改善乡村条件的方案之一，只是一直没有兑现，因为没有人知道——除非有穆拉利这样的城里人告诉他们。

寡妇瘦了很多，也晒黑了。她坐在那里，不停地用纱丽背面擦着双手，为手上粘着的泥土感到不好意思。

苏洛察娜端来了茶水。看到她一直在田里干活却仍然挤出时间给他煮茶，他很是惊讶。

他从她手里接过茶杯时碰到了她的手指，立刻为她的容貌所打动。尽管在田里干了一整天的重活，她仍然很漂亮——事实上，比以前更加漂亮。她的脸上有着那种朴素的、未施粉黛的典雅，丝毫没有眼下你在城市里见到的浓妆艳抹、口红或假睫毛。

他在想：她多大了？

"先生……"老太太十指交叉握在一起，"这笔钱真的能有吗？"

"只要你在这里签字就行，"他说，"还有这里和这里。"

老太太握着笔，像个白痴一样傻笑着。

"她不会写字。"苏洛察娜说。于是，他将信放在自己的大腿上，替她签了字。

他解释说，他还带来了另一封信，需要交给灯塔山附近的中央警察局，要求警察局对放高利贷的人在她丈夫自杀事件中所起的作用提出公诉。他希望老太太也在那上面签字，可她双手合十，向他鞠了一躬。

"求你了，先生，请别那样。求你了。我们不想惹麻烦。"

苏洛察娜站在墙边，低着头，默默地帮着她母亲求情。

他将那封信撕碎，可就在他这样做的时候，意识到自己现在成了这个家庭做决定的人，成了这里的家长。

"那她的婚事呢？"他问，指的是靠着墙壁的那个姑娘。

"有谁会娶她呢？我能有什么法子？"姑娘向漆黑的屋里走去时，老太太呜咽道。

他在回公共汽车站的路上突然有了这个念头。

他将金属伞尖戳在地上，在泥浆中画出了一条连续不断的长线。

他想：为什么不呢？

她也没有别的希望……

他上了汽车。他今年五十五岁，仍然是个单身汉。他出狱后，他的家人与他断绝了关系，那些叔叔和姨妈没有一个人愿意替他安排一桩婚事。多年来他一直忙着分发各种手册、向穷人进行宣传、收集蒂玛的演说，始终没有时间成家。他对成家也没有太大的欲望。

他躺在床上，心想：可这里不是姑娘居住的地方。这里太脏，到处都是老掉牙的书籍。如今谁也不会再看这些书。

他到现在才意识到自己这些年来的生活多么糟糕，但事情总会发生变化，他感到希望很大。如果她能进入他的生活，一切都会发生变化。他躺在小床上，眼睛盯着天花板上的电扇。电扇关着，他很少打开，除非夏天气温高得令人难受时。这样就不会增加电费。

他一辈子都无法安定下来，总感觉自己命中注定要干一番大事，不是这种小城市所能容纳的。他从马德拉斯获得法律学位后，父亲曾希望他能接管家里的律师业务，可穆拉利却迷上了政治，开始在马德拉斯参加国大党的会议，而且回到基图尔后仍然这样。他开始戴尼赫鲁式的帽子，在书桌上放一张甘地的相片。父亲注意到了这一切。一天，父子之间爆发了激烈的争吵，穆拉利离开了父亲家，加入了国大党，当上了全职干事。他当时已经知道自己准备如何度过这一生：他必须消灭一个敌人，必须推翻腐朽的旧印度——那个由种姓和特权阶层构成的印度，那个儿童早婚、寡妇受虐待的印度，那个下层人被剥削的印度。全国大选开始时，他全心全意地为一位国大党候选人——一位名叫阿南德·库马尔的低种姓年轻人——奔波。

阿南德·库马尔当选后，他看到他在国大党的两个同事每天早晨坐在国大党总部外，看到有人拿着给候选人的信走到他们跟前，看到他们接过那些信件，同时也接过十多个卢比。

穆拉利威胁说要向库马尔报告他们的事。那两个人立刻板起了脸。他们侧过身，请穆拉利直接进去。

他进去后敲了敲库马尔的屋门,听到他身旁的人在哈哈大笑。

穆拉利于是加入了另外的党,因为他听说这个党没有腐败,结果发现这个党的绝大多数人像国大党人一样腐败。他从这个党转到另一个党,终于有一天走进了一个昏暗的办公室,看到了身材矮小、皮肤黝黑的蒂玛。终于找到了一个没有腐败的政党。他们当时有十七个党员,都是志愿者,每天开展妇女教育项目、人口控制宣传、激进宣传活动。他和一群志愿者去港口附近的血汗工厂[1],散发介绍他们的主张和绝育好处的宣传手册。党员人数日趋减少,到后来就剩下了他一个人,可这对他来说没有任何区别。这是一项伟大的事业。他静静站在路旁,手中握着那些宣传手册,重复着那句很少有人往心里去的话:"兄弟,你想知道如何过上更好的生活吗?"

他以为自己所写的东西也能为这事业做出贡献——尽管他坦诚地承认自己这样想或许只是为了满足虚荣心。"才华"这个词已经在他的心中根深蒂固,而这也给了他希望。可就在他琢磨如何提高自己的写作能力时,他被关进了监狱。

警察有一天来找蒂玛。那是国家实施紧急状态的时候。

"你们有权逮捕我,"蒂玛说,"因为我公开而且自由地支持一切推翻印度资产阶级政府的努力。"

穆拉利问警察:"你们能不能把我也一起逮捕了?"

对于他而言,坐牢是一段幸福的时光。他每天早晨把蒂玛的衣服洗了之后挂在外面晾晒。他原本希望在监狱里时有那么多自己的时间,可以集中精力重新修改他的小说,可他根本没有时间写自己的东西。每天晚上,他都得记录蒂玛口述的对一些伟大问题的

---

[1] 指工人劳动条件差、工作时间长、工资待遇低的工厂。

回答。

他忠实地记录着这一切,然后拉过毯子盖住蒂玛的脸,任由他的脚趾暴露在寒冷的空气中。

他每天早晨为蒂玛刮脸,而蒂玛则冲着镜子大声说着自己的政治主张。

那是他一生中最快乐的时光。可他现在出狱了。

穆拉利叹了口气,下了床,在漆黑的屋子里来回踱步。他望着胡乱堆放的书籍,一遍遍地对自己说:我的生活有什么可以炫耀的?只有这破烂的房子……

这时,他的眼前又一次浮现出了那姑娘的脸庞,他整个身体为之一振,心中充满了希望和快乐。他取出那包短篇小说,再次仔细阅读起来,然后拿起一支红笔,开始删减其中一些人物的细节描写,却强化了人物的动机和冲力。

穆拉利有天早晨去盐市村时突然想到:"这母女俩现在都在回避我。"

但他随即想到:不,苏洛察娜不会的——对他冷淡的只是那老太太。

整整两个月了,他找了各种借口坐公共汽车去盐市村,只是为了再次看到苏洛察娜那美丽的脸庞,为了在她给他端来一杯热茶时能碰到她的手指。

他试图向老太太暗示他可以娶苏洛察娜——这种暗示已经传递,这个话题会慢慢进入老太太的心中。这一直是他的希望。然后,哪怕纯粹是出于社会责任,他尽管年龄偏大,仍然会同意娶她。

可那老太太一直没有猜出他的愿望。

"你女儿可以成为一个很棒的家庭主妇。"他有一次说,认为这暗示已经够明显了。

第二天,当他来到她家时,出来开门的是一个陌生的姑娘。老太太的生活已经有了改善,现在居然请了仆人。

"夫人在家吗?"他问。女仆点点头。

"你能叫她一下吗?"

一分钟后,他觉得自己听到门后有人说话的声音,然后那女仆出来对他说:"不。"

"不什么?"

她再次转身望着屋子。"她们……不在家。不在家。"

"苏洛察娜呢?她在家吗?"

女仆摇摇头。

他向公共汽车站走去,雨伞的伞尖拖在地上。他想,她们怎么不会对他避而不见呢?他能为她们做的事已经做了,她们现在不再需要他了。真实世界中的人就是这样,他为什么要觉得受到了伤害呢?

晚上,他在自己昏暗的家中来回踱步,觉得自己应该赞同那老太太的判断:这地方显然不适合苏洛察娜这样的姑娘居住。他怎么能把一个女人带到这个家来呢?他从来没有想过自己日子过得多么贫穷,直到他开始想象与另一个人一起生活。

可他第二天还是又坐公共汽车去了盐市村,而那女仆再次告诉他家里没人。

他在回城的路上将头靠在汽车窗户格栅上,心中暗想:她们越是冷落我,我越想向那姑娘求婚。

他回到家后试着给她写封信。"亲爱的苏洛察娜:我一直想找个途径告诉你,我有那么多的话要说……"

连着一个星期,他每天都去那里,可每天都被拒之门外。"我再也不来了，"第七天傍晚像前六次一样被拒绝后，他向自己保证，"我真的再也不回这儿来了。这太丢脸了。我这是在剥削这些人。"可那老太太以及苏洛察娜这样对待他也让他感到愤怒。

他在回家的途中突然站起来，冲着售票员喊道："停车！"他忽然想起了自己二十五年前写过的一个短篇，讲的是在盐市村活动的一个媒人。

他向那些在玩弹子的孩子打听那媒人的住处，他们将他领到了店铺老板那里。他用了一个半小时才找到媒人家。

媒人已经上了年纪，眼睛也快看不见了。他坐在椅子上，抽着水烟，他妻子搬了张椅子给穆拉利坐。

穆拉利轻轻咳嗽一声，按着自己的指关节。他不知道该说什么，也不知道该干什么。他小说中的主人公在媒人家转了一圈后就走了，没有走到这一步。

"我有一个朋友，想娶这个姑娘苏洛察娜。"

"她父亲是不是……"媒人做了个上吊的手势。

穆拉利点点头。

"你朋友晚了一步，先生。她现在有钱了，至少有一百个人在向她求婚，"媒人说，"生活就是这样。"

"可……我朋友……我朋友已经喜欢上了她……"

"你这朋友是谁？"媒人问，那双无所不知的浑浊眼睛开始发亮。

他每天上午一忙完党部的工作就坐车过来，在集市上等她。从那时起，他便开始在集市等她，等她傍晚出来买菜。他会慢慢跟着她。他望着香蕉，望着芒果。他为蒂玛同志买了二十多年水果，对于女人干的许多活了如指掌。看到她挑选了一个熟透的芒果时，他心里咯噔了一下。看到小贩在欺骗她，他想跑过去冲着小贩叫骂，保护她，不让她成为贪婪的牺牲品。

傍晚，他站在那里，等着坐公共汽车回基图尔。他观察村民们的生活方式。他看到一个男孩飞快地骑着自行车，身后的架子上绑着一大块冰。他必须赶在冰溶化之前到达目的地；冰块已经溶化了一半，而男孩生活中唯一的目标就是及时把剩下的冰块送到目的地。一个男人提着一塑料袋香蕉走了过来，向四周张望；香蕉上已经出现了一个个大黑斑，他必须赶在这些香蕉烂掉之前将它们卖出去。所有这些人都在向穆拉利传达一个信息。他们在说，生活中若有所求就要承认人生苦短。

他已经五十五岁了。

他那天傍晚去的时候没有坐公共汽车，一路走到了那房子前。他这次没有走正门，而是从后面走了进去。苏洛察娜正在扬谷子；她看了母亲一眼后便进了屋。

女仆进屋去搬椅子，可老太太说："不用。"

"我说，你想娶我女儿？"她问。

这么说她已经知道了。事情总是这样；你竭力掩饰自己的欲望，结果却发现它已经是公开的秘密。世界上最大的谬误便是你无法向别人掩饰自己想从他们那里得到什么。

他点点头，回避着她的眼睛。

"你多大了？"她问。

"五十岁。"

"你这么一大把年纪还能生孩子吗？"

他不知该如何回答。

老太太说："再说了，我们干吗想要你变成我们家的人？我那已故的丈夫总是说你们只会给你带来麻烦。"

穆拉利现在明白了，她丈夫从来没有说过党派的事。她们在绝望中变得非常狡诈,这些人啊!

他说:"我给你们家带来了许多实惠。我们家是婆罗门种姓,我毕业于……"

"行了!"老太太站了起来。"请走吧——不然就会有麻烦了。"

他坐车回家时心中暗想:为什么不呢?也许在我这把年纪,我真的生不了孩子,可我当然能让她幸福。我们可以一起看莫泊桑的作品。

他受过良好教育,毕业于马德拉斯大学。她们不该这样待他。泪水涌入了他的眼眶。

他在自己读过的小说和诗歌中寻找答案,可最能表达他情感的却是他在汽车上听到的一首电影歌曲中的唱词。他想,这就是穷人上电影院的原因。他要买一张电影票。

"买几张?"

"一张。"

售票员露齿一笑。"老人家,你没有朋友吗?"

穆拉利看完电影后给她写了封信,寄了出去。

他第二天早晨醒来时琢磨着她是否看了那封信。即便那封信送到了她家,她母亲是否也会将它扔掉?他应该亲手递送过去!

只是老老实实地努力是不够的。对甘地来说足够了——他们试过。可是在真实的世界里,他突然发现自己根本行不通。

他将这件事思考了一个小时后,提笔又写了一封信。他这次给了一个街童三卢比,让他亲手将这封信交给那姑娘。

"她知道你来找她,"卖菜的小贩一看到他走进集市就对他说,"你把她吓跑了。"

她在回避我——他感到一阵心痛。他现在已经熟悉了许多电影歌曲。这就是歌曲中所唱的你历经千辛万苦来见的姑娘却对你避而不见后所感到的耻辱……

他觉得那些卖菜的都在嘲笑他。

他在回家的路上想,即便十年前——在他四十五岁时——接近这样一个姑娘也不算什么大事。可他现在成了一个糟老头,成了自己在几篇小说中所描写过的那种老一套的人物——一个好色的婆罗门老头对一个低种姓的天真姑娘垂涎三尺。

可那些人物只是一些被讽刺的对象,是阶级流氓;而他完全可以将他们刻画得入木三分。他晚上上床后,拿出一张纸写道:"有些人认为一位好色的婆罗门老头可能真的能得手。"

穆拉利望着自己写的那几个字,心中想:我现在终于明白了。我终于可以成为一个更好的作家了。

第二天早晨,一切秩序和理智重新回归。他开始用梳子梳头,开始在镜子前练习吐纳。他慢慢走出家门,仍然清扫党部,仍然为蒂玛煮茶。

可他下午再次坐上了去盐市村的公共汽车。

他等着她来到集市,然后跟在她身后,一面查看着土豆和茄子,一面偷偷望着她。所有小贩都在嘲笑他:糟老头,糟老头。他略带后悔地想起了一个男人在印度——在腐朽的旧印度——与一个年轻女人结婚曾是传统上一个独特的权利。

你认为印度人的生活中就没有特权吗?你认为一位马德拉斯大学的毕业生——一位婆罗门——可以随意被欺负吗?

公共汽车颠簸向前,穆拉利的手中握着卡纳塔克邦政府寄来的一封信,信中说只要农夫阿拉苏·迪瓦·戈达的遗孀在上面签字,分期支付的第二笔钱就可以寄出。八千卢比。

他问了几个人,终于找到了放债人的家。他看到了:整个村子最大的建筑,粉红色的正面墙壁,外加圆柱门廊——这就是靠百分之三的月息,经利滚利后建起来的。

放债人很胖,皮肤很黑,正向一群农夫卖谷子。他的旁边有一个同样又胖又黑的青年,大概是他儿子,正忙着在一个本子上记着什么。穆拉利站在那里,欣赏着这一切。这就是印度人天才般的剥削手段:把农民种的谷子卖给农民,以这种方式处理掉陈粮;再让农民借钱买粮,每个月支付百分之三的利息。年息百分之三十六。不,甚至更高——高出很多!是利滚利!多么残忍,却又多么聪明!穆拉利原来还以为只要掌握了辩证法,自己就有了智慧。一想到这里,穆拉利忍不住笑了。

穆拉利走到他身旁时,放债人正将一只手插进谷子中;他将手抽出来时,巧克力色的皮肤上覆盖了一层细细的黄色灰尘,就像鸟儿沾满了花粉的鸟喙。

放债人没有擦掉手臂上的灰尘就从穆拉利的手中接过了那封信。他身后的墙壁上有一个壁龛,里面供奉着一尊巨大的红色神像,是大肚子甘尼许。一张轻便床上坐着放债人肥胖的妻子,她的周围还有一群肥胖的孩子。他们身后飘来了某个边吃边拉的动物的气味:肯定是一头水牛。

"你知道政府又付给那寡妇八千卢比吗?"穆拉利问他,"如果她们有钱没有还给你,你现在应该向她们索要。她现在还得起。"

"你是谁?"放债人问,眼睛里透着一丝怀疑。

穆拉利迟疑了一下,说:"我是一位五十五岁的党员。"

他想让她们知道,让那老太太和苏洛察娜知道。她们现在都在他的掌控之中。她们从走进他办公室的那一天起就一直在他的掌控之中。

午夜时分，他仍然没有入睡。他躺在床上，盯着天花板上的电扇，快速转动的叶片正将卧室外卤素街灯的光线切割成刺眼的白色光芒；这些光芒落在穆拉利身上，就像他人生中接受到的第一批智慧。

他久久地凝视着扇叶发出的刺眼的模糊影子，然后猛地从床上起来。

大 事 记

一九八四年

十月三十一日

基图尔的人们从 BBC 播报的新闻中得知印度总理英迪拉·甘地被自己的贴身保镖刺杀。全城关门歇业两天哀悼。甘地夫人的火化过程由电视直播,引发了基图尔的电视机销售高潮。

十一月

大选。国大党的候选人、英迪拉·甘地内阁的一位副部长再次连任。他领先人民党对手阿希温·阿伊塔尔四万五千四百五十七张选票,这是基图尔选举史上差额悬殊最大的一次。

一九八五年

考虑到人们对证券市场的兴趣日益增长,《黎明先驱报》开始每天在第三版刊登孟买交易市场的活动报告。

沙姆布·谢蒂博士的"幸福微笑诊所"开张,这也是基图尔的第一家传统诊所。

一九八六年

霍伊卡社区在尼赫鲁广场举行了一次盛大游行,保证为基图尔"下层种姓"修建第一座寺庙。第一家出租录像带的图书馆在雨伞街开张。在拖延了一个世纪后，人们重新开始修复瓦伦西亚圣母大教堂的北钟楼。

一九八七年

板球世界杯赛同时在印度和巴基斯坦举行。人们对板球的兴趣带来了对彩色电视机的巨大需求。

海滨港口爆发了印度教徒和穆斯林之间的骚乱。两人死亡。港口区实行黎明至黄昏的宵禁。

卡纳塔卡邦政府对基图尔的认定重新由"城镇"改为"城市"，直辖镇变成了"市政府"。新市政府的第一个行动就是批准砍伐波贾普的大森林。

大批泰米尔农民工的到来被认为是造成一场霍乱严重爆发的原因。他们是被波贾普和玫瑰巷的建筑项目吸引来的。

一九八八年

大家公认的首富马伯劳·伊斯迈尔工程师在基图尔开了第一家马鲁蒂-铃木汽车展室。

国民志愿服务团（RSS）组织了一场从天使之声电影院到港口的游行。游行者要求政府宣布印度为一个印度教国家，同时要求回归传统社会价值。

市政当局举行了选举。人民党和国大党将所有席位平均分配。

教区长去世后拖延了一年的瓦伦西亚大教堂北钟楼建筑工程重新开始。

一九八九年

大选。人民党候选人阿希温·阿伊塔尔战胜了内阁部长、国大党候选人阿南德·库马尔，成为首位赢得基图尔席位的非国大党候选人。

波贾普的萨达尔·帕特尔印度铁人体育馆对外开放，周边的房地产项目加快了开发速度，到年底时，原来的森林已经完全被毁。

一九九〇年

圣阿尔丰索高中和大专的一次化学课上发生了炸弹爆炸事件，致使这所学校暂时关闭。《黎明先驱报》在头版刊登了一篇社论，问"印度是否需要实行军事管制？"

圣阿尔丰索高中和大专建立了第一个计算机实验室，其他学校在年内纷纷效仿。

海湾战争爆发，导致来自科威特的海外汇款急剧减少，随之而来的便是经济危机。不过，CNN 对这场战争的报道只有那些安装了卫星接收天线的电视机能够收到，基图尔卫星电视接收器的销量因此猛增。

由于资金冻结，大教堂北钟楼的建筑项目再次停工。

一九九一年
五月二十一日

基图尔的市民通过 CNN 得知了拉吉夫·甘地遇刺身亡的消息。全城所有店铺关门歇业两天，以示哀悼。